GAROTAS NÃO JOGAM

CHRISTEN RANDALL

GAROTAS NÃO JOGAM

Tradução: Flávia Yacubian

LIVROS DA ALICE

Título original: *The No-Girlfriend Rule*

Copyright © 2024 by Christen Randall

Direitos de edição da obra em língua portuguesa no Brasil adquiridos pela Livros da Alice, selo da EDITORA NOVA FRONTEIRA PARTICIPAÇÕES S.A. Todos os direitos reservados. Nenhuma parte desta obra pode ser apropriada e estocada em sistema de banco de dados ou processo similar, em qualquer forma ou meio, seja eletrônico, de fotocópia, gravação etc., sem a permissão do detentor do copirraite.

EDITORA NOVA FRONTEIRA PARTICIPAÇÕES S.A.
Av. Rio Branco, 115 – Salas 1201 a 1205 – Centro
– 20040-004
Rio de Janeiro – RJ – Brasil
Tel.: (21) 3882-8200

DADOS INTERNACIONAIS DE CATALOGAÇÃO NA PUBLICAÇÃO
(CIP)

R188m Randall, Christen
  Garotas não jogam/ Christen Randall; traduzido por Flávia Yacubian. - 1. ed. - Rio de Janeiro: Livros da Alice, 2024.
  304 p.; 15,5 x 23 cm

  Título original: *The No-Girlfriend Rule*

  ISBN: 978-65-85659-13-0

  1. Literatura infantojuvenil I. Yacubian, Flávia II. Título.

              CDD: 810
              CDU: 821.111(73)

André Felipe de Moraes Queiroz – Bibliotecário – CRB-4/2242

Conheça outros livros da editora:

A quem precisar de uma Hollis como eu precisei.
Você merece que lutem por você.

— C.R.

CAPÍTULO UM:
A PIOR MEIA SESSÃO DE MISTÉRIOS E MAGIAS DE TODOS OS TEMPOS

Hollis Beckwith segurou a miniatura de estanho na mão suada. Não parecia nem um pouco com Alvena Ravenwood, poderosa feiticeira e elfa.

Ela não sabia ao certo o quê, exatamente, uma personagem assim faria em uma campanha de alta fantasia baseada no sistema de Oito Reinos, no qual aventureiros intrépidos manejavam espadas e magia em missões épicas contra o mal. O biquíni e a minissaia com fenda não lhe protegeriam muito no campo de batalha, e os saltos altos não eram a escolha mais prática para atravessar os oito reinos que se espalhavam pelo continente. Mal dava para se equilibrar naquelas coisas. A miniatura se inclinava pesadamente para a frente, como se o peso de cada estereótipo negativo de Mistérios e Magias estivesse sobre os ombros dela.

— Pode ser essa? — perguntou o Guardião do Mistério.

— Hum... — resmungou Hollis.

Não tinha muita escolha: Hollis não havia trazido sua própria miniatura. E se aquela era a primeira opção do Guardião do Mistério, o mestre narrador, não devia haver outras miniaturas femininas na mochila. Ela engoliu em seco, com um nó na garganta.

— Sim, claro. Hã, valeu.

Inclinando-se para a frente, a cadeira de bar rangendo por causa do peso, Hollis colocou Alvena Tropical sobre o mapa de batalha vazio.

Em torno da mesa dobrável, os outros jogadores repetiram o gesto. Um universitário ansioso, sentado de frente para Hollis, também jogava com uma miniatura emprestada — um paladino cavalheiresco, cuja pintura lascada exibia uma quantidade de roupas bem maior sobre seu corpo —, que ele posicionou ao lado de Alvena. Uma jovem de vinte e poucos anos trouxera sua própria miniatura, um troll bárbaro, enorme, de tanguinha, que ela empurrou para a frente da fileira. Um homem quase sem queixo e vestindo camisa de seda estampada com lobos colocou a miniatura dele em seguida — era do mesmo modelo de Alvena, mas pintada com mais capricho, detalhando até o decote realçado. Tanto miniaturas quanto jogadores pareciam à vontade na salinha dos fundos da Games-a-Lot, a lojinha de games da cidade. Menos Hollis. Discretamente, ela olhou em volta da mesa mal iluminada em busca de alguém da sua idade e, quem sabe, do seu nível iniciante.

Só restava o menino ao lado dela, que também devia ter 17 anos, talvez 16. Seu pequeno bardo segurava uma guitarra, que destoava de seu gibão, meia-calça e um elegante chapéu com penacho. Foi colocado bem ao lado de Alvena, e sua base sobrepôs a linha do mapa quadriculado, esbarrando na base dela.

— Ei — chamou ele, chegando perto demais de Hollis. — Maxx, o Bardo, quer saber se sua personagem é gostosa igual a você.

Hollis queria dizer *eca!* e depois *Sei lá, seu personagem é nojento igual a você?*, mas o Guardião do Mistério finalizou o alinhamento de uma horda de miniaturas goblin do lado oposto do mapa. Antes que Hollis pudesse tomar coragem para abrir a boca, o mestre começou a ler o *Guia de Aventura nos Reinos*, o livro oficial de Mistérios e Magias.

— O grupo se depara com um bando de goblins. — A narração tinha o carisma de alguém meio perdido, tendo que improvisar. — Eles ficam de pé com seus rudimentares arcos curtos preparados para o ataque.

Este era o momento pelo qual todos esperavam: combate. Como essa era a primeira sessão de uma aventura aberta ao público, o jogo teve um andamento meio emperrado, para dizer o mínimo. Era difícil se comprometer completamente com a interpretação de um personagem de fantasia quando todo mundo parecia saber muito sobre RPG de mesa e suas regras. Hollis, pelo menos, ficara em silêncio o tempo todo, disfarçadamente folheando seu exemplar emprestado do livro do jogador e tentando acompanhar. Talvez uma batalha fosse tudo de que precisassem para entrarem no ritmo.

Inclinando-se sobre o mapa, Hollis abriu a boca para enfim falar, respirou fundo e...

— Novata — interrompeu a garota mais velha, engrossando a voz para se assemelhar à do seu personagem. — Axtar, o Terrível, vai correr para a frente com o machado erguido no ar.

— É, a Xemia também — disse o homem com a outra miniatura de Alvena. — Vou me esgueirar para a frente, com as mãos em posição de conjuração estalando com magia, o cabelo esvoaçante sob o vento perfumado.

Ele fingiu andar, com as mãos erguidas à frente, os quadris se remexendo na cadeira de escritório toda remendada com fita adesiva, que guinchava a cada rebolada. O Guardião do Mistério não tinha falado nada de vento ou perfume. Mesmo se tivesse, Hollis não conseguiria imaginá-lo na abafada sala de jogos, onde a única fragrância era a mistura dos cheiros de suor, desodorante masculino e batatinha chips.

— Espera — disse o menino interpretando o paladino. — Não precisamos atacar. Eles não fizeram nada ainda.

— Ai, fala sério. — Maxx, o Bardo, se inclinou e ergueu uma sobrancelha para Hollis, sussurrando em tom conspiratório: — *Gay!*

A cadeira dobrável de Hollis rangeu quando ela se afastou, mas a mesa era tão pequena que isso a levava a se aproximar da menina do outro lado, o que também não era nada legal. Ela tentou não se mexer, o que fez os músculos ficarem tensos.

— Sei que você é novo — falou a jogadora do Axtar, com a voz normal dessa vez —, mas são goblins. Eles *sempre* são maus.

— Só tô sugerindo — continuou o menino paladino — que a gente tente alguma coisa antes de cair matando. Talvez deixem a gente passar pelo vilarejo, é só perguntar primeiro.

— É — concordou entredentes o homem jogando com Xemia —, e eu poderia lançar o *Punho Flamejante* Nível Seis em você na vida real.

— Enquanto eles estão nisso — disse Maxx, o Bardo, dando um jeito de ficar ainda mais perto. — Posso jogar o dado para seduzir Alvira? Meu modificador de carisma é +10.

Hollis congelou no lugar. Se recostasse mais na cadeira, tinha medo de as pernas bambas cederem. O cinza das paredes sem graça parecia se aproximar, pressionando sua pele enquanto a sobrancelha de Maxx se remexia para cima e para baixo.

— Qual é! — reclamou o menino paladino. — Você sabe que M&M não é só jogar dados e números! É *narração colaborativa*. Temos que criar algo juntos! Explorar o mundo e interpretar os personagens e...

— Aff — resmungou o cara jogando com Xemia. — Deixa de ser sentimental.

— Tá, já chega, pessoal — disse a jogadora do Axtar. — O Axtar vai dar um berro gutural... — A mulher solta um barulho assustador o suficiente para chamar a atenção de jogadores mais experientes nas outras mesas. — ... e atirar o machado no goblin mais assustador.

— Tá bom. — O Guardião do Mistério pareceu aliviado por enfim ter algo concreto e baseado nas regras. — Joga o dado para o ataque contra o goblin.

E assim o jogo voltou à ação com jogadas de tipos de dados que Hollis não tinha certeza de ter no kit que seu namorado lhe emprestara antes do jogo. Era como se o curso superintensivo que ele tinha enfiado em seu cérebro escorresse pelos ouvidos agora que chegara a hora da ação. Hollis daria tudo para ser *ele* sentado ao lado dela, não Maxx ou Axtar, porque assim ela poderia se inclinar e perguntar o que fazer e o porquê de tanta matemática. Ela desejou, e não pela primeira vez, que seu primeiro jogo fosse com o namorado.

Mas o grupo dele tinha uma regra, mais importante que qualquer regra do guia: garotas não jogam. Isso barrava Hollis — e qualquer possível futura namorada de qualquer um dos meninos — de suas sessões semanais de M&M.

Era a única coisa que mantinha Hollis sentada naquela mesa cheia de desconhecidos, em um lugar que mais parecia uma masmorra sem janelas, por duas horas seguidas. Os olhos dela vagaram para a frente da loja.

— Elvira, tem alguém em casa? — chamou Axtar ao seu lado.

A atenção dela voltou para a mesa. A personagem dela era *Alvena*, não Elvira, mas Hollis apenas disse:

— Oi?

— É a sua vez. O que saiu no seu dado?

Hollis pegou um dos seus dados — o maior, de 20 lados, que segundo o namorado era usado na maior parte das vezes. Sem saber para que estava rolando, ela o deixou cair sobre a mesa.

Tirou 1 — o número mais baixo possível. Alvena seria a última na rodada de batalha. Hollis se ajeitou na cadeira de bar, tentando ficar o mais longe possível de Maxx, o Bardo, que o metal sob ela permitisse, e esperou.

Assim que fizeram uma pausa de 15 minutos, Hollis mandou uma mensagem para o namorado:

pode vir me buscar ?

O plano era ir embora bem casualmente e esperar por Chris no banco em frente à loja de sucos ao lado. Mas quando se aproximou da porta da Games-a-Lot, a mão carregando uma latinha gelada de refrigerante comprada de Karl no balcão, ela parou. Axtar, o Terrível, estava do outro lado do vidro seboso, fumando um cigarro e rindo com outros jogadores.

Hollis estava presa naquele lugar, encurralada no cheiro rançoso de fumaça de cigarro, o refrigerante esquentando e o suor de nervoso escorrendo pela testa.

Torceu para o celular tocar.

Ela queria muito se encaixar num lugar como a Games-a-Lot. A loja emanava um brilho geek que nem mesmo as prateleiras lotadas e empoeiradas, nem a iluminação forte e nem o centrinho de lojas onde ela ficava poderiam apagar. O fato de, ainda por cima, ficar daquele lado do rio — na cidade natal da Hollis, Covington, Kentucky, e não na mais badalada Cincinnati, Ohio — parecia deixar tudo ainda melhor. Não tinha se identificado com a placa pintada a mão da loja — que exibia um cavalheiro montado a cavalo em frente à torre de um castelo, com uma princesa peituda recém-resgatada às suas costas —, mas estivera convicta de que se sentiria à vontade na salinha dos fundos, jogando Mistérios e Magias.

Mas tinha se enganado.

Seria legal poder dizer que estava surpresa, mas, para falar a verdade, aquela situação era exatamente o que Hollis temia. Embora tenha passado três semanas inteiras procurando uma sessão, embora tenha lido cada comentário na página do grupo para conferir se eram simpáticos e confiáveis, embora tenha tentado se animar no carro da mãe no caminho até ali, ainda assim foi um desastre.

Ela balançou a cabeça e ficou no cantinho da loja, tentando se manter fora da vista de Axtar, o Terrível. O celular vibrou no bolso de trás e ela quase derrubou a latinha de tanta pressa para pegar o aparelho. Era o Chris.

christopher: **não deu conta né**

Os dedos pairando sobre a tela, Hollis pensou em responder. De certa forma, era culpa de Chris tudo ter dado errado — e de ela estar ali, para começo de conversa. Mistérios e Magias era um jogo dele, algo que fazia com os meninos desde as férias de verão antes de começar o ensino médio, quando Hollis ainda era considerada um deles.

Mas ela nunca tinha feito parte do grupo *pra valer*. Toda segunda-feira, Hollis ficava de fora enquanto eles comentavam o jogo de sexta-feira e cada um dos golpes épicos. Aceitavam Hollis como ouvinte, mas não como jogadora. As coisas ficaram ainda mais óbvias ao longo do primeiro ano, quando ela e Chris, cansados da fofoca, assumiram o namoro. De repente, Mistérios e Magias não permitia meninas. Era regra. Hollis nunca tinha dado muita bola. Além de roubar o *Monstruário* para inspiração artística e para seguir no Instagram outros artistas que gostavam do jogo, ela era só uma admiradora.

Mas agora o terceiro ano se aproximava, trazendo consigo mudanças inéditas. O grupo de amigos dela — ou melhor, do Chris, que Hollis herdara por proximidade e conveniência — se espalharia pelos quatro cantos do país, ou pelo menos pelos estados vizinhos, dali a poucos meses. Pelos últimos seis anos de sua vida, os meninos eram tudo que Hollis conhecia. Como não sabia o que aconteceria depois, queria fazer parte do que estava acontecendo naquele momento. Para Chris e o grupo de RPG, era Mistérios e Magias. Então Hollis queria provar que dava conta de jogar, sim. Talvez se conseguisse jogar com outro grupo, mostraria a Chris que merecia um lugar no grupo deles.

Ao menos teria assunto para conversar às segundas-feiras. Ela não era um dos meninos, mas queria ao menos entrar na conversa.

E começaria agora, com uma resposta inteligente. Com as costas da mão, secou o suor das bochechas vermelhas que escorriam como a latinha que esquentava, e começou a digitar.

Antes que pudesse explicar que tinha mandado ver na aventura, três pontinhos surgiram e então outra mensagem:

christopher: **tô indo**

Ao menos ela seria resgatada em breve — mesmo que já com atraso. Dentro da loja, Maxx, o Bardo, se aproximava. Embora ele fingisse olhar os dados na vitrine, um ponto raro de cor na loja, com suas caixinhas de todas as cores do arco-íris reluzindo feito pedras preciosas, estava na cara que o tesouro procurado era, na verdade, Hollis. Ele sorriu para ela, movendo as sobrancelhas para cima e para baixo.

Com uma necessidade súbita e urgente de parecer ocupada e inacessível, Hollis se ocupou com o único recurso disponível do lugar: um quadro de avisos. Ao menos cinco camadas de panfletos estavam alfinetadas — corridas de *monster truck* de muitos anos atrás ou recrutamentos para o exército. Havia um anúncio para o jogo daquela noite, em papel xerocado, enfiado entre cartões de visitas para barbeiros e lava-rápidos do bairro.

Embaixo dele, um papel aquarelado chamou a atenção de Hollis. Estava pintado com tons agradáveis de lilás, laranja e amarelo. Em uma caligrafia redonda, porém não muito caprichada, lia-se:

> Em busca de uma sessão de Mistérios e Magias cheia de interpretação e narrativa? Então eu estou em busca de você! Vou começar uma campanha voltada para o público feminino e LGBTQIA+ e preciso de aventureires ousades para se juntar ao grupo. Quer vagar pelos Reinos com a gente? Me mande um e-mail até 21 de agosto.

Alguns pedacinhos para destacar, cortados com cuidado na parte inferior do papel dizia LEVE COM VOCÊ! gloriacom12os@gmail.com. Apenas três haviam sido removidos. Outros cinco tinham sido vandalizados com caneta vermelha trocando o e-mail por BISCATE@GMAIL.COM.

Hollis releu o anúncio, e depois leu de novo para garantir. Sentiu o coração disparar. Não sabia que tipo de jogo procurava, mas a Glória com 12 Os parecia bem melhor do aquele que estava abandonando. Talvez pudesse dar uma chance.

Mas já era dia 22.

Tinha perdido o prazo por um dia.

Talvez fosse um sinal. Talvez não devesse jogar Mistérios e Magias. Ela era melhor como NPC mesmo, não como protagonista.

Hollis abriu a porta para sair, e então escutou Axtar, o Terrível, dizer:

— Ei, Alvena. Vai voltar ou a gente te assustou?

A risada bárbara mostrava que a menina já desconfiava da verdade.

— Não, não. — Os dedos se apertaram em volta da latinha. A ansiedade apertou seu peito. Hollis piscou, percebendo de repente que seus olhos estavam arregalados demais, e assentiu. O cabelo

estava grudado na pele suada, onde o frizz subia e descia pelo pescoço. — Já volto, só vou terminar o refri.
— Tá. Vai lá.
Hollis observou Axtar desaparecer lá dentro e torceu para nunca mais vê-lo. Seu celular vibrou outra vez.

christopher: **cheguei**
christopher: **cadê vc**

Hollis digitou:

saindo.

Olhou uma última vez para aquela loja capenga e para o grupo de RPG que deixava para trás.
Mas não foi Maxx, o Bardo, ainda espreitando atrás do vidro, que chamou sua atenção. Foi o panfleto colorido. Não tinha certeza de por que fez aquilo, mas fez mesmo assim: Hollis esticou os dedos e segurou um dos papeizinhos destacáveis. A textura do papel era agradavelmente grossa entre seus dedos.
Com um movimento decidido, ela arrancou. Saiu meio torto, deixando o *.com* para trás.
Hollis enfiou o pedaço de papel no bolso, junto com o celular, abriu a porta e saiu.

⬢

— E depois de estraçalhar o goblin com o machado, sabe o que ela fez?
Hollis se esticou para pegar a casquinha de baunilha que Chris segurava para ela. Essa era uma das vantagens de namorar seu melhor amigo desde o ensino fundamental: ele sabia quando um problema era Nível Casquinha de Baunilha. Ele ergueu uma sobrancelha loira antes de se esticar pela janela do carro para pegar a casquinha dele.

— Ela vira e fala: "E então Axtar se abaixa e arranca a orelha dele e crava numa corrente de espinhos que ele usa como colar." — Hollis lambeu o sorvete, que já começava a derreter no calor daquela noite de verão. — Quem em sã consciência faria algo assim?

— O Axter, pelo jeito — retrucou Landon, o melhor amigo do Chris e o Guardião do Mistério do grupo deles desde o início do ensino médio, sentado na frente.

Landon mal conseguia conter o sorriso, e Chris dirigia para a saída do drive-thru do McDonald's.

— Dá pra imaginar? — Hollis sacudiu a cabeça. — Dali a um dia vai começar a feder. E quem sabe que tipo de criatura vai aparecer atrás deles por causa daquele futum.

— Deles?

— Quê?

— Você falou *deles* — explicou Chris com a boca cheia de sorvete. — Não quer dizer *da gente*?

— Ah.

Hollis fez um careta diante da casquinha. Ali no carro, com o barulho do cinto velho e o Nu Metal do Chris ressoando pelos alto-falantes, achava que o acontecimento na Games-a-Lot doeria menos. Mas piorou. Landon, aquela figura alta e esguia no banco da frente, fazia com que se lembrasse do que queria provar ao ir nessa sessão… e do que não conseguiu.

Hollis negou com a cabeça.

— Não, acho que não vou voltar.

— Qual é, Hollis. Não desiste tão rápido. Você ficou semanas procurando um grupo. Só teve que aturar um bárbaro grandalhão. Toda mesa tem um desses.

— É. — Landon olhou para ela pelo retrovisor. — Desistir é para perdedores, Hollis.

Hollis queria comentar que não precisaria procurar um grupo se o deles não tivesse a regra contra meninas — se Landon não tivesse forçado essa regra. Mas o carro, geralmente tão confortável, parecia muito claustrofóbico. Ela comeu um pouco do sorvete em vez de falar.

— É que... não foi só isso. Tinha um cara, mais da nossa idade, que jogava com um bardo...

— Ah, bardos... — Landon deu uma risada sabichona.

— Juro, se Axtar não tivesse dado uma machadada tão rápido na cabeça do goblin, ele ia tentar seduzi-lo.

— Gay — disse Chris, da mesma maneira que o cara do Maxx, o Bardo.

A palavra já tinha sido meio surpreendente vinda de Maxx nos fundos da Games-a-Lot. Vinda de Chris era ainda pior. Caiu como uma pedra pesada no estômago de Hollis. Ela engoliu em seco, tentando deixar com que a palavra lhe atravessasse. Não importava o que fizesse, não adiantava, então ela tentou explicar apenas por alto.

— Qual é, Chris, ele era o *pior*. Ficava perguntando se a Alvena era gostosa.

— E ela é?

— Chris!

Hollis levantou a sobrancelha para Chris, mas não estava brava com ele, não de verdade. O relacionamento deles sempre foi assim: ela se estressava e Chris falava besteira para distraí-la até ela se acalmar. Era tão comum que havia um buraquinho no estofado do carro onde os dedos dela cutucaram até rasgar o tecido. Agora não dava para sentir aquele ponto tão desgastado, com Landon na frente. Saber que o pontinho estava ali era reconfortante. Acalmava-a, deixava-a mais suave para o Chris. Ele ainda tinha a chance de se redimir, ainda mais por tê-la resgatado e comprado sorvete.

— Brincadeira. — Chris virou na rua de Hollis. — Mas os bardos são assim, sabe?

— Deve existir um algum bardo que não seja um babaca.

— Mas essa é literalmente a função deles como classe. — Landon se meteu na conversa, com um pouco de sorvete escorrendo no queixo com barba por fazer. — Faz parte das Regras.

Hollis queria falar *eca* de novo, mas ele falou com tanta convicção que nem se deu ao trabalho de virar e olhar para ela. Em vez disso, olhou feio pelo retrovisor, com olhos acinzentados desafiando uma réplica.

Hollis suspirou e desviou o olhar. Terminou o sorvete.

— O que ele quer dizer é que faz parte do jogo, infelizmente. — Chris estacionou atrás do carro da mãe de Hollis. Sob o brilho do poste da rua, o cabelo loiro cacheado parecia uma auréola em volta da cabeça dele. — RPG é assim.

Ela não queria acreditar nisso. Queria acreditar que o jogo que seu namorado amava tanto a ponto de passar toda sexta-feira à noite jogando, sem nem sair com ela, não era *assim*. Não queria pensar que para poder aproveitar ao máximo o último ano deles juntos na escola, para compartilhar esse interesse, para enfim se encaixar com os meninos de vez, ela teria que ser assim também. Se tornar Maxx e sua guitarra anacrônica e entendimento precário de consentimento, ou Axtar, com seu jeito desagradável e cara de sabe-tudo.

Se o jogo era assim, nem queria pensar no que isso dizia a respeito de Chris. A respeito dela. O sorvete pesou no estômago, e Hollis sentiu mais frio do que o normalmente provocado pelo sorvete.

— É, você deve ter razão.

— Quase sempre tenho — disse Landon.

— Espera, deixa eu te ajudar a sair — falou Chris, abrindo a porta.

Ele puxou o banco do motorista para a frente. Hollis desceu.

No calor daquela noite, ficaram olho no olho, se encarando como se à espera de algo. Acima do ombro dele, a placa de boas-vindas ao bairro reluzia sob a luz, mas o tempo ou o vandalismo tornou esse brilho meio apagado, como ela se sentia. Chris deu o primeiro passo, aproximando-se e dando um abraço torto em Hollis. Do seu banco, Landon gritou um longo *uuuuuuuu*.

Hollis revirou os olhos, mas colocou os braços ao redor da cintura de Chris, que era como todo o resto do corpo dele, nem gordo, nem magro. Por um instante, ficou ali, a cabeça por cima do ombro dele, com o cabelo loiro fininho fazendo cócega, tentando tomar coragem para pedir o que queria.

Ela sabia que podia não dar em nada. Mesmo assim, perguntou num sussurro para Landon não ouvir, e Chris pôde ver o quanto ela desejava aquilo.

— Tem certeza de que não posso jogar M&M com vocês na sexta-feira? — sussurrou. — Já conheço as regras agora e prometo que não vou atrapalhar.

O efeito foi instantâneo. Chris se afastou, virando a cabeça de forma que os cachos do cabelo se juntaram num lado só. Em volta deles, as ruas pareciam se aproximar, observando tão atentamente quanto Landon.

— Sabe que não posso mudar as regras, Hol. Regras são regras.

— Eu sei, eu sei. — E ela sabia mesmo. — Só que seria bem mais fácil jogar com vocês.

— É, mas devia dar outra chance pra Games-a-Lot. Não vai ser tão ruim. Só precisa encontrar o grupo certo.

Chris era sua pessoa favorita desde o sétimo ano. Seria bem mais fácil continuar assim se ele simplesmente a deixasse jogar.

Mas para ele, RPG e os amigos vinham sempre em primeiro lugar.

— Te vejo segunda na escola, tá?

— Ah, sim — disse Hollis, tentando parecer tão entusiasmada quanto ele. — Claro.

◈

Tudo no quarto de Hollis era de segunda mão. A poltrona azul no canto, enterrada sob uma pilha de roupas limpas e sujas, foi herdada da avó, quando esta foi morar com a tia. A colcha desbotada sobre a cama já tinha sido da mãe, e a própria cama, de madeira pesada, era resquício da cama de seu pai, antes do divórcio e de ele sair de casa. Até os bibelôs eram achados — decorações interessantes do cenários de peças da escola, um pote de botões de origem desconhecida, uma garrafa verde de vinho, antes lixo do Natal, agora cheia de luzinhas compradas no brechó.

A única coisa totalmente sua era a escrivaninha. Não era tão interessante — nada que Hollis, filha de uma professora e mãe solo, tinha era chamativo —, mas ela mesma a tinha montado sozinha após escolhê-la no primeiro ano, então parecia totalmente sua, um lugar *dela*. Feita de MDF branco e coberta de arranhões, manchas de tintas e marcas de lápis de tantos projetos que passaram por ali, era onde sua arte tomava vida. Por isso, era sua posse mais querida, e Hollis passava a maior parte do seu tempo em casa debruçada sobre ela, sentada em uma cadeira que tinha vindo da cozinha.

Era ali que se encontrava desde que Chris fora embora.

Assim que chegara em casa, tentara desenhá-los — os personagens daquela meia sessão de M&M. Até a Alvena Ravenwood, cuja capa intricada e cabelo longo e ondulado ela havia planejado e rascunhado em detalhes cuidadosos por semanas, escapavam do papel. A cada vez que tocava a página em branco com o lápis, saía tudo errado.

Depois de três tentativas inacabadas, desistiu.

Hollis se recostou na cadeira e franziu o cenho quando o celular vibrou. Ajeitando-se, tirou-o do bolso. Enfiado numa rachadura da capa, estava o pedacinho de papel, aquele que ela tinha tirado do quadro de avisos da Games-a-Lot. Sob o abajur da escrivaninha, parecia ainda mais bonito. Passou os dedos pela gramatura rústica do papel, pela linha onde o lilás se tornava amarelo. Era bem mais artístico do que suas criações daquela noite.

Chris havia dito que ela precisava encontrar seu grupo.

Se ele não acreditava que Hollis podia fazer parte do dele, precisava provar que podia, sim. O momento de maior união dos meninos era quando falavam do jogo, como se fossem eles, e não seus substitutos imaginários, que saíam em aventuras toda sexta-feira. Hollis tinha certeza de que por causa disso, por serem capazes de sobreviver a provas e tribulações inimagináveis toda semana, como uma equipe em um jogo, certamente sobreviveriam ao que viesse após o último ano. Para ela, não havia tanta certeza. Não ainda, pelo menos.

Hollis desbloqueou o celular e abriu o e-mail. Antes que pudesse questionar o impulso, seus dedos dispararam.

    para: gloriacom12os@gmail.com
    de: apenashollisb@gmail.com
    assunto: partida de m&m

gloria com 12 os,
estou 21 horas e 32 minutos atrasada para o prazo, mas mesmo assim:
vi o panfleto na games-a-lot e acho que sou a jogadora que está procurando, ou poderia ser, se me der uma chance. acho que você é a guardiã do mistério que busco também. posso ser qualquer personagem, só não quero mais jogar com os esquisitões daquele lugar.
hollis b.

Assim que terminou de digitar, Hollis pensou em deletar o e-mail. Mas era tarde demais. Quem quer que Gloria fosse, já devia ter achado os jogadores para o grupo.

Olhou para os rascunhos malfeitos da sua personagem fracassada de M&M. Na sua cabeça, ressoava sem parar a voz de Landon: não deu conta; RPG é assim; regras são regras, e Hollis é contra elas.

Então apertou "enviar".

Seu futuro em Mistérios e Magias agora estava nas mãos — ou melhor, na caixa de entrada — da Gloria com 12 Os.

CAPÍTULO DOIS:
SEGREDOS E SERVIDORES

Hollis conferiu o e-mail pela terceira vez desde que se servira de uma tigela de cereal.
Teimosa, a caixa de entrada continuava igual a antes: com apenas uma mensagem de uma loja *plus size* no shopping (*Volta às aulas: 100% fashion, 50% off!*) e a newsletter da Julie Murphy, *Chuchu beleza*.

Sem resposta da Gloria com seus 12 Os.

O vazio abriu um buraco no peito de Hollis. Era óbvio: mandar aquele e-mail tinha sido besteira, um sinal de que Chris tinha razão — ela não dava conta do recado.

Um medo gélido se espalhou em suas veias, fincando garras em torno dos pulmões. Hollis balançou a cabeça e tentou manter a ansiedade à distância. Era cedo demais para isso. Talvez a Gloria com 12 Os nem tivesse lido o e-mail ainda.

Mesmo assim, era melhor checar o spam.

O aperto em suas costelas afrouxou quando ela leu: *re: partida de m&m*

  para: apenashollisb@gmail.com
  de: gloriacom12os@gmail.com
  assunto: re: partida de m&m
  Relaxa, garota.
  21 horas e 32 minutos não é o fim do mundo. Ainda temos uma vaga pra você na nossa mesa.

Vamos conversar no Discord hoje, lá pelas duas da tarde. Rola? Aí vai o link. Se não der, me avisa que eu te mando um e-mail com os detalhes.

    Bem-vinda ao grupo, Hollis B.

    — G.

Hollis Beckwith deu um berro tão esganiçado que sob quaisquer outras circunstâncias ela teria ficado com vergonha do barulho que saiu da sua boca. O som preencheu a pequena cozinha, ecoando pelas paredes verdes e ressoou corredor afora.

— Tudo bem aí, Hollis? — gritou a mãe, da sala.

Hollis pigarreou e respirou fundo.

— Tá, mãe. Tudo certo.

Depois de se acalmar, Hollis digitou *tá legal, maravilha, vejo vocês lá* e enviou. Estava tão animada que não se sentiu envergonhada por escrever como se fosse encontrá-los pessoalmente.

Era bobagem ficar nervosa por causa de uma conversa no Discord?

Talvez.

Ainda assim Hollis Beckwith estava nervosa com a conversa no Discord?

Com certeza.

Trancou-se no quarto, avisando à mãe que precisava terminar a leitura de férias antes de as aulas começarem no dia seguinte. Era convincente, porque a turma avançada de literatura precisava ler uma releitura "moderna" de *Macbeth*, de Shakespeare. Moderna para 1997. Tinha reclamado tanto disso nas últimas semanas que a mãe acreditou sem pestanejar.

E então Hollis tinha meia hora sozinha antes do encontro on-line com seu novo grupo de Mistérios e Magias. Abriu o notebook, que era quase tão ultrapassado quanto a releitura de *Macbeth*, sobre a escrivaninha. Tinha tentado se ajeitar na cama, onde ficaria mais confortável para uma conversa que não sabia quanto tempo duraria, mas achou esquisito. A pressão da cadeira de madeira atravessando a almofadinha fina era um preço justificável pelo conforto mental.

Quando terminou de se preparar, garantindo a presença de um caderno e uma boa caneta ao alcance da mão e que sua pequena coleção de canetinhas profissionais estivesse por perto, caso precisasse, ainda restavam 15 minutos.

Ao reler o e-mail, o estômago revirou. Não queria clicar no link cedo demais e mostrar como estava desesperada. Não queria clicar atrasada e parecer babaca. Não, Hollis queria entrar no servidor em uma hora que demonstrasse o quanto levava a sério, mas não a sério demais, e que talvez ela tivesse algum tipo de vida fora de um chat do grupo de M&M no domingo à tarde.

E essa hora era 13h52.

Hollis clicou no link.

beckwhat *entrou no servidor.*

Aini 13:52
Ah! É ela?

Gloooooooooooooria 13:52
Sim, é a Hollis.
Bem-vinda!

uwuFRANuwu 13:53
KDJAJFHJFAJFAF OLÁAAA HOLLIS SOU A FRAN

iffy.elliston 13:53
e aí hollis

beckwhat 13:54
oi gente!!

Glooooooooooooria 13:55
Aini, a Maggie não pode vir hoje, né? Você deixa ela a par de tudo?

Aini 13:56
Claro

Glooooooooooooria 13:56
Todo mundo pronto pra começar?

uwuFRANuwu 13:57
SIII

beckwhat 13:57
sim por favor!

iffy.elliston 13:58
vou ter que ficar lendo ao mesmo tempo essa bobagem de leitura de férias mas tô por aqui

Aini 13:58
Bora!

Glooooooooooooria 13:59
Ok, ok.
Não vai levar a tarde toda, juro.
Vamos começar com uma chamada. Eu primeiro.
Sou a Gloria (ela/dela) e sou a Guardiã do Mistério, óbvio. Jogo Mistérios e Magias há cinco anos, mas não "jogo" tanto porque em geral sou a Guardiã. Se alguém tiver perguntas de jogador iniciante (ou veterano), pode falar comigo. Agora, quem vai?

uwuFRANuwu 14:03
SOU A FRAN. É MINHA PRIMEIRA VEZ!!! a gloria finalmente me deixou jogar.
ah a gloria é minha irmã
e uma otária :/
ainda bem que não é genético haha

Aini 14:03
Sou a Aini (ela/dela). Já joguei no último jogo da Gloria. Ela está se menosprezando, mas ela é incrível. A melhor.

uwuFRANuwu 14:04
PRÓXIMO

Aini 14:04
PRÓXIMO!

uwuFRANuwu 14:05
hahahaha toquei no verde aini
tá me devendo um refri

Aini 14:06
Aff!
Te dou uma coquinha. 😁😁😁
Ah, tem a Maggie (ela/dela) também. É minha amiga da escola e novata no RPG.
Tá, AGORA próximo.

beckwhat 14:16
oi, sou a Hollis (ela/dela). sou nova mas já conheço o jogo ♥ tô muito animada!!! *(editado)*
próximo!!

iffy.elliston 14:22
ai desculpa esse macbeth vai me matar juro
sou a iffy elliston (ela/dela) já joguei algumas vezes
mas nunca uma campanha longa, então tô animada
por ter arrumado um grupo dedicado

beckwhat 14:23
@iffy.elliston você também estuda na holmes, iffy??

iffy.elliston 14:23
aham

beckwhat 14:23
legal, eu também!!

iffy.elliston 14:23
maneiro
já leu macbeth?

beckwhat 14:24
não sei se "ler" é a palavra certa......

Glooooooooooooria 14:24
Chama na DM, meninas. Hoje o assunto é M&M!
Próximo assunto: expectativas e regras.

uwuFRANuwu 14:24
CHATICEEE
não me olha assim gloria marie
ela tá me olhando tipo assim
(ʘ‿ʘ)

Glooooooooooooria 14:25
https://docs.google.com/document/d/1KCemWwae fHw3va5gfsfFJxfqeu9KY9MTzunuilt7GXw/edit?usp =sharing*
Fiz um Google Doc com minhas expectativas de etiqueta à mesa. Por favor leiam. Tenho certeza de que todas vão concordar porque é coisa básica de ser humano normal, tipo respeitar o outro, não ser transfóbico, homofóbico etc. Tem um lugar pra assinar se concordam.

Aini 14:26
Não falei que ela era a maioral?

Glooooooooooooria 14:27
Tá, eu sei que tô exagerando, mas tô num ano sabático antes da faculdade. Saí da escola, mas a escola não saiu de mim.
Em vez de trabalhos, escrevo guias de M&M.
Ah, e vou acrescentar algumas informações sobre as adaptações que fiz para os Oito Reinos, pra deixar um pouquinho mais inclusivo, e um guia pra criação de personagem quando começarem a ter ideias pros seus.

uwuFRANuwu 14:28
EU VOU SER BRARBARO
BARBRARIO
O QUE QUEBRA TUDO!!!!!!!

Aini 14:29
Não tinha como você ser outra coisa, Fran.

---

* Veja as regras do jogo pelo QR Code na página 300.

Gloooooooooooooria 14:30
Bom, eu queria que todo mundo se reunisse logo pra gente criar os personagens e definir as estatísticas ao vivo, ainda mais que algumas são novatas. A gente podia decidir um dia e horário fixo que dê certo pra todo mundo e começar logo.
Que tal sexta-feira às 18h?

Aini 14:31
Pra mim, dá.

uwuFRANuwu 14:32
SIIIM
dã

Aini 14:33
Vou mandar mensagem pra Maggie.

iffy.elliston 14:33
não prometo toda sexta
às vezes rola alguma coisa do aliança gay-hétero
mas na maioria dá

beckwhat 14h35
sexta sim claro! *(editado)*

Gloooooooooooooria 14h36
Beleza. E o transporte? Vamos jogar na casa da minha mãe, começando nessa sexta. O endereço é a oeste da Cincy, em Price Hill.

Aini 14h36
Eu dirijo, então de boa.

iffy.elliston 14h36
eu também

beckwhat 14h38
eu não.
ai, desculpa.
moro na covington do outro lado do rio.

uwuFRANuwu 14h38
RIP beckwhat

beckwhat 14h39
posso ir de uber.

iffy.elliston 14h39
imagina
eu te pego

beckwhat 14h40
tem certeza?? *(editado)*

iffy.elliston 14h40
absoluta

Aini 14h41
Leva lanches, Hollis!
É seu pagamento.

beckwhat 14h41
e eu pago a gasolina.

iffy.elliston 14h42
melhor ainda

Gloooooooooooooria 14h43
A Aini levantou um assunto importante.

uwuFRANuwu 14h43
CUPCAKES

Gloooooooooooooria 14h44
Vamos fazer um rodízio de quem leva os lanches.

uwuFRANuwu 14h44
CUPCAKES CUPCAKES

Gloooooooooooooria 14h44
Quer ser a primeira, Hollis?
Sem pressão.

beckwhat 14h45
claro eu levo os lanches!

uwuFRANuwu 14h45
CUP!!! CAKES!!!!!!

beckwhat 14h45
posso até levar cupcakes.

uwuFRANuwu 14h46
já é minha nova favorita
já era, aini
quem é aini mesmo????

Gloooooooooooooria 14h46
Primeiro, alguém tem alergia ou restrição alimentar?

uwuFRANuwu 14h47
eu só como cupcake U-U

Aini 14h47
A Maggie é vegana mas sempre leva as coisas dela, então tudo bem os cupcakes.

Glooooooooooooria 14h47
Ok, ok.
Isso é tudo então. Vocês são muito eficientes. Acho que vamos ser um ótimo grupo.
Minha única preocupação é a Francesca.

Aini 14h48
Ahhhahahahaha!

uwuFRANuwu 14h48
safjasjfkjkLJSLKJALFKJFJOIJI
U-U
como ousa

Glooooooooooooria 14h49
Podem conversar aqui sempre que quiserem.
E me mandar msg sempre que precisarem.

uwuFRANuwu 14h49
ヾ(@ˆ▽ˆ@)ノ

Aini 14h50
Tchau, Gloria!
Tchau, todo mundo!

iffy.elliston 14h51
até, povo

beckwhat 14h51
obrigada gloria! ♥ ♥ ♥

Hollis ficou mais meia hora ali, relendo o histórico da conversa.

Ao chegar ao fim, não tinha certeza do que tinha acontecido. Todas as outras meninas pareciam amigas (ou irmãs) e Hollis, uma estranha — o que não era muito bom. Já ficava de fora no grupo do Chris. Porém, ninguém, nem uma única vez, quis saber se ela era gostosa, então considerava isso uma vantagem.

Talvez outra leitura ajudasse. A rodinha do mouse de segunda mão girou reclamando de voltar tudo para cima outra vez.

CAPÍTULO TRÊS:
CHEGA LOGO, SEXTA!

— Começamos, hum, sexta-feira — disse Hollis. Ela e sua turma, que consistia de Chris e Landon e o amigo deles, Marius, estavam do lado de fora da escola, escorados no muro de tijolos. Aquele muro, como todo o restante da escola, era velho e malcuidado. A maioria dos estudantes de Covington estava matriculado no colégio católico, e a negligência com a Escola Holmes era evidente como os rombos do orçamento para o ensino público. Uns dez estudantes estavam por ali, todos os nerds no ponto de encontro de sempre.

— Deve estar parecendo uma eternidade — falou Marius.

Hollis assentiu e cruzou os braços. Não estava acostumada a ser o centro das atenções nas conversas. Nos últimos três anos, a atualização das manhãs de segundas-feiras era toda sobre o jogo de RPG dos garotos. Foi legal, enfim, contribuir com algo. Talvez o plano já estivesse funcionando.

— Parece demais, Hollis — comentou Chris ao seu lado e piscou o olho azul. Deu um gole no energético e depois o entregou para Marius; o ritual pré-aula dos dois. — Assim você não precisa mais aguentar aquele bardo.

— Mas sempre vai ter um bardo. — Landon, especialmente pálido e esquelético sob a luz da manhã, deu uma risadinha pelo nariz.

— Ah, a partida na Games-a-Lot não foi legal? — Marius sacudiu a cabeça e deu um gole no energético.

— Não foi muito minha praia. — Hollis deu de ombros.

Suor encharcava sua sobrancelha. Mesmo na sombra, mesmo tão cedinho antes das aulas, já estava quente. Embora Covington fizesse fronteira com o Meio-Oeste através do rio, ainda ficava tecnicamente no sul, onde o verão nunca realmente acaba.

— Você vai mesmo jogar com um monte de menina. — Landon cruzou os braços sobre o peito, a voz seca, como se o grupo não valesse nem mesmo uma pergunta.

— Aham — concordou Hollis, que tinha acabado de explicar tudo em detalhes.

— Sei.

Sei era um código de Landon. Significava que ele queria dizer algo mais. Nunca algo bom. Hollis tentou ignorar, torcendo para que, se ficasse quieta, ele também se calasse.

Mas Hollis não tinha sorte quando se tratava de Landon.

— Só acho engraçado... — continuou ele. Hollis inspirou profundamente. — Tipo, um monte de menina jogando Mistérios e Magias? Não, valeu — disse ele, por fim.

— Hum. — Hollis expirou devagar. Torcia para que demonstrasse o quanto não estava disposta a continuar a conversa.

Em geral, Chris se intrometia nessa hora e mandava Landon calar a boca. Inclusive, foi por isso que ele e Hollis começaram a namorar; quando Landon se juntou ao grupo no primeiro ano, a situação se repetia tanto que todos presumiam que já rolava alguma coisa. Como Hollis e Chris eram melhores amigos desde o sétimo ano, quando os pais dos dois se divorciaram, resolveram tentar. Nenhum dos dois precisaria mais ficar sozinho ou tentar encontrar outra pessoa para namorar, e eles já conheciam as coisas importantes um do outro. Mas, naquele momento, Chris estava concentrado em domar os fios loiros e rebeldes de seu cabelo, uma tarefa tão inútil quanto Hollis tentar corrigir Landon.

Hollis encarou Chris, fuzilando a cabeça dele com o olhar como se tentasse apertar um botão vermelho de alerta por meio de telepatia.

— É um jogo de menino, né? Bem violento, cheio de combates e tal. — Landon lambeu o lábio rachado, pensativo. — Deve ser um monte de sapatonas — concluiu, acrescentando depois, com cara de preocupado: — Só não vai virar lésbica, tá?

Ninguém vira lésbica, tipo, não é como lobisomem nem nada do tipo, era o que ela queria dizer. O olhar de Landon a desafiava. Mas Hollis ficou ansiosa, sentiu um aperto nas costelas, um rubor em suas bochechas. Negou com a cabeça.

— Beleza — soltou. — Vou tentar.

O mau humor dela piorou exponencialmente, especialidade do Landon. Hollis se virou para entrar na escola. O movimento foi o suficiente para trazer Chris de volta à realidade.

— O Landon só tá com inveja que você vai passar um tempo com meninas humanas, sabe? Meninas de verdade. — Chris tentou apaziguar. — Acho legal que você encontrou um grupo. Mas sabe o que é mais legal?

— Essas tranças iradas — disse Marius, fingindo passar a mão pelo próprio cabelo.

— Também e... — Chris olhou para o muro — ... estamos prestes a começar o primeiro dia do último ano. O primeiro dia da última parte da nossa aventura épica da vida real.

Hollis esperou pelo *sei* de Landon. Mas ele disse:

— É isso aí, meu chapa.

Chris colocou um braço sobre os ombros de Marius e o outro sobre os ombros caídos de Landon.

Hollis sabia que ele estava fazendo cena. Era um dos motivos por que namorá-lo era tão confortável; era mais fácil desaparecer no fundo quando Chris tomava o protagonismo, exigindo atenção. Mas havia algo genuíno em seu olhar marejado naquele momento. Último ano significava algo para ele, e para Landon e Marius também — para as *aventuras épicas da vida real* deles. Mas não para Hollis. Ela engoliu em seco aquele nó na garganta.

— Que os dados nos sejam favoráveis e nosso bando nunca se desfaça — afirmou Marius.

— Você tá exagerando na metáfora de RPG — replicou Landon. — Fui.

E então, empurrando Chris com força na direção do outro amigo, provocando uma colisão, ele seguiu na direção da porta. Ela rangeu quando ele abriu. Precisava de óleo nas dobradiças ou de uma companhia melhor que Landon?

— Sei — disse Hollis, mas sem o mesmo efeito que Landon provocava.

A um passo e meio atrás do grupo, Hollis se encaminhou para o primeiro dia do terceiro ano, pensando que já poderia ser sexta-feira.

◇

Na escola, o tempo sempre passava devagar para Hollis.

Mas aquela Primeira Semana do Terceiro Ano estava passando ainda mais lentamente que o normal. As pessoas pronunciavam assim, feito um título, como se fosse algo importante.

Os professores não falavam de outra coisa antes de iniciar os joguinhos de apresentação, apesar de se tratar basicamente do mesmo grupo desde o fundamental I — com os ocasionais acréscimos desagradáveis, tipo o Landon. Falaram disso também na reunião geral, com todos eles enfileirados no palco. Falaram disso na sala dos professores, enquanto Hollis esperava sua mãe sair do Clube de Redação Criativa ou Chris terminar o ensaio de música, quem quer que acabasse primeiro e pudesse levá-la para casa.

Estes, todos diziam, eram os melhores anos da vida deles — que aproveitassem antes de acabar, pois não durariam para sempre. Antes que se dessem conta, seria o fim do ensino médio e começo da faculdade. Não importava que a maioria dos estudantes iria para a Universidade Northern Kentucky, a dez minutos dali, ou que alguns sortudos iriam para a Universidade de Cincinnati, do outro lado do rio — ou outros, como Hollis, que queriam entrar em qualquer uma. Parecia dramático. Definitivo. Isolador.

Cada vez que o assunto surgia, deixava ainda mais claro a importância do iminente jogo de Mistérios e Magias. Quanto mais se aproximava, menos certeza Hollis tinha de que queria ir. Se os meninos estivessem certos, se o jogo fosse realmente *assim*, ela não conseguia imaginar que seria muito divertido, mesmo sem Maxx, o Bardo. Mas com o fim do ensino médio se aproximando a cada passo que dava nos corredores da Escola Holmes, com a mão desajeitada e suada segurando a de Chris, ela sabia que estava fazendo a escolha certa.

Se conseguisse enfrentar jogos o suficiente para provar a Chris que era capaz, isso seria um obstáculo a menos que o final do ano poderia criar entre eles. Antes mesmo de serem Hollis e Chris, namorado e namorada, antes mesmo de serem Hollis e Chris, improváveis melhores amigos da escola, eles haviam sido Beckwith, Hollis e Bradley, Chris, vizinhos na chamada dos professores desde o jardim de infância. Chris era sua constante. A ideia de que algo como a formatura pudesse se infiltrar no espaço entre eles — que, às vezes, dependendo de como as turmas eram divididas, também era preenchido por Bowen, Madison — era assustadora.

Se este era para ser o ano dourado deles, então Hollis queria que Chris a visse reluzindo, mesmo que antes precisasse provar que merecia esse brilho.

Só não tinha previsto o quanto de preocupação extra isso acrescentaria à sua semana.

Não, mentira. Hollis estava ciente de quanta preocupação ela conseguia enfiar numa semana. Era quase uma atividade extracurricular. Mas nesta semana parecia que ela estava acrescentando um tiquinho a mais.

Uma parte eram preocupações rotineiras. Chegaria na hora? Lembraria de levar as canetas boas? Tinha tudo de que precisava na bolsa?

Outra eram as coisas com as quais tinha se acostumado a se preocupar nas semanas anteriores à meia sessão na Games-a-Lot. Lembraria a função de cada dado? Já tinha memorizado todas as regras do livro do jogador? Se tirasse o Natural 1 e falhasse totalmente em algo importante, o grupo a perdoaria ou a expulsaria em meio às gargalhadas?

Mas esta semana trazia novas preocupações, pois o novo grupo era de gente muito mais descolada que ela.

Era um hábito nocivo, mas ela fez mesmo assim.

Stalkeou todo mundo no Instagram.

Gloria Castañeda era um ano mais velha que Hollis, comprovado pelo resgate de uma foto de formatura do ano letivo anterior. Como sua bio era apenas uma bandeira colombiana e uma bandeira do arco-íris, Hollis teve que continuar investigando. A maioria das fotos eram em lugares interessantes, como um mercado local, alguma cafeteria moderna ou parque. Também havia muitas fotos no Hospital Infantil de Cincinnati, onde trabalhava ou era voluntária.

Gloria também era linda de morrer.

Era gorda, como Hollis, mas enquanto Hollis tinha barriga e coxas redondas que Landon chamava de "queijo cottage" na aula de educação física do primeiro ano, Gloria tinha curvas em todos os mesmos lugares que as modelos *plus size*. Além do mais, ela tinha o tipo de confiança com que Hollis sonhava algum dia ter. Dava para ver nos sorrisos de lábios vermelhos de Gloria, nos quadris, acima da cintura da calça jeans, como o umbigo aparecendo quando usava *croppeds* preto e branco listrados.

Era o tipo de menina que Hollis desenhava.

Em algumas fotos, havia uma garota mais nova — uma Gloria em miniatura, mais magra, distinta e vestida sempre em cores fortes. Embora não pudesse confirmar, havia algo no rosto dela, um entusiasmo quase enlouquecedor, que combinava com a energia da Fran.

E então havia a Aini.

De tudo o que viu — e foi muito porque ela postava *tudo* —, Aini era descolada naquele nível que só existia em livros e filmes. Cabelo curto preto, ou melhor, o lado raspado era preto, o topo era um amontoado de cachos abertos, que ela mudava de cor a cada semana: rosa-choque, verde vibrante, amarelo banana. Suas roupas eram descontraídas, daquele tipo que leva horas para copiar, bem no estilo "acordei assim."

Além do mais, Aini aparecia sempre ao lado de alguém legal fazendo algo legal. Não dava para saber onde ela estudava, mas parecia um lugar bem melhor que o de Hollis. Também não dava para saber a que grupo pertencia, pois todos — atletas, nerds e e-girls — apareciam nas suas fotos. Havia até uma foto dela com os pais, um homem e uma mulher sul-asiáticos com um sorriso amplo semelhante ao da filha, divertindo-se à beça numa espécie de *passeio* com os pinguins do zoológico de Cincinnati no aniversário de 17 anos da garota.

A única palavra para descrever Aini é *muito*. Muito de alguma coisa que Hollis não sabia se queria fazer parte ou não.

A partir do perfil de Aini, encontrou o de Maggie, uma menina branca que estudava na mesma escola que Hollis. Sua conta era verificada e tinha mais de dez mil seguidores. Por quê? Vai saber. As fotos mostravam comida vegana, *looks* do dia no estilo bruxa-grunge, fotos do quarto decorado e selfies. De todas as meninas, Maggie, loira, meio desnutrida, era a mais descolada — ou pelo menos era verificada. Nenhuma outra no grupo poderia se gabar de um Reels com mais de cinquenta mil visualizações.

Hollis não precisou stalkear Iffy Elliston no Instagram, já que ela também estudava na Holmes. Embora o nome não fosse imediatamente familiar no Discord, ela já tinha visto aquela garota negra, alta e esbelta pelos corredores. Iffy era presidenta da Aliança Gay-Hétero, secretária da Sociedade de Honra e a primeira representante trans da escola no Conselho Consultivo Juvenil do Governador. Havia muitos estudantes ocupados na Holmes, mas Iffy batia o recorde: ela estava em todos os lugares ao mesmo tempo, uma verdadeira força da natureza. Hollis não precisava se preocupar com o quão descolada Iffy era porque isso ficava óbvio para qualquer um que passasse por ela no corredor.

E então havia Hollis, cujo Instagram privado só continha fotos dos seus desenhos com menos de dez curtidas e não era presidente de nada.

Presidente da preocupação, talvez. Seu estômago revirou.

Mesmo com essas meninas bem mais maneiras do que ela, o novo grupo ainda era uma aposta melhor do que voltar à Games-a--Lot. Além disso, não era Hollis que precisava se encaixar no grupo, era sua personagem.

Para se poupar do estresse, ela decidiu — depois voltou atrás e decidiu de novo umas seis vezes por dia — reciclar Alvena Ravenwood para esse jogo. Por um lado, a feiticeira não tinha tido uma boa oportunidade. Por outro, a salvava de ter que memorizar outra lista de magias.

Conforme a sexta-feira se aproximava, ela ficava contente com a decisão.

Mas ainda se preocupava.

Antes que tivesse tempo de entender como isso acontecera tão depressa, Hollis se viu na cozinha na tarde de sexta-feira dando os retoques finais em um dos dois tipos de cupcakes que levaria: morango com cobertura de limão. O de chocolate com cobertura de chocolate, sempre o favorito, já estava gelado e pronto em um pote. Os cupcakes veganos que ela testou com uma massa pronta do supermercado estava no lixo. Era o lugar mais gentil para eles, considerando como ficaram.

A língua de Hollis escapou entre os lábios concentrados. O açúcar de confeiteiro brilhava à luz do fim da tarde que entrava através das duas amplas janelas da cozinha — uma das vantagens de morar em um sobrado antigo, alto e estreito, construído muito antes de haver eletricidade em todas as casas. Hollis olhou novamente por cima da bancada para o relógio no fogão: 17h07.

Iffy Elliston viria buscá-la às 17h30 para garantir que não ficariam presas no trânsito, achar o apartamento da mãe da Gloria e encontrar uma vaga na rua. Ela tinha 23 minutos para finalizar tudo e verificar sua bolsa para ter certeza de que havia colocado tudo de que precisava.

Com cuidado, Hollis colocou glacê amarelo-claro nos cupcakes cor-de-rosa. Na metade do processo, a porta da cozinha se abriu e sua mãe entrou, com o cabelo grisalho preso em um coque frouxo e metade de uma banana escurecendo em uma das mãos. Ela já estava com o tipo de cansaço de início do ano letivo, quando passava a ser a sra. Merritt, professora de Teatro e Redação Criativa da Escola Holmes, em vez de apenas Donna ou mãe. Certa vez, quando ela e o pai de Hollis tinham acabado de se divorciar, sua mãe ficara assim, e Hollis havia ficado preocupada que esse jeito significasse que ela, Hollis, tivesse feito algo errado. Depois ela começou a entender que a situação duraria algumas semanas e então as coisas se equilibrariam, independentemente de qualquer coisa que fizesse ou deixasse de fazer.

Com um barulho pesado, Donna largou a bolsa sobre a mesa, ao lado da banana.

— Que cheiro bom, Hols. — A mãe dançou (era assim que sua mãe se movia, uma senhora sonhadora sempre bailando) até ela e colocou a cabeça sobre o ombro da filha. A bochecha no ombro de Hollis estava quentinha da caminhada de volta para casa.

— Valeu. Assando uns cupcakes. Não se preocupa, guardei dois de cada pra você. — Ela apontou para um pote com quatro cupcakes mais feinhos. — Preciso levar o resto.

— Ah, é? — A mãe encostou o quadril no balcão. — Pra onde?

Hollis hesitou se contava ou não. Ali, na cozinha tão familiar, com seus armários de madeira cafonas e a geladeira capenga coberta dos pés à cabeça com obras de arte de Hollis, parecia um lugar seguro o suficiente para a verdade. Pelo menos em parte.

— Tenho um compromisso.

— É mesmo? Que tipo de compromisso?

Era assim que sua mãe a sondava: sem encher o saco. Apenas com interesse genuíno.

Hollis suspirou.

— Vou jogar com umas meninas. Aquele jogo Mistérios e Magias. Encontrei um grupo novo sem nenhum tarado, ao que tudo indica. Acho que vou me encaixar lá.

— Ah, que bom. Que bom.

Havia algo no tom de voz da mãe. Hollis queria saber mais.

— *O quê?*

— Hein?

— Heinnnnn? — Hollis parou de espalhar a cobertura e encarou a mãe. Eram só as duas havia tanto tempo que ela sempre sabia quando a mãe queria falar mais alguma coisa. — Fala.

— Ah, nada.

— *Mãe.*

— Não é nada — disse ela, mas continuou: — Só acho meio brega, Hols, só isso.

Parte dela queria protestar. A outra, queria concordar. Em vez disso, Hollis suspirou e voltou ao trabalho. Os olhos se cravaram no relógio. 17h23. Sete minutos.

— Preciso terminar isso aqui — disse ela, mais seca do que deveria. — Minha carona tá chegando.

— Hollis.

— O quê?

— *Hollis*.

Ela olhou.

— O que foi?

— Falando sério agora. Se você curte, eu curto. — Ela fez uma pausa suficiente para Hollis perceber a mudança nas feições da mãe, de brincalhona para sincera. A cozinha tinha esse poder: transformava aquela mulher não em professora Merritt, nem mesmo em Mãe, mas em Mãe Solo Tentando Fazer o Melhor Pela Filha que o Ex-Marido Quase Sempre Chamava de *Difícil*. Hollis tinha certeza que tinha alguma coisa a ver com todas as lembranças cozinhadas ali. — E estou orgulhosa por se arriscar. Sei como é difícil.

Hollis ficou quieta, disfarçando a consideração com glacê. Nem ela sabia se curtia aquele jogo, no fim das contas. Mas queria curtir. E às vezes isso basta.

— Valeu. — Hollis empurrou para a mãe a tigela de cobertura. Ela sempre lambia. — Tá azeda. A cobertura, quero dizer. É de limão.

— Mas você é tão doce que vai compensar.

— E o Mistérios e Magias que é brega, né?

A mãe deu uma piscadinha e pegou a tigela.

— Me conta como foi, beleza? Merda, garota!

◆

— Então...

Iffy Elliston olhou de soslaio para Hollis. Ela estava ao volante do seu Honda Accord cor de cobre, um veículo pelo menos dois anos mais velho do que elas. Havia manchas de ferrugem nas rodas. Hollis ficou com medo de algo despencar quando foi bater a porta.

Iffy terminou a frase:

— ... animada?

— Quê? — Rapidamente, Hollis acrescentou: — Ah, sim. — Ela estava ouvindo, mas também pensando numas três coisas diferentes (se os cupcakes sobreviveriam ao bueiro à frente, se tinha se lembrado de pegar o Manual do Jogador, se o atraso de três minutos da Iffy iria acabar com as chances delas de achar uma vaga perto do apartamento), então demorou um pouco para entender de qual assunto deveria falar em voz alta. — Muito animada. E nervosa.

— Mulher! — Iffy a olhou de frente dessa vez, os cachinhos voando com a brisa da janela. O ar-condicionado não funcionava. — Por quê?

Hollis nunca precisava de motivo para ficar nervosa. Hoje pelo menos tinha um. Seu estômago revirou.

— Sou nova nisso, não quero estragar tudo.

— Não dá pra estragar Mistérios e Magias — disse Iffy. — É tudo faz de conta.

Ela tinha razão.

— Tá, eu sei. Na teoria.

Mas isso nunca impedia Hollis de se preocupar.

— A não ser que sua imaginação seja péssima e tal.

— Não. — Bem... — Bem, digo...

— Tô zoando, Hollis. — Era a primeira vez que Iffy dizia o nome dela. O som suavizou seu nervosismo. — Vai ficar tudo bem.

Hollis encarou Iffy. Mas os olhos dela estavam concentrados de volta na rua ao cruzarem a ponte que ligava Kentucky a Ohio. Mas a garota sorria. O tipo de sorriso que contagiava Hollis na hora.

Talvez ficasse tudo bem — pudesse ficar — com Iffy.

CAPÍTULO QUATRO:
SESSÃO ZERO

Q ualquer sensação de conforto que Hollis começava a sentir com Iffy desapareceu assim que estacionaram — a um quarteirão e meio de distância.

Iffy pegou uma das bandejas de cupcakes. A bolsa de Hollis estava tão cheia de dados, lápis, papel e o exemplar do Manual do Jogador que escorregava do ombro, ameaçando derrubar a bandeja.

Ao chegarem na porta, encontraram um bilhete:

Aventureiras, entrem.
Valeu
G.

Iffy abriu a porta e entrou, e Hollis ficou sozinha para trás. Parecida com as casas em Covington, aquela devia ser uma antiga casa vitoriana dividida em quatro unidades. E como muitas outras em Covington, essa estava decadente. Era bem-cuidada, mas tão velha que nem mesmo uma minuciosa manutenção poderia impedir a madeira da entrada de ficar capenga e as paredes de cem anos precisarem de mais uma demão de tinta verde. Mesmo assim, algo no fato de estar localizada em Cincinnati a tornava diferente. Hollis olhou para trás e observou a noite quente de Ohio.

Era sua última visão de relativa calma.

— Gloria! Gloria! Chegaram, as duas chegaram!

Uma garota de cabelos escuros e bagunçados apareceu no canto depois de um corredor curto. Tão depressa quanto surgiu, desapareceu, e de repente surgiu de novo, correndo na direção delas, apressada. A menina mais nova do Instagram de Gloria chegou perto demais de Hollis.

— Sou a Fran! — anunciou, quase tão alto quanto digitava. — Qual é a Iffy e qual é a Hollis?

— Hum — murmurou Hollis.

— Iffy — disse Iffy, tirando uma das mãos da bandeja.

— Então *você* é a Hollis — concluiu Fran, apontando.

Hollis demorou um segundo antes de responder:

— É.

— Ótimo, legal. — Fran, que estava descalça, virou-se de volta para onde veio. — Vem, a gente estava esperando vocês.

Iffy olhou para Hollis demonstrando que ainda não tinha entendido muito bem toda aquela animação. O olhar de Hollis em retribuição fez Iffy rir disfarçadamente enquanto seguiam a garota. Separada por uma porta aberta, ficava a sala de jantar, onde estavam todas reunidas. O coração e a mente de Hollis estavam alucinados e não conseguiam registrar nada além de pessoas em volta de uma mesa redonda.

— Viu — gritou Fran —, elas chegaram!

— Finalmente! — exclamou uma garota de cabelo loiro-escuro.

— Bem-vindas, garotas — disse Gloria. Hollis a reconheceu pelas fotos. Era ainda mais linda ao vivo.

— Essa é a Iffy...

— Ei, Ai, vem cá — chamou a loira.

— ... e a outra é a Hollis, claro...

Hollis engoliu em seco.

— O que eu perdi? — Uma voz falou do corredor.

— Prazer em conhecê-las — cumprimentou Gloria, sorrindo.

— ... e estes...

— Fala pra elas não roubarem meu lugar — gritou a voz do outro cômodo.

— ... são meus CUPCAKES!

— Aqui, Ai, eu pego...
— Quais sabores você trouxe?
Hollis piscou para a garota menor e exigente, que estava com uma mão na cintura e olhar acusatório.
— Francesca, *relaxa*, não são só pra você.
— ... esse lugar aqui e você esse...
— É, Hollis, que sabor eu tô segurando? Eu sei que um é de...
A cabeça dela virou para Iffy, e...
— Basicamente são meus, porque eu tive a ideia.
— ... é *seu* lugar, alteza.
— ... chocolate, mas a Hollis tem outro de... de que mesmo?
O coração de Hollis acelerou tentando acompanhar a conversa animada.
— Chocolate e o que mais?!
— Acho que ela falou de morango ou algo assim.
— Fran, *senta*, os cupcakes não vão fugir, eles não têm pernas.
Já as de Hollis estavam prontas para sair correndo.
— Mas eu tenho, e quero cinco!
— Graças a *Deus*! — Alguém apareceu na outra ponta do corredor. Hollis reconheceu Aini por conta do cabelo chamativo: um azul-petróleo brilhante, diferente do ruivo do último post. Aini se jogou na cadeira guardada pela loira. — Vamos começar logo.
— Essa é a coisa mais sensata dita nos últimos cinco minutos. Bora, galera.
Gloria falava de um jeito que todos — até a Hollis, que ainda estava parada na porta — ouviam e aquiesciam. Hollis colocou a bandeja de cupcakes na mesa e se sentou numa cadeira de madeira sem braços, entre Iffy e a menina loira, que agora entendeu se tratar de Maggie.
— Eles, hum — falou Hollis, baixinho —, são de morango com cobertura de limão.
Fran, que estava sentada bem na frente dela naquela mesa de carvalho — ou imitação de carvalho —, deu um gritinho e pegou cinco.
— Calma aí que eu vou querer um também — avisou Gloria. Não havia cabeceira na mesa, pois era redonda, mas o modo como ela

chamava atenção deixava claro que se houvesse uma, era lá que estaria. Hollis não sabia dizer se foram as paredes pintadas de um tom suave de creme ou o sorriso gentil e discreto de Gloria, mas algo fez seus ombros relaxarem assim que se sentou. — Vamos fazer uma apresentação, pra todo mundo se reconhecer ao vivo?

— Boa — concordou Iffy, tirando a jaqueta. — Mas eu chuto que essa... — Apontou o dedo magro para o outro lado da mesa. — ... é a Fran.

— Como você sabia? — indagou a menina com a boca cheia de cupcake.

Ao lado de Hollis, Maggie abafou uma risada.

— Exato — confirmou Gloria. — Essa criatura é minha irmã mais nova, a Fran. Não, Francesca, *por favor*, não fala com esse tanto de comida na boca. Acabei de limpar a mesa. E eu sou a Gloria, por sinal.

— Eu, a Iffy.

— Hã... Hollis.

— Maggie — disse a loira ao lado de Hollis.

Ao vivo, a figura franzina e os grandes olhos azuis eram tão perfeitos quanto nas redes sociais. A roupa e a maquiagem foram combinados de um jeito que Hollis nunca tinha visto fora da internet. Maggie não parecia alguém que gostaria de passar a noite de sexta-feira jogando RPG. Hollis queria se sentar perto de uma das outras garotas.

— E eu sou a Aini, *obviamente* — declarou ela, e o jeito como falou fez Hollis acreditar que deveria ser óbvio para todo mundo, até para alguém que não tivesse fuçado o Instagram dela.

— Certo, beleza — disse Gloria —, vamos começar?

— *Por favor* — pediu Aini.

— Mmmpfh — cuspiu Fran.

Hollis piscou, perplexa. Pelo que se lembrava do início da campanha dos meninos, as primeiras sessões foram desastrosas e desorganizadas, todos atrapalhados com as regras do jogo. O caos de ruídos e novidade à sua volta já era tanto que ela temia não conseguir aguentar muito mais.

Mas quando Gloria falou, foi com calma, seguindo um plano.

— Bom, o que eu gosto de fazer sempre que começo uma nova campanha, ainda mais com novos jogadores, é botar o grupo pra conversar sobre personagens. Tenho certeza de que já leram na internet sobre grupos equilibrados e papéis obrigatórios, mas eu não acho isso tão importante. O que eu *acho* importante é que todo mundo concorde.

— Ah, boa — disse Iffy. — Pra não acabar com, tipo, cinco bardos da Costa Sul mal-humorados.

Hollis sorriu ao ouvir a piada sobre bardos.

— Exato — concordou Gloria. — Mas admito que sempre tive vontade de jogar uma campanha só com bardos, como se fossem uma *boy band* ou coisa do tipo. Enfim, sim, isso, e pra garantir que não teremos nenhum lobo solitário esquisito e que todo mundo vai jogar direitinho.

— Direitinho, sei.

Fran sorriu diabolicamente, com os dentes cheios de cobertura.

— Eu sabia que ela ia causar — comentou Gloria. Hollis também encarou a fala como um aviso. Tipo quando a mãe usava a voz de professora. — Bom, o que cada uma pensou?

— Eu serei uma bárbara — disparou Fran. — O nome dela é Mercy Grace, o que é irônico, sabe, porque ela é parente de trolls e tem, tipo, uns 15 metros de altura. Ah, e ela gosta de botar pra quebrar.

Hollis e as outras meninas esperaram por mais detalhes, mas depois de certo silêncio, parecia que era só isso quanto a Mercy Grace.

— Eu vou ser um bardo — informou Aini. — Menino mesmo, porque não resisto à minha vontade lésbica de brincar com performance de gênero, tá? Ele é metade fada, e tem pele marrom, claro. E toca alaúde, mas mais por diversão do que pela magia.

Debaixo da mesa, o dedão de Hollis se remexia dentro do sapato direito. Ela estivera torcendo para não ter que lidar com bardo nenhum.

— Eu serei Tanwyn Silva — declarou Maggie, agora com uma voz completamente diferente, mais grave, porém mais suave, com... não língua presa, mas um S sibilante. Num instante, Maggie se tornou outra pessoa, de outro lugar. — Fauna ladina albina de Fernglen, no Terceiro Reino, Vale de Lott. Ela é esperta e também ladra, mas tem boas intenções e é uma heroína popular entre seu povo... Aquela coisa de roubar dos ricos para dar aos pobres.

Hollis observou Maggie. Aquele brilho labial perfeito não parecia pertencer a alguém que falava tão detalhadamente sobre um personagem de M&M. Com certeza tinha pesquisado mais que Hollis. Por trás dos seus lábios comprimidos, os dentes se cerraram.

— Uh, gostei — disse Aini, aparentemente sem se preocupar com essas coisas. — Então ela já tem certa experiência com aventuras?

— Sim. Ou, sei lá... — Maggie olhou para Gloria.

— Sim, tudo bem — concedeu a Guardiã do Mistério. — Já quero começar com todo mundo no Nível 3 mesmo pro grupo não ficar tão fraco.

— Ótimo — concordou Iffy —, porque eu estava pensando numa feiticeira élfica das águas, mas não bolei uma história. Queria ver como ela se encaixa nesse mundo.

— Bem — continuou Gloria —, nossa aventura começa no Porto de Fallon, no Segundo Reino, que é um vale do delta do Mar Cerúleo. A cidade possui uma guarda, a Guarda Cerúlea (original, né?), que conta com muitos mágicos.

— Funciona.

Iffy começou a anotar em linhas precisas no caderninho que trouxera.

Hollis, por sua vez, não achou que não funcionaria. *Ela* deveria ser a feiticeira.

Iffy devia ter notado o leve pânico se estabelecendo na feição de Hollis, porque levantou uma sobrancelha para ela.

— Tudo bem, Hollis?

— Quê? Ah, hum, sim. Tudo. Sabe, eu não tenho certeza sobre meu personagem.

Essa era uma resposta mais legal do que *eu ia jogar com uma feiticeira da Costa Cerúlea também, mas agora não posso porque você já pegou esse papel.* Mas Iffy estava sendo muito legal para que Hollis dissesse algo assim. Porém, o que acabou dizendo fez parecer que não se importava com o jogo.

Sua pulsação acelerou. Olhou para baixo. Com a unha do dedão, concentrou-se numa ranhura no tampo da mesa.

— Sabe, eu só queria ser, hum, um personagem que fosse necessário. Pro grupo.

— Hollis, você não precisa tapar buraco. — A voz de Gloria era firme, mas reconfortante. — O que você *quer* jogar?

— Eu tô... — Devia pegar as bandejas de cupcake e sair correndo. Hesitante, ela engoliu em seco e terminou a frase: — ... bem aberta.

— Sério, mulher — disse Iffy ao seu lado —, você pode jogar o que quiser.

Mas Hollis não queria ser confortada. Apertou os dedos em volta do lápis, que deslizou por conta do suor repentino. As bochechas ficaram vermelhas, e ela teve certeza que, se tirasse os olhos do caderno, ia desatar a falar da Alvena ou chorar.

Hollis queria uma saída.

— Precisamos de um curandeiro — sugeriu Aini depois de um sufocante momento de silêncio. Ela olhou bem nos olhos de Hollis e algo se suavizou no peito da menina. — Que tal um paladino?

— *Ah.* — Hollis não tinha pensado nisso.

— Essa é uma boa ideia — acrescentou Iffy. — Um cavalheiro. Eles costumam ter coeficiente de magia e força altos, então são bons de cura e de porrada.

— Isso! — berrou Fran.

Em algum momento, ela tinha avançado nos cupcakes de chocolate e a cobertura marrom cobria seus lábios.

Hollis não tinha nenhuma referência de paladino, a não ser o menino da Games-a-Lot que tentara, e falhara, proteger os goblins, ou a vez que Chris pensara em ser um, mas no final optou por um ladino, pois, de acordo com ele, paladinos não eram "sanguinários o suficiente" para acompanhar um jogo liderado por Landon. Mas, pelo que as meninas diziam, parecia combinar com ela.

— Talvez a paladina pudesse ser da Guarda Cerúlea? — perguntou Hollis, hesitante, tanto para Iffy quanto para Gloria.

— Podemos ser do mesmo regimento — ofereceu Iffy. — Conexão instantânea. História perfeita.

— É. — O coração de Hollis se acalmava. — Legal, eu acho que consigo ser paladina.

— Acho que você já é. — Aini parecia orgulhosa.

— Ela poderia ser elfa também — sugeriu Iffy.

— Sei não... — ponderou Hollis. — Que tal humana?

— Você pode ser qualquer coisa nos Oito Reinos e quer ser humana? — Aini a olhou de soslaio. Havia certo brilho em seus olhos. — Ousada.

— Hum, acho que sim...

— Isso merece um cupcake — disse Fran, empurrando um de morango na direção dela.

Hollis riu e aceitou, dando uma mordida. Diferente de Fran, engoliu antes de dizer:

— Valeu.

— Já trabalhando em equipe, hein? — cantarolou Gloria. — Que orgulho. — Ela pegou um cupcake. — Ok, ok. Normalmente, o que eu gosto de fazer a seguir é...

Antes que Gloria terminasse a frase, Fran, com os dedos grudentos, pegou uma sacolinha de tecido, abriu diante delas e a virou de cabeça para baixo. Cerca de vinte dados, de diferentes tamanhos, formas e cores, retiniram contra a mesa, como uma onda de resina.

— Ô, menina, você vai acordar a dona Virginia de novo — ralhou Gloria, exasperada. Então se virou para as outras garotas: — A vizinha do 1B. Sou cuidadora dela durante meu ano sabático. Ela é uma graça, mas fica de mau humor quando a Franzinha aqui a acorda depois das seis. — Gloria lançou à irmã um sorriso cansado. — O que acontece *sempre*. Mas Fran tem razão. Vamos pegar os dados e tirar uns valores. Fran, ajuda a Hollis e Maggie, já que as duas são novas no jogo?

— Ei, eu sou nova também — protestou Fran.

— Sim, mas você já leu o Manual do Jogador umas dez vezes. Ajuda as meninas.

— Sim, *mamãe*. — Ela suspirou e então cutucou Aini. — Troca comigo.

— Nem pensar — recusou-se Aini. — Esse lugar é meu. Pra sempre.

— Ai, que grossa — reclamou Fran, e começou a arrastar sua cadeira para o outro lado. Hollis se afastou de Maggie para abrir espaço. Não sabia dizer como acabou em uma parceria com a dupla mais assustadora do grupo.

— Certo, crianças — começou Fran ao se acomodar entre Maggie e Hollis. — Por favor, me digam que trouxeram dados.

— Eu... sim — confirmou Hollis, pegando os dela na bolsa. Ralhou consigo mesma por ter esquecido de pegá-los no começo. Ainda estavam na caixinha de plástico retangular na qual vieram. Um kit com sete dados: vinte, doze, oito, seis e quatro lados, e mais dois de dez lados, para porcentagens. Tinha pegado emprestado com Chris para o jogo na Games-a-Lot. Eram verde-neon com risquinhos brancos e os números em vermelho, como o Natal dos anos 1990.

Os dados perolados com números roxos de Maggie também ainda estavam na caixa. Ela chacoalhou na direção da Fran.

— Belezura. — Fran deu um gole na Coca-Cola (Aini cumpriu a promessa feita no Discord), limpou a boca com as costas da mão e assentiu. Ela era um pouco sinistra. O charme tranquilo e cheio de liderança de Gloria não tinha sido herdado pela irmã mais nova. — Então, precisamos tirar suas estatísticas nos dados. Vocês sabem o que são as estatísticas.

Maggie e Hollis trocaram um olhar, sem saber ao certo se tinha sido uma afirmação ou uma pergunta retórica.

— Sim ou não? — pressionou Fran.

— São os números que representam as habilidades do personagem — respondeu Maggie.

— Correto. — Fran bateu palmas uma vez, com força. — Pelo menos, já sabem isso. Ponto extra se souberam quais são as seis habilidades.

— Hum, sim — começou Hollis, olhando discretamente para Maggie. — Constituição que é, tipo, a capacidade de suportar ataques físicos. A Força é óbvio. A Destreza avalia a agilidade e reflexos.

Já a Inteligência rege o conhecimento de fatos e capacidade de raciocínio, enquanto a Sabedoria determina o bom senso e intuição. Por último, o Carisma, que mede a influência e magnetismo pessoal.

— Ela merece um cupcake — disse Fran, pegando um para si em vez disso. — Então, precisamos jogar seis vezes o dado, uma para cada habilidade. Vamos pegar o d6. É assim que chamamos os dados, de acordo com as faces; nada de *dado de 6* ou *dado de 6 lados*. E então vamos jogar três vezes. Se o total ficar abaixo de seis, pode jogar de novo. Bora.

— Aqui — interveio Aini, do outro lado de Maggie. — Podem pegar os meus d6. É mais divertido jogar os três de uma vez.

Aini empurrou vários d6 de cores variadas na direção delas. Hollis pegou os dois que Maggie lhe entregou: um azul-marinho com glitter e outro nas cores do arco-íris, como uma bandeira LGBTQIA+.

— Vamos juntas? — convidou Maggie.

Alguém como Maggie jogando dados era algo muito estranho. Mas Hollis precisava desse jogo, dessas meninas. Se fosse provar ao Chris que poderia jogar M&M, ela precisava se encaixar nesse grupo primeiro. Só de pensar, algo se abriu no seu peito — algo grande, eletrizante, assustador. Seu rosto corou.

— Tá, claro — concordou. — Por que não?

Seu estômago revirou enquanto balançava a mão cheia de dados. Os três dados bateram na mesa.

— Ih, que azar — lamentou Maggie, somando. — Tirei 8.

A sorte de Hollis foi melhor, com um total de 14.

— Legal — disse Maggie. — De novo?

O barulho dos dados dela se juntou ao de Aini e Iffy, do outro lado da mesa. Maggie teve azar no começo, mas acabou tirando 18, que é o mais alto possível, explicou Fran, com um toque de inveja na voz.

— Boooooom... — cantarolou Fran, tirando a forminha de mais um cupcake. — Agora vocês combinam os números com a habilidade que faz sentido. Tipo, no que seu personagem seria bom ou ruim.

Hollis não tinha certeza em que sua paladina ainda sem nome seria boa ou ruim, mas colocar as pontuações no lugar ajudariam a decidir. Sua maior pontuação no Carisma, onde reside sua habilidade com magia, que funcionaria de acordo com a força de sua convicção. Seria um desafio interpretar um personagem com Carisma alto, mas Hollis tentou não se preocupar. Depois, trabalhou Força, Destreza, Constituição e Inteligência, o que deixou sua pontuação mais baixa para Sabedoria.

Nisso, pelo menos, se assemelharia ao personagem. Hollis Beckwith não era muito intuitiva.

Fran explicou o restante da parte numérica, todos os aperfeiçoamentos nas pontuações de habilidade e as vantagens extras. A parte mais complicada era a dos modificadores, mas também era a mais importante. O modificador de habilidade era o que se acrescentaria aos dados durante o jogo, determinando o sucesso ou o fracasso de suas ações.

Um paladino era um guerreiro religioso, então precisaria adorar a um deus. Sem pensar demais, Hollis folheou as páginas do Manual do Jogador até chegar a uma tabela de deuses e deusas do reino e escolheu um nome bacana — a Senhora Justa e Temível. Era a deusa do mar, o que combinava com a Guarda Cerúlea costeira e tinha um símbolo sagrado bonito — duas ondas estilizadas quebrando uma na outra de maneira simétrica —, e então Hollis acrescentou isso à sua ficha de personagem.

Na hora de escolher o equipamento, ela acenou para chamar a atenção de Gloria. A Guardiã do Mistério se levantou e se aproximou, pairando atrás da cadeira de Hollis.

— Hum? — murmurou Gloria.

— Estava olhando o equipamento inicial e pensei, hã, não tô vendo aqui, mas será que eu poderia ter uma armadura?

Hollis não sabia dizer de onde veio aquela ideia, mas havia surgido em sua mente no momento da sugestão de Aini. Embora soubesse pouco da sua personagem, ela tinha certeza de que ele usaria uma armadura. Talvez para contrastar com Alvena, que usava só aquela capa. Talvez só quisesse desenhar uma armadura. Era importante. Hollis sentia que sim, sentia em seus ossos.

— Armadura completa?
— Hum, sim, por favor.

— Acho um nível um pouco alto pra começar — respondeu Gloria por cima do ombro. — Não vai combinar com o resto do grupo.

— Ah, tudo bem. — Hollis franziu o cenho, olhando para a ficha.

— Entendo.

— Não, não, espera — retomou Gloria. — Podemos chegar num acordo. E se... — Ela ficou quieta por um momento, a cabeça inclinada para o lado. — Sei que ainda não tem uma história para o personagem, mas e se ele tiver um peitoral bem bacana, tipo o início de uma armadura completa? Vai combinar melhor com um bando de Nível Três e pode ser uma maneira de começar a criar essa história. O que acha?

— Posso pensar?

— Sim, Hollis, claro. E sempre pode me mandar mensagem no Discord quando tiver dúvida.

— Beleza. — Hollis voltou a se animar.

— Ok, ok. — concordou Gloria, endireitando-se. — Com exceção de magias... Mas, por favor, escolham as suas antes da próxima sexta-feira... O restante tá pronto?

— Sim, capitã! — berrou Fran, que de algum modo preparou seu personagem em um terço do tempo.

— É, acho que sim — disse Aini. — E você, Iffy?

— Tudo pronto.

— E a Fran ajudou a gente também — ressaltou Maggie, apontando entre ela e Hollis.

— Bom trabalho, pessoal. — Gloria se sentou à ponta da mesa, ou melhor, transformou seu assento vazio em cabeceira outra vez e bateu uma única palma. — Gostaria de bolar a campanha usando a história dos personagens, então me falem o que posso usar ou não. Se não houver mais nada, é isso por hoje.

— Ah, *cara* — berrou Fran —, só isso? Nenhum spoiler?

— Fran, não vamos usar uma aventura pronta. Preciso escrever tudo.

— Improvisa — protestou a mais nova.

— Não. Além disso, as meninas ainda precisam dirigir pra casa. Nem todo mundo mora aqui, como você.

Fran, visivelmente desanimada, soltou um "táááá" em resposta.
— Foi muito legal, Gloria. — Iffy se levantou e se espreguiçou. — Nunca joguei com uma pré-sessão assim.
— É, foi legal mesmo — concordou Hollis.

Ela tentou mais uma vez comparar esta noite com a meia sessão que jogou na Games-a-Lot, mas não havia nada que pudesse comparar. Já sabia mais sobre todos esses personagens do que sobre qualquer outro daquele dia — até mesmo Maxx, o Bardo, cuja única habilidade era Sedução. Sabia mais sobre os de hoje do que sobre Herbie Derbie, o primeiro personagem de M&M de Chris, que havia sido uma lenda em sua mesa de almoço na escola nos últimos quatro anos. Aquele espaço expansivo voltou a crescer em seu peito, inchando calorosamente. Pela primeira vez naquela noite, Hollis teve certeza de que estava no caminho certo. Ela mal podia esperar para contar ao Chris sobre sua paladina ou discutir juntos sobre seu peitoral.

— Muito legal — concluiu ela.
— Graças a mim, né? — acrescentou Fran.
— Então, sessão um na semana que vem? — perguntou Gloria.
— Sim.
— Isso.
— Claro.
— SIIIIM.
— Hum, sim.
— Maravilha — disse a Guardiã do Mistério. — Até lá então.
— Valeu, Gloria — disse Hollis, tentando parecer tão agradecida quanto realmente estava.
— Por nada, Hollis. Que bom que você veio.
— É isso aí — reforçou Aini.
— Tipo, você pelo menos trouxe cupcakes — observou Fran.

Quando seguiu Iffy porta afora, Hollis mal podia esperar pela próxima sexta-feira.

— Foi só eu que achei muito legal? — perguntou Iffy.

Ao lado da garota, Hollis sorriu.

— Não foi só você.

— Que bom. — Na rua escura, a voz de Iffy era agradavelmente alta, suave e firme, com um leve sotaque sulista. — Porque foi o jogo mais legal de Mistérios e Magias que eu já joguei, e nós nem jogamos de verdade.

— Pois é! — Na escuridão, Hollis tentou exibir um sorriso tímido para Iffy. — E que bom que nossas personagens vão se conhecer.

Iffy entrou pelo lado do motorista, abrindo a porta com a chave; seu Accord não era o tipo de carro com fechadura elétrica. Hollis a esperou destrancar a porta do passageiro por dentro.

De repente, alguém veio correndo na calçada atrás delas.

— Ei, Hollis. — Ela virou a cabeça para ver um borrão de pele marrom e camiseta branca. — Esqueceu isso.

Aini segurava uma caixa de dados.

— Opa. — Hollis estendeu uma das mãos. A outra ainda segurava a maçaneta do carro, esperando o clique de abertura. — Valeu.

— Opa — repetiu Aini, sorrindo. — De nada. Não pode deixar seus dados pra trás. Precisa deles pra todos os jogos. Erro de iniciante.

— É — murmurou ela, contente por ser Aini e não Fran, que insistira em comer mais uma rodada de cupcakes quando Hollis repartiu entre elas no fim da noite, deixando-a preocupada com o nível de glicose no seu sangue. — Agora eu sei. E não são meus dados, na verdade.

— Ah, é? Mas eu vi você usando esses daí.

— São emprestados — explicou ela. — Do meu namorado.

— Ah... — Aini levantou a mão até o peito, como se tivesse sido ferida. Passou a outra mão pelo cabelo azul-petróleo, os cachos caindo no lugar errado perfeito. De perto, aquele cabelo era ainda mais estiloso. Hollis queria desenhá-lo. Ela tinha o lápis da cor certinha. — Deve ter sido por isso que saiu só número ruim.

— Como é que é? Meus valores foram perfeitamente medianos. Acima da média, na verdade.
— A média é bonitinha, mas eu consegui tirar 18 duas vezes.
— Ah, é?
— É, então fica esperta, Hollis Beckinha.
— É Beckwith.
— O meu é Amin-Shaw. — O sorriso dela reluzia na noite escura. — Até semana que vem, Hollis.

E tão rápido quanto chegou, Aini Amin-Shaw partiu, correndo de volta para a velha casa vitoriana, desviando da roseira em frente ao apartamento da srta. Virginia.

A porta do passageiro de Iffy se abriu e bateu na coxa de Hollis.
— Vai entrar ou não?
— Vou, desculpa — disse ela, observando Aini desaparecer no retângulo de luz da porta dos Castañeda. — Esqueci os dados.

CAPÍTULO CINCO:
A ESCOLHA DOS PERSONAGENS

Domingo chegou preguiçoso e curto, como sempre, e Hollis ainda não tinha parado de pensar na sessão zero com Gloria e as garotas.

Deveria estar fazendo a tarefa de ecologia, a matéria que o pessoal do último ano fazia quando já está cansado demais para qualquer outra disciplina científica. Mas em vez de desenhar um diagrama do ciclo da água, Hollis desenhava personagens.

Foi a coisa mais produtiva que fez durante todo o fim de semana: sua personagem. O nome dela era Honoria Steadmore. Tinha 21 anos, jovem para uma capitã da Guarda Cerúlea. Veio de uma família que era a versão fantasia da classe média alta. Hollis considerou torná-la pobre, mas ela própria já era pobre na vida real. Parecia justo dar dinheiro a Honoria, se pudesse, mesmo que tudo fosse imaginário.

Na curta biografia que havia digitado, manteve breves relatos sobre os detalhes da vida de Honoria. Primeiro porque Hollis ainda se lembrava de Maxx, o Bardo, passando os primeiros 15 minutos daquela terrível sessão na Games-a-Lot falando sobre sua história trágica, e ela não queria fazer isso. Segundo porque manter uma história aberta daria a Gloria mais espaço; daria liberdade à Guardiã do Mistério para usar o que quisesse no enredo do jogo.

Mas principalmente porque Hollis não era escritora. Era artista, então passara o fim de semana desenhando o retrato que incluiria na biografia quando postasse no Google Doc compartilhado no Discord.

Como Hollis, Honoria tinha cabelo castanho e cacheado, mas Honoria usava o dela em um short bob com franja. Tinha olhos azuis — que eram mais interessantes de desenhar do que os castanhos — e bochechas salientes, sardentas e sempre coradas, bem como a ponta do nariz. Ambas as meninas eram gordas, mas Honoria era mais como Gloria — muito diferente de Hollis.

Como Honoria fazia parte da Guarda Cerúlea, escolheu essa cor como sua paleta primária. Ela aparecia na faixa de cintura e na túnica sob a armadura. Por contrastar bem, adicionou na paleta de Honoria um vermelho profundo e rico, que aparecia nas leggings e no tecido que usava no pescoço, como uma bandana. Chris a aconselhou sobre o tipo de espada, dissuadindo-a de um martelo de guerra, mas ela deixou a arma embainhada na cintura, o punho aparecendo de leve por trás dos quadris largos.

O ápice da vestimenta era mesmo o peitoral. Hollis conseguiu a aprovação de Gloria por mensagem. Era uma herança de família, feito de um metal especial, o cobaltril, que os Steadmore extraíram havia muitas gerações. Ao longo dos anos, eles guardaram pequenos fragmentos do metal precioso — valorizado em todos os Reinos por sua resistência superior e impressionante coloração azul — e mesclaram-no ao cobre para forjá-lo em um item de armadura.

Como a arte de mineração e forja do cobaltril havia muito sido esquecida, a peça tinha um valor inestimável.

Hollis passara cinco horas inteiras trabalhando na intrincada incrustação dos dois metais diferentes e até estreou suas aquarelas metalizadas — um presente de Natal do ano anterior tão bonito e caro que até então havia permanecido lacrado — para colorir o retrato de meio corpo. Na página totalmente branca, o azul-cintilante e o cobre brilhavam de um jeito único.

Honoria era Hollis melhorada. Isso era algo que adorava na arte: ela nunca seria tão descolada quanto Gloria e as meninas, mas Honoria certamente poderia ser tão legal quanto as outras.

A personagem estava sendo desenhada num estilo meio cartunesco, exceto pelos detalhes do peitoral. Hollis esboçou com lápis

Nereida, a feiticeira élfica de Iffy. Embora só de pensar em conversar com Iffy na escola já ficasse enjoada, elas conversaram bastante no Discord desde então. Não eram amigas, ainda não, mas Hollis achava que um dia se tornariam. Já sabia mais sobre Nereida, e Iffy, do que sobre o restante do grupo.

Desenhou Nereida a partir da descrição de Iffy: alta e magra, como a própria jogadora, mas distante de um modo que Iffy não era. Selecionando com cuidado um lápis Prismacolor, ela sombreou o azul-cerúleo nos trajes das duas personagens.

A dupla combinava. Ficava feliz por Honoria ter Nereida. Também ficava feliz de ter Iffy — mesmo que basicamente só pela internet.

Quando começou a acrescentar mais detalhes e sombreados, Hollis caiu na real: precisava terminar o trabalho da escola e já estava ficando escuro. Sua cadeira rangeu, e ela deixou o caderno e a aventura para outra noite.

Por sorte, Honoria e Nereida ainda tinham um longo caminho pela frente. A aventura estava apenas começando.

⬢

— Quer dizer, paladinos são irados e tal — disse Landon por cima do almoço: sanduíche de pasta de amendoim, batatinha, dois sachês de ketchup e leite integral.

Lá vinha o *mas*, atrasado pela mastigação.

— Mas o resto tá bem brega.

Hollis revirou os olhos.

— Você nem vai jogar — disparou sem pensar. Queria acrescentar: *então enfia o brega naquele lugar*.

Landon ergueu a sobrancelha, então ela deu de ombros e comeu uma batatinha, sem dizer nada daquilo.

— Qual é, Landon. — Chris jogou um peperoni da pizza no rosto do amigo, cortesia da pizzaria LaRosa's, que fazia entregas diárias. Errou, e o peperoni caiu sobre a mesa redonda e riscada, uma dentre as dúzias espremidas no refeitório meio sujo da Holmes. Chris

pegou o peperoni e comeu. Sobre o tampo, restou o círculo engordurado.
— Nem todo mundo gosta de batalhas intermináveis.
— Hum, sim, é verdade. Mas você gosta.
— Estou lisonjeado, mesmo, mas não sou todo mundo, juro.
— Igor, o Terrível, matou muitos — declarou Landon, com o sotaque digno de Igor, o atual bárbaro de Chris.

Em geral, Hollis curtia as opiniões de Landon sobre o jogo. Ele era meio babaca, sim, mas era atento aos detalhes e amava tudo relacionado a Mistérios e Magias. Embora nunca tenha admitido em voz alta, o prazer com que Landon falava dos personagens era um dos motivos para fazer Hollis querer jogar. Não importava o quanto a vida mudasse no próximo ano, Landon manteria o jogo igual. Nunca deixaria algo atrapalhar o que ele tanto amava. Hollis queria aquilo. Como se ouvisse seu pensamento, Landon olhou para ela e sorriu, malicioso.

— E alguns até mereceram — acrescentou ele..

— Cuidado, Landon — alertou Chris —, você pode ser a próxima vítima do Igor.

A conversa rumou para a disputa se Igor, o personagem do RPG, poderia acabar com Landon, um menino real de 17 anos. Apesar da verdade óbvia, Landon insistiu que triunfaria. Os olhos e a mente de Hollis divagaram.

Do outro lado do refeitório, sentada com um grupo grande de pessoas se divertindo bem mais que Hollis, estava Iffy Elliston, no meio de uma risada, a mão esguia cobrindo os dentes muito brancos. Ela bateu de brincadeira no braço da pessoa ao lado dela — um atleta enorme com um sorriso encantador, quase tão brilhante quanto o de Iffy. A piada entre os dois parecia hilária. A mesa, tão cheia que precisaram puxar cadeiras extras, estava transbordando tanta alegria que até mesmo a tinta branca suja da parede atrás parecia mais limpa e convidativa.

A vibe na mesa de Hollis era tão diferente que parecia que alguém tinha lançado o feitiço *Nuvem Espinhosa*.

Talvez Iffy pressentisse, porque no exato momento em que Hollis afundou na cadeira, pensativa, a garota olhou em sua direção, o sorriso enorme ainda radiante. Combinava com o sorriso imaginado do outro lado das mensagens do Discord. Iffy acenou para Hollis.

Sem pensar, Hollis retribuiu o aceno.

— Eita — resmungou Landon.

O debate da batalha de Landon *versus* Igor tinha sido solucionado ou abandonado, pois agora mais três pares de olhos encaravam Iffy.

— Por que aquela esquisita tá olhando pra cá? — perguntou Landon.

— *Landon*.

— Que foi? Não sou transfóbico, mas...

— Literalmente ninguém que fala isso *não* é transfóbico.

O sorriso amigável de Iffy ainda reluzia nos olhos de Hollis quando ela virou e encarou Landon.

— Tanto faz. — Landon revirou os olhos. — Mas, sério, por que ela tá olhando?

Chris estava quieto demais. Hollis encarou o perfil dele antes de responder:

— Ela está no meu grupo de RPG.

— Ai, que merda — disse Marius.

— Chris, tô te falando, cara — avisou Landon. — Cuidado ou a Hollis pode virar uma dessas esquisitas.

Ela ficou vermelha e respirou fundo.

— Gente — Chris enfim falou ao ver a cara de Hollis —, corta essa, vai.

Mas já estava acontecendo; mesmo distantes, os dois mundos em rota de colisão deixavam Hollis desconfortável e culpada. Com as duas mesas olhando para ela, não tinha para onde escapar.

— Quer saber — anunciou Hollis —, preciso ir. — Ela ficou de pé e arrastou a cadeira até o lugar. — Te vejo depois da aula, Chris.

Mas Hollis não viu Chris depois da aula.

Nem Marius ou Landon.

Em vez de pegar carona com Chris, Hollis esperou pela mãe. Enquanto isso, desenhou Honoria defendendo Nereida numa batalha contra um troll. E se sentiu péssima por não ter feito isso na vida real.

⬢

Como era a segunda sexta-feira que esperava pela mensagem de Iffy avisando que tinha chegado, Hollis achou que seria mais fácil. Não foi.

Na semana anterior, Hollis tinha a distração dos cupcakes para manter mãos e mente ocupadas entre o fim das aulas e a hora do RPG. Agora, não, então sua mente e suas mãos estavam inquietas. Sentada à mesinha de jantar da cozinha, com sua única cadeira do exato mesmo modelo daquela que estava no seu quarto, mas totalmente diferente de alguma forma, Hollis Beckwith era pura ansiedade.

Com uma energia frenética que só sentia quando estava muito animada ou muito nervosa, Hollis desenhava. Enchia a página com os personagens discutidos na sexta-feira anterior, detalhados pelas biografias no Google Doc.

Primeiro, a fauna albina de Maggie, Tanwyn, meio-humana, meio-cabra, com cascos. Hollis a desenhou usando muitas camadas de camisas e capas pretas, em diferentes estágios de desbotamento, como Maggie descrevera na biografia. Quando terminou as camadas necessárias para uma ladina esconder o que quer que fosse, Hollis coloriu os olhos de Tanwyn com um tom de rubi mais escuro que as chamas da fogueira ao seu lado.

Hollis precisou pesquisar no Google o que era um meio-elfo — um cara bem gato, ao que parecia — e do que se tratava um alaúde — um violão pequeno e torto — ao iniciar o bardo de Aini, com a boca aberta no meio de uma canção. Como Aini na vida real, Hollis fez do bardo, chamado Umber Dawnfast, o mais baixinho do grupo. Deu à pele dele um tom de marrom semelhante ao de Aini, já que ela tinha dito que eles tinham a mesma cor. Porém, nos pontos altos de seus traços — a ponta do nariz anguloso e no topo das orelhas pontudas —, acrescentou um brilho azulado sobrenatural, como se fosse um iluminador dramático usado por um guru da maquiagem, para realçar o lado feérico de sua ancestralidade. O tom até mesmo aparecia através do decote em V de seu gibão azul-marinho e dourado, brilhando na curva de suas clavículas.

Ao lado do bardo, ela desenhou a corpulenta bárbara parente dos trolls de Fran, Mercy Grace, batendo palmas ao ritmo da música. A biografia de Fran era a mais simples de todas — e escrita quase toda em maiúsculas, como Hollis já esperava —, então tomou algumas liberdades em suas feições, certificando-se de deixar cicatrizes de batalha nas bochechas e braços musculosos. Algo que Fran mencionara especificamente havia sido a coleção de Mercy de itens de saques, que Hollis representou em seus trajes — calças bonitas e uma túnica elegante de um tamanho e meio menor, emprestada permanente e involuntariamente do guarda-roupa de um nobre, bem como dois intrincados pentes de cabelo de sândalo incrustados com joias enfiados no cabelo de Mercy em cada lado acima do raspado. Sendo parte troll, sua pele tinha um tom esverdeado e ela era uns bons trinta centímetros mais alta do que Nereida, que Hollis adicionou à imagem sentada ao lado dela em seu discreto, mas finamente trabalhado manto de feiticeira da Guarda Cerúlea. O fio prateado tecido na seda refletia o brilho de uma tiara que Nereida usava na cabeça. O cabelo encaracolado formava uma auréola por baixo. Nereida era negra e, como elfa do rio, trazia indícios da herança aquática: a pequena membrana na parte inferior de seus dedos finos e um tom azul-marinho nas pontas das orelhas pontudas em formato de barbatana.

Mesmo com seu peitoral de cobaltril, Honoria, sentada ao lado de Nereida, parecia sem graça ao lado delas.

Hollis alisou, sem necessidade, a página.

Vinte e seis minutos até às 17h30.

Vinte e seis minutos era tempo demais.

Enquanto a mão trabalhava, sua mente ia longe. Voltou para a hora do almoço, para o que Landon dissera. Ela sabia que tinha sido ridículo, mas isso não calou o pensamento. Quando começou a colorir os detalhes, o constante movimento do dedão fazendo as linhas ficarem tortas nas pontas. As palavras também se movimentavam, repetindo-se.

A Hollis vai virar uma dessas esquisitas.
A Hollis vai virar uma dessas esquisitas.
A Hollis...

Era um passo na direção errada — não na direção do grupo dos meninos, mas um passo firme na direção dos esquisitos.

Tanta coisa nela já era esquisita. Será que precisava de mais?

E não seria fácil mandar uma mensagem privada para a Iffy no Discord, avisando que não poderia ir? Ela já quase não falava no servidor, nervosa demais para voltar depois da primeira conversa. As meninas nem iam perceber sua ausência; só tinha participado de uma sessão. E nem foi uma sessão *de verdade*, foi só um planejamento. Hollis inventava personagens o tempo todo, então, se abandonasse o grupo, nem teria sido perda de tempo. Talvez Chris e Landon estivessem certos: ela não dava conta do mundo de M&M, do mundo *deles*.

Hollis largou o lápis colorido, um tom de linho para a pelagem da fauna. A mão pairou acima do telefone.

Então se lembrou da conversa com Gloria sobre o peitoral de cobaltril e do emoji de sorrisão que Iffy mandou quando planejaram a história conjunta de Nereida e Honoria, e de Aini se dando ao trabalho de levar os dados para ela. Hollis suspirou.

Não conseguia se afastar. Ainda não. Tinha muito o que provar. Deixou o telefone de lado.

Fuçando na bolsa em busca do azul para retocar as feições élficas do bardo, a mão de Hollis resvalou na caixinha do remédio para controlar a ansiedade. Pegou um comprimido. Melhor fazer isso ali do que na cozinha de Gloria.

Olhou a hora.

Vinte e cinco minutos.

CAPÍTULO SEIS:
GRUPO REUNIDO

Pelo menos dessa vez, o caos já era esperado.
— Hollis! Iffy!
Claro que a primeira voz que ouviu foi a de Fran, de trás da porta, antes mesmo de abri-la. Mas a surpresa ficou por conta da mulher que abriu a porta trajando o uniforme azul de hospital.
— Olá, meninas. Por favor, entrem, e levem a Francesca com vocês.
Antes mesmo que Hollis ou Iffy pudessem passar do batente, Fran chegou para cima delas, abraçando-as pelas cinturas e arrastando-as para dentro, como se fosse uma criatura muito afetuosa do *Monstruário*, o livro de M&M que continha todo o folclore e valores dos monstros dos Oito Reinos.
— A Maggie trouxe legumes pro lanche — informou ela com voz sofredora. — Vamos ter que expulsá-la.
— Oi pra você também, Fran — implicou Iffy, seguindo a menina mais nova na direção da sala de jantar.
— Ela é empolgada — disse a mulher atrás de Hollis, após fechar a porta. — Tenham paciência.
— Ah, você é a mãe dela. — Hollis fez uma careta diante da idiotice que falou.
A mãe de Fran e Gloria sorriu.
— Sim, eu sou. Pode me chamar de Johanna, por favor. Obrigada por deixarem a Franny participar. A vida não está fácil pra ela, e posso ver que isso está ajudando.

Era a primeira vez que Hollis ouvia falar disso, mas tentou não deixar transparecer quando murmurou:

— Hã?

— Com o diagnóstico e os remédios e tudo mais. — Johanna olhou para o corredor onde Fran e Iffy haviam desaparecido. — Juntar TDAH com dislexia e um cérebro dotado desses... Sabe como as crianças do fundamental são... Mas ter um lugar na mesa de vocês fez muito bem pra ela.

— Ah — repetiu Hollis, olhando na direção de Fran. Hollis já fora uma menina no fundamental com diagnóstico e remédios. — Eu, hã, sei como é — falou, sem olhar nos olhos da mulher. — Que bom que está ajudando.

— Que bom mesmo. Bem, vou trabalhar. Siga a barulheira. — Johanna sorriu e acrescentou: — E tem pizza no congelador se quiser algo que não seja legumes.

Hollis devolveu o sorriso. Obedecendo, foi até a sala de jantar.

O barulho da mesa caiu sobre ela feito uma onda, mas não foi paralisante dessa vez. Na verdade, as conversas paralelas e o som dos dados eram agradáveis. A pequena sala de jantar estava menos intimidadora. Sem a ansiedade ofuscando sua visão periférica, parecia até um lugar confortável. O tom de creme das paredes suavizava o caos, era tranquilizador, convidativo.

Hollis ficou no mesmo lugar da semana anterior, então, a partir de Gloria na ponta da mesa que não era bem uma ponta em sentido horário estavam: Fran, Aini, Maggie, Hollis e Iffy. Começou a tirar as coisas da bolsa: ficha de personagem, agora com lista de magias e inventário, o kit de dados emprestado de Chris e o caderno de desenhos. Ela enfileirou os dados sobre a ficha, ajeitando seu d4 depois que a pilha de dados de Fran caiu e espalhou meia dúzia de d12 pela mesa. Deixou o caderno fechado, mas próximo, caso algo importante precisasse ser desenhado.

Estava prestes a mostrar para Iffy suas magias de paladina quando ouviu cordas tocando.

Na agitação do começo, Hollis de algum modo perdera a informação de que Aini Amin-Shaw tinha um ukulele.

— Você toca ukulele? — perguntou sem pensar.

— Agora eu toco. — Aini tocou uma nota agradável. — É o mais próximo de alaúde que achei, e nossa líder magnânima deixou que eu tocasse como fundo musical.

— Legal — comentou Iffy, rolando o d20 e fazendo cara feia para um seis antes de rolar outra vez.

— O que você tá fazendo? — perguntou Maggie.

— Aquecendo os dados.

— Não gasta a sorte antes de começar! — aconselhou Fran.

— Tô tentando gastar o *azar*.

Fran bufou, mas Maggie, inspirada, começou a aquecer seu d20 dela.

— Bardos costumam tocar algum instrumento durante o jogo? — perguntou Hollis, hipnotizada pela melodia feérica que Aini dedilhava.

— A *Aini* costuma tocar um instrumento durante o jogo — explicou Gloria do outro lado do seu escudo de Guardiã, uma barreira de papelão dobrada em quatro que manteria suas anotações escondidas.

— É, ela tocou flauta doce na última campanha, quando era uma ranger — acrescentou Fran.

— Você toca flauta também? — perguntou Hollis a Aini.

— Não — respondeu Gloria. — Esse era o problema. Combinamos dessa vez de ela tocar algo de verdade, e não só desafinar e acordar a srta. Virginia.

— Prometo que o Metal vai ficar pra outra noite. — Aini parou de tocar e esticou o mindinho. — Promessa de dedinho.

Gloria negou o dedinho, fingindo desespero.

— Ok, garotas. Se todas estiverem prontas, que tal jogar um pouco de Mistérios e Magias, hein?

— SIM — gritou Fran.

As demais esperaram em silêncio que Gloria começasse.

Iluminada de cima pela luz quente e amarela do candelabro de vidro esfumaçado, Gloria ficou quieta. Em contraste, o coração de Hollis disparava no peito. Martelava, como se os pés de cada aventureiro de cada sessão de Mistérios e Magias se preparassem para uma aventura bem ali entre suas costelas. Depois do que pareceu uma eternidade para Hollis, os cantos dos lábios da Guardiã do Mistério se levantaram num sorriso. Gloria respirou fundo. Hollis prendeu a respiração.

O jogo havia começado.

— Com ruas movimentadas e cidadãos em busca de uma vida melhor, Porto de Fallon, a capital do Segundo Reino, faz jus à reputação cosmopolita. Hoje é o Dia da Bênção, feriado local de agradecimento às famílias governantes da cidade. — De vez em quando, os olhos de Gloria desciam, provavelmente para anotações que havia preparado. Hollis ouviu atentamente, a respiração ainda superficial no peito, o olhar suavizando enquanto se concentrava. — Todas as esquinas e varandas estão decoradas em cerúleo e verde, roxo profundo e pervinca, âmbar e pinho: as cores das famílias governantes. O movimento dos pés, o cheiro de cerveja no ar...

— Cerveja! — berrou Fran.

— Shhh — censurou Aini.

—... e as cores parecem se condensar em direção ao centro da cidade. Todos estão aglomerados na enorme praça central, de onde saem todas as ruas da cidade. Bem no centro, um palco de madeira polida havia sido erigido. Ali estão vocês, as cinco: foram contratadas para a segurança do evento.

Gloria fez uma pausa e olhou para o rosto de cada uma. Quando seus olhos castanhos encontraram os de Hollis, esta ficou vermelha de tanta animação.

— Por que cada uma não nos conta, brevemente, por que foi contratada pelo governo e sua localização na praça?

Ela acenou um *você começa* para Fran.

— Oi, sou a Mercy Grace. Estou aqui pra quebrar tudo o que der errado e também pelas moedas. Estou ao lado de uma carrinhola de cerveja. Pra tomar conta, é claro.

Gloria ergueu sua sobrancelha perfeitamente delineada e, sem falar nada, olhou para Aini.

— Umber Dawnfast, a seu dispor. — Aini adotou um acento britânico elegante que Hollis pôde identificar como sendo de algum morador dos bairros nobres de Londres. Tocou um acorde de quatro notas no ukulele. — Vocês vão me notar porque sou o mais bonitão da praça. Meu único motivo é querer ficar no centro das atenções. E é onde estou, à esquerda do palco.

— Sou Tanwyn, e vocês nem devem estar me vendo — disse Maggie, a próxima. Usava o mesmo sotaque estranho e belo da última vez. Hollis mordeu a bochecha por dentro. Claro que Maggie seria perfeita até no M&M. — Estou nas sombras, perto de um beco, claro, deixando alguns bolsos mais leves.

A mesa ficou quieta por uns bons 15 segundos, que foi o tempo que Hollis demorou para perceber todo mundo a encarando.

— Meu Deus, é minha vez, né?

Gloria acenou, encorajando.

Hollis se esforçou muito para se sentir encorajada, mas não tinha preparado sotaque, e de repente a ideia de falar como Honoria, em primeira pessoa, era aterrorizante. Quando Chris falava sobre seus personagens, era sempre na terceira pessoa, e as vozes que ele fazia eram sempre para causar risadas. Se tentasse alguma delas agora, Hollis temia que todo mundo riria *dela*, como se *ela* fosse a piada.

— Hum, serei Honoria Steadmore — começou com sua voz normal. — Ela está aqui pois é guarda e precisa... ficar de guarda. E vai ficar perto do palco também, do outro lado... Perto da sua personagem, né?

Hollis lançou um olhar desesperado para Iffy.

— Isso, Honoria — confirmou Iffy. — Nereida está ao lado de Honoria, séria. Está a serviço também, como capitã da Guarda Cerúlea.

— Ah, então vocês duas e Umber, perto do palco, terão uma boa visão de Wick Culpepper quando ele subir ali — continuou Gloria.

Algo esquisito subiu ao peito de Hollis. Ela — ou melhor, Honoria — conhecia Wick Culpepper. Um dos poucos detalhes sólidos que ela tinha acrescentado à sua biografia, uma rede de segurança caso Honoria não se encaixasse no grupo e precisasse de um NPC no qual se apoiar. Wick era o segundo filho da Alta Vereadora do Porto de Fallon, comandante da Guarda Cerúlea e namorado de Honoria. Na vida real, ter um namorado facilitava as coisas para Hollis — ou ao menos garantia que ela sempre tivesse alguém com quem passar o tempo —, então achou justo dar a mesma segurança para Honoria. Wick também era, além da elfa de Iffy, a única ligação de verdade que tinha com a história. Hollis engoliu em seco.

Gloria parecia estar puxando a biografia de Honoria primeiro.

— "Bom dia, povo do Porto de Fallon!", declama Wick. — Hollis ficou aliviada por Gloria não usar um sotaque lindo e perfeito, e sim sua voz normal, apenas mais grave e mais alta. — "E bem-vindos à inauguração do Dia da Bênção. Este ano, vocês..." Mas Wick para abruptamente quando um raio divide o céu. Depois do choque inicial, vocês percebem... que não é um raio de tempestade. E de novo, um vermelho tão intenso que parece preto.

Um arrepio coletivo percorreu a mesa enquanto Gloria sorria. Fran não parava quieta na cadeira, os lábios cerrados, tentando segurar um gritinho. Aini se agarrou ao ukulele, dedos tensos no pescoço do instrumento.

Hollis fechou os olhos por meio segundo, visualizando a luz vermelha para depois conseguir lembrar e desenhar.

— Em meio ao ozônio — continuou Gloria —, criaturas surgem como se tivessem emergido da luz. Primeiro, podem pensar que são pássaros. Têm o mesmo tamanho, mas suas asas não possuem penas. Elas voam com ajuda de asas de morcegos bem esticadas. Conforme seus olhos vão se acostumando à visão, percebem que essas criaturas têm corpos e cabeças de gatos. Em um coro de um estranho miado, eles atacam.

— AH! — grita Fran, ficando de pé, quase derrubando a cadeira. Hollis estava tão concentrada na descrição que leva um susto com o movimento.

Gloria apenas fala:

— Precisam jogar iniciativa.

O momento chegou: o primeiro dado da noite. Hollis pegou o d20 emprestado. Parecia que era o peso do seu futuro em sua mão.

— Juntas? — perguntou Aini.

De repente, aquilo pareceu importante para Hollis — as cinco jogando o dado juntas, decidindo o destino dos personagens ao mesmo tempo. Uma energia desconhecida tomou conta dela.

— Aini, que breguice — disse Maggie, mas esperou.

— No três? — sugeriu Aini.

— No três — confirmou Iffy.

Hollis engoliu em seco e assentiu.

— Um...

Moveu o punho, chacoalhando o dado.

— Dois...

Ele rolava, primeiro frio, depois se aquecendo em sua mão.

— Três!

E de uma vez, os destinos dos cinco personagens de M&M rolaram pela mesa.

Parecia que o dado de Hollis iria rolar para sempre até que... Bem...

Nove. Um canto da boca de Hollis franziu para baixo.

E não foi o único. Aini balançou a cabeça, chateada.

Mas Fran deu um berro de alegria.

— ISSO!

E ao lado dela, Iffy:

— Nada mal, nada mal.

E Maggie bateu palmas, chacoalhando a coleção de pulseiras de prata.

— Dezoito! — gritou Fran, dando um tapa em Gloria.

— *Calma*, Francesa. Vamos fazer turnos. Preciso anotar tudo. — O lápis de Gloria raspava o papel atrás do escudo. — 18 pra Mercy, ok. Umber?

Cada uma relatou o resultado, mas ninguém ganhava daquele 18. Fran estava extasiada, frenética.

— Isso significa que a srta. Mercy Grace vai primeiro — anunciou Gloria. — Mas antes vamos pegar nosso mapa.

Recostado à cadeira de Gloria, havia um rolo de papel pautado. Um elástico de cabelo laranja mantinha o papel no formato de tubo. Gloria deslizou o elástico e desenrolou o mapa sobre a mesa.

O mapa de Gloria era tão impressionante quanto o mapa da Games-a-Lot tinha sido decepcionante. Desenhado a mão com lápis colorido, mostrava a praça do Porto de Fallon. As linhas não eram tão certinhas quanto se fossem desenhadas por Hollis, mas as falhas na execução eram compensadas pela atenção aos detalhes. Tudo, desde as carriolas de cerveja até as varandas nas casas, estava representado centímetro por centímetro.

— Gloria, isso é *incrível*.
— Obrigada, Hollis. — Gloria lhe direcionou um sorriso especial. — Ok, agora é uma boa hora para posicionar as miniaturas, se tiverem. Se não, podem usar um dado para demarcar seu lugar. Os d12 são bons porque a única classe que os usa são os bárbaros e eu sei que a Fran tem...

Para completar a frase de Gloria, Fran pegou uma miniatura obviamente feita a mão por ela mesma. Tinha um pouco mais de cinco centímetros, num verde natalino, construída com biscuit. Os principais traços daquela forma arredondada eram as presas enormes e os dois braços levantados segurando um martelo enorme e meio caído.

— ... essa monstruosidade — concluiu Gloria.

Hollis ficou feliz por não ter que usar a Alvena de biquíni outra vez. Colocou o d12 sobre o mapa, perto do quadrado marrom que representava o palco.

Uma palpitação de nervosismo ondulou no seu peito ao olhar de lado para Iffy.

— Aqui, o que acha?
— Gosto. — Iffy colocou o d12 dela ao lado.

Gloria colocou quadradinhos de papel em volta do mapa. Cada um trazia morcegos desenhados de forma bem caricatural.

— Nimyr! — exclamou Fran.
— Não, Fran, o nome dela é Nereida — corrigiu Iffy.
— Não, os monstros, eles são...

— Um mistério, Francesca — cortou Gloria, séria. — Seu personagem precisaria jogar o dado para saber o que são, né? Essa é uma mesa sem metajogo.

— Tá bom, *mãe* — cantarolou Fran, irritada.

— Ok, ok. Sem birra, Franny. Mercy é a primeira. O que quer fazer?

A simples pergunta — *o que quer fazer?* — causou um arrepio pelo corpo de Hollis.

— Bom, eu bebi cerveja, é claro, então estou meio confusa. Mas quando os nim... digo, as *coisas* aparecem, fico pronta pra quebrar tudo! Vou saltitar...

— A Mercy Grace, meio bárbara, meio troll, saltita? — questionou Aini.

— Sim, saltita, ela é uma dama, e tá bêbada, Aini! — Com a mão, Fran fez um gesto para Aini sair do pé dela.

— Eu vou *saltitar* até... — Fran moveu sua miniatura. — ... esse cara aqui, e tentar acertá-lo.

— Claro — disse Gloria. — Rola pro ataque, por favor.

O d20 de Fran bateu contra a mesa. Ela sorriu com o resultado — Hollis não viu porque a miniatura não tão mini dela ficou na frente — e fez a soma dos bônus de ataque com os dedos.

— Catorze pega? — perguntou e sorriu tão largo que a mandíbula ficou dura.

— Sim, pega. Agora tira o dano, por favor.

Fran usou o tipo de dado que Hollis e Iffy usavam como miniatura, um d12.

— Ah! Legal! Doze maaaaais dois! Catorze de dano!

— Boa, Mercy — elogiou Gloria, anotando no papel. — Então, Mercy, você gira o martelo acima da cabeça e desce na direção dessa estranha criatura com asas que parecem de couro. *BAM*, ele ressoa contra a rua de paralelepípedos. A pedra se esfarelou um pouco onde foi atingida, e quando levanta seu martelo, vê que são manchas de gato-morcego no chão.

Com as unhas compridas e perfeitamente pintadas de vermelho, Gloria pega o quadrado de papel que Mercy atacou e o retira do mapa.

— E com isso você aniquilou seu primeiro inimigo.
— AÊ!
— Aí, sim!
— Uhul!

Hollis virou para a esquerda e trocou um toca-aqui com Iffy, para celebrar, depois fez um joinha para Fran. Com um inimigo a menos, ela começava a entender por que Chris e os meninos ficavam comentando tanto sobre as lutas. A animação era eletrizante.

— Podem me chamar de Rainha Mercy Grace, obrigada — anunciou Fran, fazendo uma série de pequenas reverências.

E assim prosseguiu ao redor da mesa. Maggie foi a próxima, com sua fauna Tanwyn, que se manteve nas sombras e atirou em um dos gatos-morcegos com seu arco curto, mas não o matou. Iffy mirou em seguida com Nereida, enviando uma inteligente explosão de magia de água em uma das três criaturas daquele lado do palco. O bardo de Aini, Umber, foi o seguinte, com os olhos voltados para a mesma criatura que Nereida alvejara. Com o dano psíquico combinado com seu feitiço *Paus e Pedras* ("Ei, você, feioso", disse Aini no impecável sotaque inglês de Umber, dando de ombros quando Maggie olhou de soslaio para ela), a criatura caiu do ar com o que Gloria disse ser um expressão insultada em seu rosto petrificado.

Antes da vez de Hollis, foi a rodada dos monstros. Típico — havia tirado tão baixo nos dados que até os monstros-gatos eram mais rápidos que Honoria.

O que se seguiu foi uma bagunça de dados que Gloria comandou com graciosidade.

— "AHH! AHH!" — berrou Mercy quando um deles deu um ponto de dano nela.

— "Não tão rápido, demônios" — avisou Tanwyn, driblando os dois que a atacaram.

— Ai, graças a Deus! — exclamou Iffy quando a armadura de mago protegeu Nereida.

Prang, prang, soou o alaúde de Umber — e o ukulele de Aini — quando ele levou dois pontos de dano.

— Então eu só... apago os 24 e mudo pra 14? — perguntou Hollis quando duas das criaturas atacando Honoria conseguiram acertá-la. Um dos ataques foi de duplo dano Natural 20. Algo que as meninas mais experientes encaram com assombro e medo. Mas Hollis não entendeu nada.

— Correto — respondeu Gloria, movendo os quadradinhos de papel. — E fim da rodada das criaturas. Honoria, é hora da vingança.

— Sim, ok. — Hollis respirou fundo, tentando esquecer o caos da rodada de ataque. Depois da aula, Chris tinha lhe dado umas dicas de como uma rodada funcionava: as melhores estratégias de ataque, quando e como se curar. Mas, ali na hora, Hollis não lembrava de uma palavra sequer. — Honoria está preocupada com Wick ali em cima, no meio dessa bagunça. Então, hã, vai ficar de olho nele enquanto pega o morcego-gato preso em seu cabelo e lança...

Hollis perdeu o fio da meada e olhou para a lista de feitiços que tinha passado três horas copiando do Manual do Jogador. Por um tempo que pareceu muito maior do que o das outras garotas, ela ficou quieta. Seu coração acelerava. Ela estava emperrando o jogo.

— Bora de *Choque Abrasador*, Nível Zero, e tentar tirar Wick daqui — finalizou.

— Jogada de feitiço ofensivo — comentou Gloria. — Vai.

Hollis jogou o dado, observou e tentou não se encolher diante do resmungo coletivo.

— Ah, nãããããão — gemeu Fran. — Natural 1!

— Que é o oposto do Natural 20 — interveio Maggie, tentando ajudar.

Mas Hollis continuou sem entender.

— Infelizmente, quando tenta detonar a criatura na sua cabeça com energia honrada, algo chama sua atenção, Honoria — narrou Gloria. — Durante outro clarão vermelho, você consegue enxergar algo se movendo no palco. Vê uma silhueta que em seguida é engolida pela luz. Honoria, você fica sem ar enquanto assiste... Primeiro, tão brilhante que cega, depois desbotando e se desfazendo até a figura sumir no éter. Wick Culpepper desapareceu.

Isso, ela entendeu.

— Não — disse Hollis, e nesse momento ela se sentiu como se fosse Honoria, observando o garoto que ela conhecia desaparecendo diante dos seus próprios olhos.

— Para os demais, tudo isso ocorreu num segundo. Para você, Honoria...

Gloria não completou a frase, e nem precisava. Hollis assentiu, solene. Para Honoria, era um momento eterno, impossível.

— E... — continuou a Guardiã do Mistério, com o mesmo sorriso contente pelo efeito que provocava na mesa. — ... estamos de volta ao começo do round. Mercy, manda ver!

As rodadas seguintes passaram rápido e lento demais. Hollis se sentia nervosa — estava animada, mas talvez não de um jeito muito bom. Embora soubesse que eram apenas palavras, que ninguém estava em perigo de verdade, que ela, Hollis, não tinha acabado de testemunhar o namorado ser levado numa explosão de luz estranha, *parecia* real. A tensão só piorava, junto com a ansiedade de Hollis. Ela tentou se acalmar contando os retângulos da sala — um antigo truque terapêutico que tinha aprendido no começo do tratamento —, mas além do quadro abstrato sem graça e a base de duas arandelas de cada lado do espelho redondo, aquela sala de jantar não tinha muito a oferecer.

Os golpes não paravam. Na nova rodada das criaturas, Hollis tinha reescrito tantas vezes os pontos de dano de Honoria que agora era um 3 borrado e acinzentado.

— E essa nim, digo, criatura — prosseguiu Gloria, apontando o morcego-gato à direita de Honoria — vai tentar te atacar. Um 17 atinge?

Sem ar, Hollis assentiu.

— Ok, ok. Então essa criatura voa até você e com seus dentinhos de gato morde seu pescoço, causando 3 de dano.

Ah, não.

Hollis apagou os pontos.

Ah, não.

E trocou por um zero, riscando-o ao meio.

— Honoria já era — falou, a voz baixa.
— Ah, *não* — lamentou Aini.
— Ah. — A voz de Gloria soou mais suave. — Aqueles que conseguem ver Honoria (Nereida e Umber) observam a paladina cair, as costas batendo lentamente contra o palco.
— O quê? — gritou Fran.
— Ela morreu? — disparou Maggie com voz aguda.

Hollis negou com a cabeça. *Ela* tinha lido as regras. Maggie poderia fazer o mesmo. Assim ela não precisaria ouvir o que já sabia.

— Não, não — explicou Gloria. — Mas vai precisar jogar o Dado do Destino. Dez ou mais é um avanço, abaixo é falha. Você terá três chances. E já que é sua vez, Honoria, jogue seu primeiro Dado do Destino.

A mão de Hollis tremia ao pegar seu d20. De novo, ele parecia mais pesado. Pesado e brilhante, como um peitoral azul sobre ombros inconscientes. Rolou pesadamente em sua mão e depois bateu sobre a mesa.

Engolindo em seco, Hollis balançou a cabeça.

Um 9. Falha.

Na ficha, marcou uma das caixas com caveira abaixo de Destino.

Ouviu-se um murmúrio quando Gloria avisou que era a vez de Mercy.

— Caralho — disse Fran.
— *Francesca* — reclamou Gloria.
— *Baralho* — corrigiu Fran. — É, é, é. — Ela apertou os lábios, remexendo-os rapidamente, pensando. — Eu sei que cerveja ajuda a Mercy. Eu vou... vou pegar uma caneca e jogar pra Honoria. Vamos ver se ela pega!

— O quê? — questionou Aini.
— Sei lá! — Fran rolou o dado. — Doze, o que acrescentou, o que eu tô fazendo?!

— Vamos, hã... — Gloria ergueu a sobrancelha bem delineada para a irmã. — Vamos chamar de ataque a distância?

— Mas eu não tô atacando ela!
— É um processo semelhante a tentar acertar um alvo.

— Mas... — insistiu Fran, sem conseguir terminar ao encarar a irmã. — Minha Destreza é -2, então é 10.
— Ok — disse Gloria, assentindo. — Uma caneca de cerveja explode ao lado de Honoria, espirrando nela.
— Curou? — perguntou Fran, choramingando.
— Não, Fran, é cerveja.
— Car... valho — reclamou, de cara feia.
— Sou eu agora, né? — Maggie pigarreou. Observou a ficha, mas se havia alguma poção de cura ali, ela não ofereceu. Hollis franziu o cenho. — Vou mirar meu arco curto no gato-morcego que fez isso a uma companheira de guarda no Dia da Bênção, e usar minha habilidade de Visão Aprimorada.
— Role o ataque com vantagem, então.
— Finalmente — murmurou Maggie ao olhar o dado. — Natural 20.
Agora Hollis começava a entender por que aquilo era bom.
— Legal. Agora tira o dano com dois dados.
— Um... um 13! — exclamou, triunfante.
— E simples assim — continuou Gloria —, a criatura no pescoço de Honoria cai. Não parece morta, mas está quase.
— Eu vou... — Iffy ficou de pé, analisando o mapa. — Feiticeiras não têm magia de cura. Não poss... Ok, eu vou por aqui... — Apontou e imitou o movimento na vida real. — Fico nesse ângulo, de frente pra esses dois palhaços.
— Hehe — disse Fran.
— E eu vou usar *Barulho de Trovão* Nível Dois, tudo bem? — acrescentou Iffy.
— Tudo ótimo — concordou Gloria. — Jogada defensiva para os dois gatos-morcegos, que... qual seu valor de magia?
— 14 — respondeu Iffy.
— Ambos falham. Com um estrondo poderoso, que realça os clarões vermelhos, as criaturas são jogadas 25 metros para trás, ou seriam jogadas, caso não tivessem despencado na metade do caminho.
— Finalmente — disse Iffy. — Deixa com a gente, Honoria.

Mas Honoria não tinha tanta certeza. Estava inconsciente. Não tinha certeza de nada.

Hollis também estava cética, pois a rodada dos monstros já estava chegando. Ela sabia o que isso poderia significar para seu Destino. Um ataque em um personagem inconsciente contava como duas falhas nos Dados do Destino.

Seria o fim de Honoria Steadmore.

E mais: seria o fim da aventura de Hollis no mundo de Mistérios e Magias. Já estava chateada de ter que contar para Chris sobre o segundo fracasso. A última vez já tinha sido ruim, e nem fora culpa dela. Hollis imaginou o que Chris diria quando ela contasse que havia deixado sua personagem morrer na primeira hora de jogo.

Sua única chance agora estava nas mãos embriagadas de Umber Dawnfast. Hollis não ousou olhar para Aini. Duas cadeiras adiante, a menina respirou fundo.

— Tá bom, minha vez — disse ela, e depois com o sotaque britânico: — Vejo a bela garota caída, e vejo como ela parece estar apenas descansando, e como o azul de sua armadura realça o azul de seus olhos, que estão... abertos, me encarando?

Sem levantar a cabeça, Hollis assente. Seria uma linda morte para desenhar, ao menos pela descrição de Aini.

— E eu penso: *hoje não*. Me afasto da criatura me atacando...

— Isso vai provocar um ataque de retaliação — avisou Gloria. — Treze acerta.

— Acertou.

— Ai — comentou Maggie —, qual é sua Classe de Armadura?

— Doze. Sou um menino frágil.

— Dois pontos de dano — relatou Gloria.

Aini retoma o sotaque:

— Me viro para a garota e me abaixo, pego-a pelos ombros e aperto, talvez forte demais. E digo: "hoje não", em voz alta agora. "Não dessa vez." E lanço um *Abraço de Cura* em Honoria. Nível Um.

— Joga o dado — pediu Gloria.

— Vai restaurar 4 pontos — informou Aini.

— Mais do que o suficiente para trazer Honoria de volta o Mundo Consciente.
— Bem-vinda de volta — disse Aini.
Hollis não tinha notado que elas estavam lá, mas estavam: lágrimas nas suas bochechas, que secou furiosamente com as costas da mão. Piscando com força os olhos marejados, sussurrou:
— Obrigada.
Hollis mal conseguiu acompanhar o resto da batalha, só sabia que tinham saído vitoriosas.
— Eu vou, hum — falou Maggie, quando a escaramuça tinha acabado e os cidadãos estavam sendo conduzidos em segurança pela Guarda Cerúlea, cujos curandeiros cuidavam dos feridos —, checar aquele gato-morcego que quase matou Honoria. Pra ver se ele está vivo.
Gloria pausou um segundo, depois assentiu, aparentemente para si mesma.
— Qual sua habilidade com Animais?
— Quinze — informou Maggie com a voz de Tanwyn. — Sou boa com animais.
— Bem, ele está vivo. Mas bem mal. Precisa de alguns feitiços de cura para se recuperar. Com sua habilidade, você percebe que é de fato um nimyr, mas nunca tinha visto um nimyr como esse antes. Geralmente, são dóceis. Esses parecem alterados... Se por magia ou nascimento, você não sabe.
Maggie ficou quieta por um momento, depois assentiu.
— Com meu manto, faço uma mochilinha para segurar o nimyr junto ao peito. Vou levá-lo comigo — anuncia.
Os olhos de Hollis se arregalaram, incrédula.
— O quê? — perguntou Aini ainda com sotaque.
— Nem pensar. Essa coisa quase matou Honoria — protestou Iffy.
Hollis não soube dizer se foi Iffy ou Nereida. Podia ser qualquer uma das duas.
— Todas estão se juntando para ouvir? — perguntou Gloria.
— Sim, vou saltitar até aí — informou Fran.
— De novo com essa história — disse Aini, a cotovelando.

— "Esses nimyr foram alterados" — falou Tanwyn. — "Acredito que é bom ficarmos com um para entender."

— "Não sei, não" — disse Umber. — "O que acha, nobre paladina?"

Primeiramente, ela tinha achado um horror cuidar da criatura que quase tinha matado um membro do grupo. Agora começava a entender a sabedoria do gesto, mas, mesmo assim, achava meio insensível. Não sabia o que dizer que não soasse rude para Maggie. Hollis, como Honoria, sacudiu a cabeça.

— Honoria olha para o palco, depois de volta para as pessoas reunidas à sua volta. Ela diz: "Temos problemas maiores agora. Wi... Wick Culpepper foi levado."

— E com essa deixa — Gloria bateu palmas animadas —, é hora da pausa.

Em torno da mesa, todas comemoraram.

◆

As meninas correram para a varanda em busca de ar fresco, mas Hollis queria apenas aproveitar o tempo para começar a desenhar a cena. O brilho da luz vermelha reluzindo no peitoral de Honoria queria ir logo para o papel. Depois de uma parada rápida no banheiro do corredor, ela correu para o caderno.

Mas alguém tinha sido mais rápida.

— Você desenhou tudo isso?

Aini Amin-Shaw tirou os olhos do caderno.

— Hã... — murmurou Hollis Beckwith. O pânico subiu pela garganta, ácido. Hollis demorava muito mais que uma semana para pegar confiança o suficiente em alguém a ponto de compartilhar sua arte. Aini pulou essa parte. — Sim.

— Até isso?

Aini segurava o caderno aberto na página com o desenho do grupo em torno da fogueira. Hollis inclinou a cabeça. Agora via que Mercy não estava grande o suficiente.

— Até isso, sim — confirmou.

— Mas como? Eu nem sabia que o Umber era assim, mas quando vi, é o próprio Umber Dawnfast.

— Ah, valeu. — O medo diminuiu um pouco. Ao menos, Aini não estava criticando. As bochechas de Hollis fizeram aquela coisa irritante que sempre fazem quando ela recebe um elogio: traíram a compostura de suas palavras ao exibir um vermelho intenso. — Eu li as biografias e tal.

— Uau, Hollis. Que nerd!

Quando Landon, ou mesmo Chris, falavam coisas assim, ela olhava feio. Mas Aini falou de um modo que parecia um elogio. Hollis sorriu.

— Que bom que não achou estranho.

— Quê? Não, é demais. Já tenho *fanart*. Sou famosa.

— Bom, tecnicamente, o Umber é. Não desenhei você.

— *Ainda* não. — Aini exibiu um sorriso. — Enfim, posso mostrar pras meninas?

— Por favor, não. Eu, hã... — Deu de ombros, como se não fosse nada demais. — Sabe, é que não mostro minha arte por aí...

— Ah, droga, Hollis. Eu devia ter pedido.

— É, devia.

— Puxa, desculpa. Você me perdoa?

— Sim, acho que sim. — Hollis ficou quieta um tempinho. — Bom, você meio que salvou minha vida.

— É. Sobre isso...

— Como *assim* eu não posso saber? — Fran entrou com tudo.

A porta bateu forte no rastro dela, as cortinas sacudindo como uma capa dramática de plástico. Sobre a mesa, Aini fechou o caderno de um jeito discreto. Hollis lhe direcionou um olhar agradecido.

— Isso é metajogo, Francesca — disse Gloria. — Só porque você passa horas lendo meu *Monstruário* não significa que Mercy leu também. Não tem como ela saber quais os pontos de dano dos nimyr porque nos Oito Reinos os nimyr *não têm pontos de dano*.

— Claro que têm — argumentou Fran. — Como matamos eles então?

— É uma mecânica de jogo aplicada do lado de fora — interveio Iffy, o que foi bom; Gloria parecia no limite. — Não existem dentro do mundo do jogo.

— Bom, eu acho isso besteira — disse Fran. — E Mercy também acha.

— Bom, Fran, na próxima vez que conversar com Mercy Grace, diz que eu pedi desculpas. — Gloria se sentou e aquele lado da mesa virou a cabeceira. O restante das meninas preencheu o entorno. — Mas até lá, Mercy não sabe os pontos de dano de um nimyr.

◯

— Esse seria o único lugar que Wick poderia ter ido por vontade própria — disse Hollis.

Gloria tinha acabado de descrever a pequena e apertada gruta marítima onde Honoria e Wick se escondiam de vez em quando, nos momentos em que o dever se tornava pesado demais e eles precisavam sumir por um tempinho. Depois de Hollis ter informado o grupo sobre a ligação de Honoria com o namorado, foi decidido que tentar procurar em um lugar familiar era a melhor opção. Se ele precisasse de um local seguro para se esconder, este, Hollis tinha certeza, seria o lugar certo.

— Posso... — Iffy olhou para a ficha de personagem. Engoliu o aipo que pegou da bandeja de vegetais, inaugurada por conta da fome do grupo. — Posso colocar Nereida para fazer uma busca por Magia? Gostaria de ver se tem algum teletransporte, sabe, ou algo semelhante à sensação dos raios vermelhos na praça.

Ela rolou o dado. Hollis levantou o cotovelo para dar espaço para o dado.

— Não muito bom. Doze.

— Ok, ok — prosseguiu Gloria —, infelizmente, com esse resultado, quando Nereida entrar em contato com seu sentido arcano para encontrar magia naquele espaço, não obterá respostas concretas. Espera, espera. — Gloria inclinou a cabeça para o lado e piscou algumas vezes.

De repente, dando um susto em Fran, Gloria abre os braços, as mãos formando um arco, e emite sons de assobio com a boca.

— Todas sentem uma onda pelo corpo. É uma sensação elétrica, arrepiando a pelagem de Tanwyn. Fica cada vez mais forte até que começa a tirar o fôlego dos seus pulmões... Uma força mágica poderosa que nem mesmo Nereida já sentiu igual.

Hollis olha para Iffy, que a encara de volta com olhos arregalados.

— Quando pensam que não podem mais suportar, ela se reduz a uma sensação irritante de coceira no cérebro. E ali, naquele canto onde escondem seus medos e preocupações mais profundos, vocês escutam.

— Escutooqueescutooque — sussurra Fran.

— *Ahh ha haaa.* — Gloria ri, numa voz mais grave e sombria do que antes. — *Ahhh ha ha haaaaaa.* — Ela ri outra vez. — Uma risada sinistra que estremece até a alma, provocando um calafrio pela espinha. E aqui é onde encerramos por hoje — conclui Gloria, triunfante.

— O quê! — berra Fran.

— O queeeeê — cantarola Iffy.

— Você é brilhante, Gloria Marie Castañeda — elogia Aini. — *Brilhante.*

Hollis bateu palmas pelo menos cinco vezes antes de perceber o que estava fazendo e parar.

— Não, tem que ter mais — protestou Maggie, cujos olhos estavam cansados, mas reluziam um brilho de animação que Hollis não esperava dela. — Certo? Podemos continuar.

— Já são onze da noite, Maggie — informou Gloria.

— Eu posso ficar mais — avisou Hollis.

— Mulher, eu tenho trabalho voluntário amanhã bem cedo — avisou Iffy. — Você vai voltar andando pra Covington?

— Eu não preciso voltar pra casa, posso continuar — insistiu Fran.

— Ainda preciso bolar o que vai acontecer, Franny — explicou Gloria. — Vamos jogar de novo sexta-feira que vem, tá bom?

Um coro de "sim" ecoou em volta da mesa. O de Hollis saiu rápido e alto demais.

— Fiquem de olho no Discord também — avisou Gloria. — Vai ser nossa base quando não estivermos reunidas.

— Bom — começou Iffy, levantando-se —, precisamos ir então.

— Sim, tudo bem — concordou Hollis, guardando tudo depressa. — Valeu, Gloria. Foi demais.

— Vocês que tornaram tudo tão incrível.

— Valeu, pessoal — acrescentou, seguindo Iffy.

— Mulher! — Iffy passou por debaixo do braço de Hollis, que segurava a porta aberta. — Que bom que você não morreu hoje.

Hollis deu risada. Que coisa estranha de se falar. Mas também era um sentimento muito forte em seu peito.

— É, que bom mesmo.

CAPÍTULO SETE:
ALTA VEREADORA MERISH

— Oi? Hollis tirou os olhos da página em seu caderno na qual havia sombreado as órbitas de Honoria. Depois de duas tentativas, finalmente conseguira acertar o raio e sua luz forte vinda de cima enquanto a paladina ficava à sombra do palco. Desde que chegara em casa na última sexta-feira, Hollis já tinha desenhado a batalha do Dia da Benção pelo menos umas 23 vezes — duas durante a aula daquela manhã. E, mesmo assim, não parecia o suficiente.

— Eu *falei* — Chris deu um peteleco no lápis dela — pra você contar pra galera como foi. Na sexta-feira, com as...

— ... as lésbicas — interrompeu Landon.

— Com as *meninas* — corrigiu Hollis.

Ela já tinha contado a história ao Chris, enquanto um perdia para o outro no Mario Kart na casa dele, no sábado. Ele tinha sido legal. Até ficou animado por ela, embora não deixasse de vencê-la na Estrada Arco-íris. Mas conseguir a aprovação de Chris quando estavam sozinhos era algo totalmente diferente do que contar a história para o Landon na hora do intervalo, com todo mundo assistindo.

— Foi legal, só isso.

— Ah, qual é, Hollis — disse Landon. — Não começa. Sabe que eu tô brincando. Faz séculos que quero ouvir uma história de M&M sua.

Se fosse verdade, ele teria convidado Hollis para jogar há séculos. Pensou em lembrá-lo disso, mas apenas revirou os olhos e ficou quieta.

— Eu também quero saber — afirmou Marius. — As primeiras partidas sempre têm as coisas mais bobas. Lembra quando a gente começou, Chris, sem ter a mínima ideia de como tudo funcionava, e você tentou fazer seu personagem...

Chris riu e tornou a voz aguda como uma péssima imitação de alguém em *Alvin e os Esquilos*.

— Herbie Derbie, o ladino pequenino. — A voz ecoou pela sala, virando alguns rostos nas mesas vizinhas.

Hollis, ao lado de Chris, se voltou para o caderno.

— Puxa, o Herbie Derbie. — Landon riu, lembrando.

— ... fazer o Herbie Derbie atirar a besta no goblin. — Marius já estava se acabando de rir com a lembrança. A risada embolava as últimas sílabas de suas palavras. — Mas você mandou um Natural 1, e aí o Landon fez você cair naquele cavalo morto, e na rodada seguinte você ficou "ah, merda, preciso ficar de pé". Daí o Landon te obrigou a rolar o dado pra isso, você tirou um Natural 20 e ele ficou, tipo, "de algum modo este..." Pffffft. "De algum modo este ladrão pequenino cai em um cavalo morto, fica coberto de..." HAHA! "... fica coberto de gosma de cavalo, mas de repente fica de pé como o cara mais estiloso que alguém já viu, mais limpo do que quando caiu!"

Quando Marius terminou, os outros dois garotos estavam gargalhando tão descontroladamente que Hollis mal pode ouvir o resto da história. E nem precisava; embora ainda não fosse namorada de Chris naquela época, só a melhor amiga, ela se lembrava. Riu também — uma risadinha discreta, ainda mais se comparada ao barulho estridente dos meninos.

— Bom, a gente não teve *nada* do tipo — disse ela.

— Espero que não mesmo! — Com o dedão, Chris enxugou as lágrimas nos cantos dos olhos. Ele balançou a cabeça, e sua coroa de cabelos loiros se sacudiu como uma risada remanescente. — A gente era bobo demais.

— Bom, até uma menina que também é novata, a Maggie, sacou as regras. — Hollis deixou de fora o fato de que não entendia por que uma menina como a Maggie iria querer saber as regras, para começo de conversa. — E mesmo que não entendesse, a irmã mais nova da GM, a Fran, que joga com a gente...

— Espera, ela deixa a *irmã mais nova* jogar? — zombou Landon.

Embora ela tivesse apenas 12 anos, Fran era capaz de dar um chute na bunda de Landon, Hollis tinha quase certeza. Era pequena, mas impiedosa. Hollis pensou em dizer isso, mas disse apenas:

— Aff.

— Vai — incentivou Marius —, você ia nos contar do jogo, não só da sua nova amiguinha.

Foi Chris quem falou primeiro:

— Então, elas começaram no Porto de Fallon...

— Típico. — Landon revirou os olhos.

Chris o ignorou e prosseguiu, descrevendo a luta com os nimyr. Não foi um relato justo, mas o fato de que foi contado por Chris e não por Hollis ajudava a manter Landon calado. E ela tinha que conceder isto ao seu grupo de aventureiras: mesmo com Chris pulando algumas das partes mais interessantes, ainda assim parecia bem épica. Hollis sorriu e olhou para o desenho enquanto escutava.

— Os nimyr não são aqueles gatos voadores que as feiticeiras adotam como animais de estimação? — perguntou Landon.

— Bem, esses eram diferentes, certo? — Chris olhou para Hollis, que assentiu. — Pareciam mais, tipo, uns morcegos. Derrubaram a paladina da Hol.

— Sua paladina foi derrubada por um gato gótico? — Landon riu.

— Eram muitos. — Hollis se defendeu, com as bochechas corando.

— Ah, os níveis inferiores — suspirou Marius, saudoso. — São tão fofinhos.

— Mas ela morreu?

— Não. — Chris pegou uma batatinha da bandeja de Landon e comeu. — Ela foi salva pelo bardo, o nome dele é Umber...

— Pensei que eram só meninas — cortou Landon.

— É a Aini que joga com ele — respondeu Hollis e deu de ombros.

Landon fez uma careta que combinaria com Maxx, o Bardo.
— Cuidado — avisou Marius. — Sabe como são esses bardos.
— É — concordou Landon. — Wicket sei lá o que tem que ficar de olho na srta. Roubo sua Namorada.
— Como se você entendesse disso, Landon. Nunca teve uma namorada pra correr esse risco — retrucou Chris, jogando uma rodela de peperoni no rosto do amigo. Ela caiu toda engordurada na bochecha do outro.
— *Cara!* — reclamou Landon.
E assim acabou a discussão sobre o jogo de Hollis.
Devia ter se sentido bem por pelo menos falarem disso. Era o que ela queria: que os meninos levassem o jogo dela e ela a sério, que percebessem que poderia fazer parte do grupo deles. Mas conforme a conversa desviou para os cuidados estéticos de Landon e o peperoni de Chris estragando tudo, o foco em seu jogo não lhe pareceu uma vitória. As bochechas ainda ardiam, e Hollis quis que o papo nem mesmo tivesse começado.

⬢

Quando chegou em casa, já tinham se passado duas horas e meia desde a saída, porque Chris teve ensaio da banda. Às vezes queria poder pegar o ônibus da escola. Na verdade, ela podia; pegava no ensino fundamental, antes de entrar na Holmes e começar a ir com a mãe, e antes de o Chris ganhar o carro e ela passar a ir com ele. Mas só de pensar naqueles assentos marrons de plástico, e as pessoas se acotovelando, suadas e fedidas, zoando, sentia o estômago revirar. Entre o aperto, o barulho e a barulheira inevitável, o ônibus escolar não era o lugar ideal para uma menina gorda com ansiedade.

Para compensar o tempo perdido, Hollis se jogou na cadeira descascando da sua escrivaninha e abriu o computador o mais rápido possível. Lentamente, e com um barulho exagerado que sempre lhe preocupava, o notebook ligou. Enquanto esperava, pelo que parecia mais tempo que o normal, ficou brincando com sua caixa emprestada de dados verdes, tentando virá-la na mão sem chacoalhar o conteúdo.

Estava prestes a ligar uma música lo-fi quando os programas finalmente abriram.

De imediato, barulhos de notificação frenéticos soaram nas caixinhas de som. O grupo no Discord estava ativo. As mensagens pipocavam no topo direito da tela mais rápido do que conseguia lê-las.

Tão rápido quanto possível, Hollis correu os olhos pela conversa perdida. A tendência da Fran de direcionar a conversa para um lado estranho não facilitou entender o que estava acontecendo. Quando enfim conseguiu, respirou fundo e tentou acalmar a sensação que palpitava entre suas costelas e barriga. Disse a si mesma que era capaz de fazer isso — poderia entrar também. Até a Maggie, recém-incluída no chat e desajustada por não ser desajustada, estava dando conta do recado. Certamente Hollis também daria. Ela e a Iffy já conversavam diariamente por DM. E todas eram praticamente amigas agora que jogavam juntas.

Mesmo assim, ela precisou respirar fundo mais uma vez antes de digitar:

> **beckwhat** 17:46
> parece que eu perdi a festa! *(editado)*
>
> **iffy.elliston** 17:46
> sua vaca, onde você tava?
>
> **beckwhat** 17:47
> hum, na escola.
> com você.
>
> **Aini** 17:48
> Holliiiiiiiiiis.
>
> **beckwhat** 17:48
> oi aini!!

uwuFRANuwu 17:48
JURO HOLLIS PERDEU TUDO

magnitude10 17:49
Perdeu um monte de maluquice.

iffy.elliston 17:50
mulher, baixa o app
aí você faz todos os testes que a fran manda
tipo toda hora

uwuFRANuwu 17:51
SIM é muito importante saber qual é a cor da aura da Honoria
U-U
Eu não faço as regras só aplico com punho de aço :/

Aini 17:52
É, vem pro lado sombrio da força.

beckwhat 17:52
ok.
me convenceram.
vou baixar.

Hollis pegou o celular, tão velho e detonado quanto o notebook. Depois que baixou o app, duas telas ficaram piscando para ela.
A primeira mensagem que apareceu na tela de bloqueio foi:

Aini 17:54
Ei.
Ainda tem aquele desenho?

Hollis deslizou o dedo para desbloquear a tela. Achou que o Discord abriria no chat do grupo, mas a última mensagem de Fran

("VAI IFFY!!!!! AGORA!!!!!!!!!") não estava lá. Não aparecia nada, na verdade.
Aini tinha lhe enviado uma mensagem no privado.

beckwhat 17:55
ei.
sim, ainda tenho.

Aini 17:55
Perfeito.
Me manda.
Digo, por favor.

beckwhat 17:56
qual?

Aini 17:56
Tem mais de um?

beckwhat 17:56
agora tem.
aquele que você olhou escondido? *(editado)*

Aini 17:56
Isso, Beckinha, essa.
O Umber tá mais irado que realmente é.

beckwhat 17:57
sei não...
o umber é bem irado.

Aini 17:57
Por favor, não fala isso pra ele. O ego dele já é gigantesco.

> **beckwhat** 17:57
> espera aí rapidinho!!

Da bolsa, ela puxou o caderno. Ignorando o fluxo constante de mensagens no grupo, que ficava fazendo seu celular apitar sem parar, ela montou seu cenário de fotografia — uma caixa de luz improvisada no canto, onde a cama encontrava a parede recheada de arte —, então abriu o caderno na página que Aini abrira na sexta-feira. Firmando as mãos ao máximo, fotografou e enviou para ela.

> **beckwhat** 18:05
> prontinho madame.

> **Aini** 18:05
> Valeu, Hollis.
> Você é a melhor.

> **beckwhat** 18:05
> e o umber?

> **Aini** 18:05
> Ah, sim. Desculpa. Esqueci.
> Mas acho que você é páreo pra ele.

Algo deu uma cambalhota desajeitada, mas não de todo ruim, no peito de Hollis. Sem saber o que dizer, digitou rápido:

> **beckwhat** 18:06
> ah para.
> preciso fazer o dever de casa.
> até mais.
> tchau.

Então fechou o app o mais rápido possível.

Mas isso não a impediu de visualizar a última mensagem de Aini: uma captura da tela de bloqueio dela, com um zoom em Umber e Honoria.

Hollis precisava admitir que era meio legal que sua *fanart* tinha uma fã.

Com o celular ainda vibrando sobre a mesa, ela começou a desenhar mais e se esqueceu da tarefa escolar.

◆

— Ei, garota.

A voz era familiar, mas Hollis não conseguiu identificar. Piscou, uma vez, depois duas. Demorou demais antes de virar.

— Ah, Iffy.

Claro que era a Iffy. Hollis sacudiu a cabeça.

— Tá tudo bem?

— Sim, desculpa...

A verdade era que Hollis não estava acostumada a conversar com Iffy ali, na escola. Conversavam no carro velho de Iffy, lado a lado na mesa dos Castañeda ou no Discord. Havia algo contraditório entre as paredes austeras da escola e Iffy, como se não fossem capazes de conter alguém como ela. Hollis sabia que aquilo não seria algo educado de se falar, então disse apenas:

— Tô meio dormindo ainda, só isso.

— Quinta-feira todo mundo fica acabado, eu te entendo — disse ela, sempre gentil. — Ei, fiquei pensando, quer ir lá pra casa amanhã, antes do jogo? A gente prepara uns lanchinhos com calma.

— Quê?

— Pro M&M, Hollis. — Iffy colocou a mão no quadril. — Você tá dormindo mesmo. Amanhã é meu dia de levar os lanches, quero voltar pros cupcakes depois daquela tristeza dos legumes.

— Sério, quem leva aipo pro M&M? — Alguém tipo a Maggie, Hollis pensou.

— Exato! Talvez umas minipizzas, pra controlar o apetite da srta. Francesca. Preciso ajeitar umas coisas pra Sociedade de Honra antes de sair, mas acho que assim a gente não precisa correr tanto.

— Parece legal. — Parecia mesmo... e com a Iffy. — Já vou trazer pra escola os dados e tal, e a gente vai juntas daqui?

Iffy riu, um som que preencheu o corredor.

— Enfim, ela acordou!

◈

A casa de Iffy parecia a de Hollis, que se parecia com a maioria das casas daquela região: uma casa geminada, do período pré-guerra, ainda não demolida pelas construtoras, do lado errado de Covington — que a maioria das pessoas não achava seguro — e sem garagem.

Agora as duas meninas estavam na cozinha, que era menor do que a de Hollis, só que bem mais chique, com uma geladeira nova e toques de turquesa e laranja por todo canto: em bandejas decorativas, em vasos de flores artificiais de seda, em vasos que Iffy fez quando tinha oito anos e dos quais a mãe não conseguia se desfazer. Elas ficaram lado a lado no balcão, próximas do forno: uma linha de produção de duas pessoas.

— Então, tô pensando aqui — começou Iffy, incumbida de cortar ao meio os minibagels —, sabe aquela risada que ouvimos? Era o Grande Mau.

— Ah, com certeza — concordou Hollis.

A função dela era colocar molho de tomate nos minibagels e depois ajeitá-los na assadeira antiga.

Iffy sem querer quebrou um dos bagels, e deu a metade da metade para Hollis antes de enfiar sua parte na boca.

— Axo que fó pode fer o Gande Mau pa colocar penshamentos na nofa cabefa — falou de boca cheia.

— Iffy, que nojo — censurou Hollis, mas fez o mesmo: — Fem rajão — acrescentou ela, e engoliu. — Mas tem os nimyr... como a Gloria os descreveu mesmo?

— *Alterados*, acho.

Finalizados os bagels, Iffy se juntou a Hollis colocando queijo ralado sobre os bagels com molho.

— Isso mesmo. Acho importante investigar. Ainda mais com aquele cheiro depois da batalha... A Gloria falou que era tipo ozônio, o que faz sentido com todos os raios, mas algo meio doce também, que não identificamos.

— A alteração os deixa com um cheiro doce?

— Não, não. Não me olha assim. Mas temos que investigar algo que tenha esses dois cheiros e deixe as criaturas meio esquisitas.

— Joga o dado pro seu olfato então, Hollis, vai.

E as meninas riram, e continuaram por lá até que Hollis se sentiu totalmente à vontade.

Mais tarde, no banheiro do corredor da casa de Iffy, Hollis procurou algo na bolsa. Bebendo água da torneira antiga com as mãos em cuia, ela tomou o remédio da noite e desativou o alarme que a lembrava disso para que ele não tocasse a caminho do jogo.

A sessão dois foi desesperadora por dois motivos.

Um: apesar dos protestos de Fran — que estava particularmente mal-humorada por só ter acabado de fazer a tarefa de estudos sociais em cima da hora do jogo —, o grupo decidiu assim que se sentou à mesa que eles contariam à Alta Vereadora Merish que seu filho estava desaparecido. Parecia uma aposta alta, pois era a primeira decisão coletiva do grupo.

Dois: por conta do alto Carisma de Honoria, ela tinha sido nomeada a líder do grupo, junto com, é claro, Umber.

O que, duas semanas antes, tinha parecido uma boa escolha de personagem agora parecia um tremendo erro.

As duas bandejas de minipizzas que Hollis e Iffy levaram haviam diminuído para uma, em grande parte graças a Fran, cujo apetite era tão feroz quanto o de Mercy Grace, e à própria Hollis, que de tão nervosa havia comido pelo menos quatro nos últimos dez minutos. Como Aini estava claramente muito mais confortável sendo líder, Hollis permitiu, tentando ficar em segundo plano enquanto Gloria explicava sobre o próximo passo da aventura.

— Ok, ok. — Assentiu Gloria. — Vocês chegam em frente à câmara, onde quatro cadeiras luxuosamente ornamentadas estão vagas. Em uma plataforma acima, está a quinta cadeira. A mulher sentada nela parece dominar o ambiente graças à sua personalidade forte. É alta, musculosa e bem mais jovem do que se imaginaria para alguém nomeada Alta Vereadora do Porto de Fallon. Tem cabelo loiro cacheado e olhos azuis. Veste trajes em tom cerúleo semelhante ao das vestes de Honoria e Nereida, além de um verde-profundo. Ela olha para baixo na direção de vocês.

— Esta é a Alta Vereadora Merish.

— Caramba — sussurrou Fran.

— Shhh — ralhou Maggie.

— Tá bom — disse Aini. — Vou me aproximar da plataforma. — Aini fez uma pausa e olhou para Hollis.

— Honoria também. — A frase saiu entrecortada.

— E eu vou dizer — Aini alterou para a voz de Umber: — "Cara Alta Vereadora, viemos desejar um abençoado Dia da Benção. Temo que, infelizmente, tenhamos más notícias. Deve ter notado que a folia lá fora cessou. Certamente, já não ouve mais os 'vivas' pelas ruas. A alegria findou."

— "Não fale de coisas que já sei."

Hollis olhou para Gloria, incrédula. Tudo nela, do olhar ao formato da boca, encarnava o personagem. Aquela menina tão gentil naquele momento dava medo em Hollis.

— "Tudo bem." Fico o mais ereto que posso e dou um sorriso conquistador para a Alta Vereadora — Umber continuou. — "Houve um pequeno *incidente*, Vereadora. Parece que alguma espécie de força mágica...

— "Permitiram que magia atrapalhasse a celebração? Vocês não foram contratados para prevenir justamente esse tipo de coisa? Nereida, Honoria, vocês são capitãs da guarda municipal. Este resultado parece aceitável?"

Hollis ficou paralisada.

Até o momento, tinha conseguido ficar como personagem secundária — se camuflar, como fazia na vida real com os meninos. Mas entre Aini e Gloria, naquele momento, parecia estar sendo arrastada das sombras. Um medo gélido cravou as garras em suas entranhas.

Lentamente, ela tirou os olhos da ficha de personagem. Todo o poder da Alta Vereadora Merish a encarava através das pupilas de Gloria.

— Resumidamente — disse Hollis, na voz de Hollis —, bem, não.

Os olhos pularam para Aini. Não gostava de ficar nos holofotes, não quando Aini cumpria a tarefa tão bem. Por um segundo angustiado, ela fixou os olhos nos da amiga.

Aini desviou o olhar primeiro, encarando Gloria e se inclinando para a frente.

— "O que Honoria quer dizer é..."

Hollis observou Aini, seu sorriso confiante, o nome da personagem dela em seus lábios — como era fácil para ela carregar o título de líder. Caía bem nela. Algo nisso atraiu Hollis, a fez querer participar.

De toda forma, Hollis não podia ser o centro das atenções. Mas Honoria talvez pudesse.

De repente, a coragem de Honoria encheu seu peito.

— Honoria diz: "Levaram Wick. Não sei quem nem por que ou como, mas houve uma tempestade mágica, e depois, Wick havia sumido. Não vou fingir saber mais." — As palavras transbordavam. Parecia algo meio selvagem, meio incontrolável, como se não fosse ela pronunciando, mas alguém se apoderando de sua boca. Naquele momento, ela sabia como a paladina se sentia: prestes a perder alguém que era em parte seu namorado, em parte seu melhor amigo, possivelmente para sempre. — "Mas posso prometer que, se nos permitir... Se *me* permitir, vou encontrá-lo."

— Ah, legal, legal — cochichou Fran.

Aini, do outro lado da mesa, deu um sorrisinho para Hollis.

No colo, as mãos de Hollis tremiam. Ela não sabia ao certo por quê.

— Joga um... — Gloria inclinou a cabeça, pensativa. — ... teste de Persuasão.

Hollis assentiu, olhando a ficha. Persuasão era uma habilidade associada ao Carisma. O dado que ela rolou na mão estava eletrizado.

Deixou que caísse da mão. Bateu uma vez, depois rolou até parar. *Vinte*, dizia a face plana do dado.

Agora sim ela entendeu o que significava tirar um 20.

— É... — Hollis sorriu para o dado verde e branco, depois para Gloria. — ... é um Natural 20.

Gritinhos animados soaram ao redor da mesa.

— Tá bom. — Em um instante, Gloria adotou a postura da Alta Vereadora Merish outra vez: — A Alta Vereadora te olha por um momento, e você se sente totalmente exposta. Mas, Honoria, você conhece essa mulher. E mais: ela conhece você. Ela é a Alta Vereadora? Sim, mas também é mãe do menino que cresceu junto com você. E embora nunca deixe a vida pessoal afetar a vida profissional, é a mãe de Wick que te olha de volta com olhos assombrados. No silêncio que segue sua promessa, você percebe que os olhos dela parecem... *cansados*. Um momento de empatia entre as duas. "Suas palavras me comovem, Honoria. Concedo o direito de busca. E os demais: vão se juntar à minha capitã na busca pelo meu filho?"

— Sim — declarou Umber, primeiro e de forma ardorosa.

— Sim — declarou Nereida, sempre por perto.

— Sim — declarou Tanwyn, com seu ciclo estranho e sensual acariciando as palavras.

— Sim — declarou Mercy, acrescentando com um rosnado —, por dinheiro.

— Fran — censurou Aini entredentes.

— Dado de Persuasão — disse Gloria

— Droga, Fran — reclamou Iffy.

— Bom, foi 10.

— Sério? — reclamou Maggie.

— ... menos 2...

— Tá de brincadeira — reclamou Aini.

Fran fez uma careta, como se as duas palavras seguintes tivessem um gosto horrível:

— Dá 8?

— Tudo bem. — Gloria fez uma careta para si mesma, as sobrancelhas se aproximando, levemente confusas. — Então vocês observam todas as companheiras se juntarem para a missão comandada pela Alta Vereadora do Porto de Fallon... e então a companheira semitroll de vocês tenta extorquir dinheiro da Vereadora. Merish fica em silêncio e suspira *muito* profundamente, depois diz: "Vocês receberão a compensação diária previamente combinada durante toda a duração da missão, é claro."

— E... — insistiu Fran.

— "E obrigado, Alta Vereadora" — disparou Umber em pânico. — "Garanto que sob a liderança de Honoria, não vamos desapontá-la. Seu filho logo retornará para casa, são e salvo."

— A Alta Vereadora lança um olhar perspicaz para Honoria, então diz: "Assim espero." Ela acena com a cabeça para os demais... E todos entendem que estão dispensados. Hora da pausa, o que acham? — Gloria sorriu para a mesa.

— Nossa, sim — concordou Iffy. — Foi intenso!

— Foi *demais*! — berrou Fran.

— Quê? — Maggie estava boquiaberta. — Você quase estragou tudo!

— Só que não, né? Ainda garanti nosso pagamento!

A mesa se dissolveu no caos da pausa, e Hollis ficou observando por um momento. Seria legal contar tudo isso ao Chris — como Honoria foi a fonte, para variar, de algo bom para o grupo em vez do fardo da semana anterior. Teve certeza de que foi coisa da Guardiã do Mistério.

— Se seu dado fosse menor, Francesca, eu juro... — disse Gloria, ficando de pé e pegando um punhado de minipizzas para levar até a sacada.

Ela olhou de relance para Hollis. Sem falar nada, deu um joinha. Foi um gesto pequeno, ninguém mais viu. Até Hollis teria duvidado, se não tivesse sido acompanhado de uma piscadinha.

Com as bochechas coradas, ela simplesmente assentiu e sorriu.

CAPÍTULO OITO:
NÃO É ASSIM QUE SE JOGA

— Quem usa fazendeiro de NPC? Landon, sem pontaria, lançou um frisbee em direção ao próximo alvo do percurso. Ele não jogava golfe de disco — *nem* frisbee, como havia corrigido anteriormente —, mas mesmo assim arrastou Chris, Marius e Hollis. Pelo jeito um YouTuber que ele assistia disse que era uma boa maneira de conquistar garotas. Enquanto o disco passava direto pela meta e seguia em direção ao banheiro, sem nenhuma garota além de Hollis à vista para assistir, Hollis teve suas dúvidas quanto à eficácia do método.

Um instante se passou antes que ela percebesse que não havia sido uma pergunta retórica.

— Ãhn... A Gloria?

Hollis tinha acabado de contar sobre o final da segunda sessão: o grupo encontrou um fazendeiro chamado Cletus cujas vacas foram alteradas como os nimyr. O grupo seguiu uma dessas criaturas fugindo em direção ao norte, onde ouviu um som estranho de uma caverna próxima. Foi o início da primeira etapa da viagem, e o horrível sotaque de fazendeiro de Gloria, que era mais um Mario Bros. falsificado do que caipira, foi o grande destaque.

Hollis deixou esse último detalhe de fora. De alguma forma, não achava que isso ajudaria Landon a levar seu RPG mais a sério.

Marius foi o próximo. Acertou a tacada e lançou o disco, com resultados muito melhores. Depois que todos jogaram — com exceção de Hollis, que não estava interessada em investir num frisbee caro —, saíram em busca do disco extraviado de Landon.

— Só tô dizendo... — Landon ficou "só dizendo" coisas assim pela última meia hora naquele campo de golfe esverdeado. — Eu nunca usaria um fazendeiro. O que eles sabem? São, tipo, camponeses ingleses. Não são inteligentes. Devia ter sido um líder de culto ou algo assim.

— Ah, é — comentou Marius, chutando a grama grossa. — O interior da Inglaterra tá cheio de líderes de culto.

Hollis sorriu para Marius, mas ele estava prestando mais atenção em Landon.

— Tá, beleza. — Landon não iria parar tão fácil. — Mas é assim que o jogo funciona. As coisas são assim. Tem sempre um culto ou um reino goblin ou um dragão e tal. Essa sua GM não conhece a história direito.

Um pouco ofegante pela subida, Hollis negou com a cabeça. Era óbvio que Gloria conhecia Mistérios e Magias tanto quanto Landon. Nunca teve uma pergunta que ela não soubesse responder.

— Na verdade... — começou ela.

Mas foi cortada por Chris, que falou girando o frisbee no dedo:

— Ela deve estar testando algo novo. Pra dar uma variada.

Era isso! Hollis assentiu para as costas de Chris, que tinha avançado para a frente dela. Mas quando tentou falar de novo, Chris começou a rir, e Landon e Marius acompanharam.

— É — concordou Landon. — Desculpa, Hollis, mas vocês nem estão jogando Mistérios e Magias de verdade. Parece coisa de sapatão.

Landon se virou, olhando por cima do ombro para Hollis. Ela parou no meio do caminho, os olhos semicerrados, olhando feio de volta. Algo pequeno, mas feroz, acendeu-se em seu peito. O que ela queria dizer era que Landon não sabia do que estava falando. Que ele não conhecia todos os cânones que ela e Iffy incorporaram em sua história. Que a arte de Hollis tinha sido mais inspirada nas últimas semanas do que em meses de fandom e que seu novo caderno já estava mais da metade cheio com imagens de seu grupo de aventuras. Que assim que a última sessão terminou, com o NPC pateta do Fazendeiro Cletus e tudo, Hollis já estava esperando pela próxima sexta-feira, só para ver o que aconteceria a seguir.

O que tornava essa história menos autêntica que a campanha brutal de Landon, Hollis não sabia dizer.

Mas as palavras dele se agitavam em sua mente, que já remoia o insulto sem parar. O suor em sua testa esfriou.

Porém, o que ela disse, com o estômago enjoado, foi:

— Tanto faz, Landon.

O que só o fez rir ainda mais.

— Ah, qual é, Hollis — disse Chris, desacelerando para ficar ao lado dela. — Não fica brava. Ele tá brincando. Zoar o jogo dos outros faz parte.

Nunca tinham falado mal do jogo de ninguém, embora conhecessem outras pessoas que jogassem RPG. Talvez fosse outro aspecto errado do jogo delas. Hollis engoliu em seco o nó na garganta.

— *Você* acha que não é M&M? — perguntou ela, baixinho para que apenas Chris ouvisse. Hollis andou devagar, querendo dar um espaço, mesmo que só um pouquinho, entre ela e as opiniões de Landon. — O jeito que a gente joga?

Parecia importante saber. Esse era o ponto de ter começado a jogar, afinal.

— O que eu acho — começou Chris, suspirando com um sorriso — é que a minha namorada joga M&M e isso é bem legal. Landon não tem uma namorada que joga RPG, né?

Encorajada, Hollis sorriu também.

— Landon não tem nenhum tipo de namorada.

— Pois é — concordou Chris. Depois acrescentou, mais alto: — Porque o Landon *não tem namorada* nenhuma.

— Não, porque eu tenho que jogar golfe com caras péssimos igual você — retrucou Landon, indo para o buraco seguinte.

Chris olhou para Hollis, que não entendeu bem o olhar mas achou que devia significar *Landon é um idiota, né?* E decidiu que seria esse o significado quando ela, Chris e Marius partiram.

Mas conforme seguia os passos de Landon pelo campo, as palavras dele seguiam-na. Havia algo de errado na maneira como ela jogava M&M. Mesmo jogando o jogo deles, ela não se encaixava no grupo. Ainda ficava para trás, da mesma forma que ficava para trás naquele gramado.

Do nada, ficou menos animada pela próxima sexta-feira.

⬢

A briga, como a jornada até ela, foi longa.

— Isso é... — começou Iffy, mas desistiu, sacudindo a cabeça.

Hollis, ao lado dela, concordou.

Quando Hollis se sentou à mesa de jogo horas antes, não tinha certeza do que esperava. As palavras de Landon ainda ressoavam no fundo de sua mente que, fosse o que fosse, não seria M&M de verdade. O fato de Iffy, atrasada por conta de um evento do conselho estudantil, ter demorado para buscar Hollis, só aumentou essa preocupação. Quando chegaram, às 18h05, Hollis queria acreditar nas promessas que sibilou baixinho para Iffy de que estava tudo bem, mas as palavras de Landon se repetiram continuamente: elas estavam jogando errado.

Quando as meninas decidiram começar, Hollis teve medo de ele estar certo. Fran monopolizou a primeira meia hora com conversas inovadoras sobre sua prova de soletração ("*quem* se importa com como se escreve *reprobatório*, literalmente ninguém jamais usará essa palavra idiota", gritara ela entre as jogadas), alimentada sem dúvida pelas samosas que Aini trouxe as dezenas na sua rodada do lanche. Maggie também estava excessivamente preocupada em não deixar rastros, o que Hollis não entendia e, para ser honesta, estava lhe deixando um pouco irritada.

Mas por fim o grupo chegou à caverna do Fazendeiro Cletus, que se transformou no seu primeiro rastreamento de masmorras. Foi, sem dúvida, o desafio mais difícil desde que iniciaram a missão. Emergindo de um rio subterrâneo, na câmara final, estava uma elfa do rio que também havia sido alterada. Com a pele manchada e a boca escarpada ("Estava esperando ela dizer *escarpada*", sussurrou Aini, sorrindo para Gloria), ela atacou o grupo obstinadamente.

A luta foi difícil, mas o pior foi o corpo, detonado pela briga e pelo negócio horrível que tinha se abatido sobre ele antes, reanimando-se logo após a batalha, quando o grupo fez uma pausa para se recompor e se curar.

No momento, a adaga de Tanwyn estava cravada no peito da criatura. Eles aprenderam rapidamente que ao retirá-la, a elfa ficava de pé rapidinho.

— Precisamos matá-la — afirmou Umber. — De vez.

— Ela era do meu povo — observou Nereida, encarando o corpo com tanta firmeza que parecia atravessá-lo, tentando ver como ela poderia ter sido antes. — O que quer que façamos, precisa ser com respeito.

— Acho que posso ajudar. — Honoria deu um passo à frente. — Gostaria de executar os últimos ritos para este ser.

O problema é que Hollis não sabia como eram os últimos ritos nos Oito Reinos.

— Hum... — Ela piscou para Gloria. — Suponho que Honoria saberia quais são?

— Sim, ela saberia.

Aini, do outro lado da mesa, sorria.

— Quais são? — perguntou Hollis.

Gloria suspirou entre lábios risonhos.

— Ok, então — começou Gloria, gesticulando como se estivesse tentando moldar os cremes e carvalhos reconfortantes da sala de jantar com suas palavras e dedos, transformando-o em um local sagrado e antigo. — O Último Rito do seu templo de origem, Honoria, é estranhamente conveniente para a situação. Você culta a Senhora Justa e Temível, a deusa do oceano, e os seguidores dessa ordem fazem sepultamentos aquáticos. Então o que você faz é pegar um manto, enrolar o corpo nele, incluindo ali os pertences que irão dar peso ao corpo, afundando-o. Então, abençoa o corpo com água benta e o envia ao mar. A ideia é que todos viemos da água, e para a água retornaremos.

— Você tá improvisando isso, né? — Aini pousou o queixo sobre a mão.

Gloria não falou nada, mas seu sorriso aumentou.

— Meu Deus — disse Aini, com um brilho de Umber no olhar —, que sexy.

Hollis suspirou e balançou a cabeça. Ela sentiu seu coração acelerar e suas bochechas corarem de um jeito nada atraente quando Aini chamou Gloria de *sexy*. Talvez ela tivesse mais de bardo do que Hollis imaginava.

— Beleza — falou, tentando voltar à mente de Honoria. Iffy sempre deixava a partida especial, era sua chance de retribuir. Queria fazer justiça, por Iffy. — Vou vasculhar esses armários. Posso usar algo daqui?

— Teste de Investigação — disse a Guardiã do Mistério.

— Quinze.

Conseguiu encontrar um manto de um tom azul-esverdeado e profundo. Em um baú, cuja fechadura foi habilmente arrombada pela ladina do grupo, encontrou algumas xícaras finas pelas quais Mercy e Tanwyn imediatamente começaram a discutir ("Essa é realmente a hora, senhoras?", perguntou Umber), mas também um escudo de ferro surrado de séculos atrás.

Hollis foi minuciosa ao descrever as ações de Honoria — como ela cuidadosamente transformou o manto em uma mortalha, colocando o escudo contra o peito da elfa. Ao tecer as palavras, sentiu a história se costurar em torno delas, entrelaçando-as confortavelmente dentro das paredes da sala de jantar dos Castañeda.

— Acho que não ficou bonito — disse ela por fim, as mãos gesticulando os toques finais na mortalha. Olhou para Iffy em busca de um rosto amigo. Esperava ter conseguido demonstrar seu carinho.

— Nem certo.

— Quê? — A voz de Aini soou entre ela e Umber. Ainda exibia o olhar de antes, aquele que poderia ser do bardo, mas agora voltado para Hollis. Ela sorriu, e algo desconhecido se remexeu dentro de Hollis. — Ficou perfeito.

Hollis sorriu e girou os ombros, imaginando o peitoral de Honoria sobre eles.

— Para nós, está perfeito. Gostaria de dizer algumas palavras, Nereida?

— Não. — Ela negou com a cabeça. — Não sou boa com palavras. Vou apenas...

Movendo as mãos com gestos rápidos e precisos, ela lançou um feitiço simples de *Luz* sobre uma moeda de cobre e colocou dentro da mortalha.

— Que a luz te guie.

Honoria assentiu e pegou o frasco de água benta. Com alguns movimentos amplos do braço ("É assim que se faz?", perguntou Hollis para Gloria. "É assim que você está fazendo", respondeu a Guardiã), ela abençoou o corpo.

— Deixe-me ajudar — ofereceu Umber, aproximando-se.

E juntos, com Nereida observando ao lado, Umber e Honoria levaram o corpo até a margem do rio e o depositaram na água. Até onde sabiam, o corpo permaneceu imóvel — finalmente em paz.

— E assim — disse Gloria, baixinho — terminamos por hoje.

Enquanto as outras meninas conversavam em seu caminho lento até a porta, Hollis ficou para trás, os dedos percorrendo o encosto curvo de madeira de sua cadeira. Ela hesitou, mas acabou falando:

— Ei, Gloria.

— Hum? — Gloria parou de enrolar o mapa feito a mão para o encontro com a elfa e encarou Hollis.

— Só queria dizer que adoro seu jeito de mestrar Mistérios e Magias.

— Obrigada, Hollis. E eu adoro seu jeito de jogar Mistérios e Magias.

Ouvir essas palavras significou mais para Hollis do que teria imaginado. Com a opinião de Chris sobre seu jogo pairando em sua mente, ela passou muito tempo se preocupando se estava fazendo algo errado. Algo parecido com orgulho nasceu em seu peito.

— Parece o jeito certo de jogar, sabe?

Gloria deu de ombros.

— Se todo mundo está se divertindo e se sentindo incluído, é o jeito certo. Mas fico feliz por você ter encontrado seu lugar no nosso grupo.

— Agora você pode ir encontrar seu lugar no meu carro — brincou Iffy, esperando à porta, ao lado de Maggie e Aini.

— É — acrescentou Aini. — O grupo não pode ir pra casa sem você.

— Ei — protestou Fran do sofá. — Eu também faço parte do grupo, sabia?

— Você vai no nosso coração, Franny — declarou Maggie ao abrir a porta.

— Tô indo — avisou Hollis, e, com o resto do grupo, saiu noite afora.

CAPÍTULO NOVE:
ANYWHERE, ANYWHERE

— Tipo, eu quero *mesmo* pegar o responsável — garantiu Iffy no caminho para casa.

Hollis estava sentada no banco do passageiro, com as quatro janelas abertas. A essa hora da noite, com o verão finalmente acabando e o outono chegando, o ar estava quase agradável e perfumado como a mudança de folhas. Ela apoiou a mão direita na janela, os dedos movendo-se para cima e para baixo, acompanhando o vento.

— Depois de tudo isso? — continuou Iffy. — Vou *acabar* com o maldito.

— Com certeza. — Fechando um olho para observar o movimento da mão, Hollis buscou a palavra certa. — A sessão de hoje foi bem intensa.

— Muito! E... caramba, de onde saiu tudo aquilo?

— O quê?

— A história dos ritos e tal.

— Ah, a maior parte foi a Gloria, né? Ela inventou tudo.

— Sim, eu estava lá. — Iffy ligou o pisca-alerta e virou. Do outro lado do rio, a paisagem era mais familiar: casas geminadas com cercas de ferro em diferentes estados de conservação, a depender do quarteirão. Ali, na rua Russell, a maioria estava acesa. — Mas a forma como a Honoria fez tudo, encontrando o manto e as coisas pra colocar junto e, tipo... foi bem legal, Hollis.

Hollis concordava. Mas a parte legal foi graças a Gloria; ela só encenou. Como um roteiro com falas boas para um ator ruim. As falas continuaram boas, de qualquer forma.

Mas havia algo de especial em observar o rosto de Iffy enquanto ela contava sua parte da história — enquanto contavam tudo juntas, as duas e Aini. Mesmo com o ar frio entrando pela janela aberta, Hollis se sentiu aquecida. Esperava que Iffy se sentisse assim também.

— Não sei. — A mão dela subia e descia, subia e descia. — Foi coisa da Honoria. Ela tem mente própria.

— Puxa, ainda bem que não sou a única. Também pensava isso de Nereida e me achava esquisita.

Hollis estava prestes a dizer, *bem, talvez não seja o caso de você não ser esquisita, mas de nós duas sermos o mesmo tipo de esquisita.* E ela quase chegou a falar, mas o celular vibrou no bolso de trás da calça jeans — os bolsos da frente eram falsos, como em tantas calças *plus size*, por algum motivo.

— Algo tá pegando.

— Deve ser minha mãe — disse Hollis ao pegar o telefone.

Mas não era.

Em sua tela, piscando em rápida sucessão, três mensagens do Discord. Ela leu na ordem.

Aini 22:48
Isso pode parecer esquisito.

Aini 22:48
Falar isso deixa ainda mais esquisito.

Aini 22:48
Ai que saco.

— O que tá rolando? — perguntou Iffy.

— Nada. — Hollis deu de ombros. Algo no peito dela acelerou enquanto guardava o celular, como se escondesse um segredo. Mas era bobeira. Não podia ficar conversando com Aini enquanto Iffy dava carona. Seria mal-educado. — Mas te entendo.

— Sobre?

— Sobre sentir que os personagens têm vida própria. Algumas semanas atrás, eu me sentia muito estranha falando em primeira pessoa. Agora, é, tipo...

— ... um segundo idioma, né?

Hollis sorriu e assentiu.

— Tá vendo, você me entende — disse Iffy.

— A gente se entende, Iffy.

— Também acho. Que bom que te dou carona.

— Que bom mesmo.

— E agora chega disso. É sexta-feira, e tá tarde. Vou te levar pra casa. Sextas-feiras são para samosas e dormir!

— Ah, o famoso S&D.

— Mulher, você é boba demais — disse Iffy, parando em frente à casa de Hollis. — Te amo.

Escapou tão fácil dos lábios de Hollis que ela nem percebeu quão importante era até sair do carro e pendurar a bolsa no ombro.

— Também te amo, Iffy. A gente se fala no Discord.

◉

Hollis não se deu ao trabalho de vestir o pijama. Em vez disso, tirou os sapatos — sapatilhas pretas da mesma loja onde comprava a maioria de suas roupas — e o sutiã. Antes de tirar a calça, pegou o telefone do bolso de trás e jogou as calças e seus bolsos da frente inúteis na pilha de roupas no canto do quarto antes de se enfiar entre os lençóis.

Só então se permitiu abrir o app do Discord.

Aini 22:49
Hollis?
Tá on?

> **Aini** 22:50
> Sei que não está dirigindo.

> **Aini** 22:54
> Tá na cara que te assustei.
> Espero que um dia volte a amar uma esquisitona como eu.
> Até lá, estarei aqui, observando a poucos metros de distância.

Hollis sorriu, um pequeno sorriso de lábios fechados, e balançou a cabeça. Aini, nessas mensagens, parecia mais com Hollis do que com ela mesma. Seus dedos se encaixaram na tela, as unhas batendo no vidro.

> **beckwhat** 23:12
> aini amin-shaw, se acalma.

> **Aini** 23:12
> Ai, graças a deus.
> Achei que estava terminando comigo.

O coração de Hollis acelerou.

> **beckwhat** 23:13
> quê?

> **Aini** 23:14
> Achei que não queria mais ser minha amiga porque eu sou uma esquisitona que manda 16 mensagens depois de um jogo de M&M.

> **beckwhat** 23:14
> foram, tipo, seis mensagens.

Aini 23:15
Nove mensagens.
Não que eu tenha contado.

beckwhat 23:15
você quer que eu termine com você? *(editado)*

Aini 23:16
Uau, essa doeu, BeckBeck.

beckwhat 23:17
O que você estava tão ansiosa pra me contar?

Aini 23:18
Ah, sim.
Eu tinha um motivo, né?
Enfim, como eu estava dizendo.
Espero que não pareça bizarro demais, mas eu adorei a interação dos nossos personagens.

Encarando a tela, Hollis sorriu. Puxou a colcha e se aconchegou no calor com o qual a mensagem inundou seu corpo. Sentia o mesmo desde aquela primeira sessão, quando Umber salvou Honoria da destruição. Foi bom saber que Aini também sentia. Hollis não estava sozinha e, de repente, compartilhando isso com Aini, se sentiu parte de algo. Como se estivessem no mesmo time. Suas unhas curtas bateram no telefone.

beckwhat 23:20
se isso for bizarro, eu sou muito bizarra.
:/

Aini 23:21
Ainda não cheguei na parte bizarra.

beckwhat 23:22
tá bom, aini, me surpreenda.

Aini 23:22
Então, eu...
Fiz uma playlist pra eles.

beckwhat 23:23
...

Aini 23:24
Pode terminar comigo agora.

beckwhat 23:25PM
até parece!
aini, que demais

Aini 23:26
Ai, ufa.
https://open.spotify.com/playlist/0gSFhrY2j91lj1DI
MasAiU?si=6uxb3bPbQ3ibGc-_-cYOSQ*
É bizarro pensar que tá rolando um clima entre eles?

Um minuto inteiro se passou e Hollis não fez nada além de piscar diante da tela. Também sentia isso — a atração sutil por Aini à mesa, sua atenção à narrativa e às palavras, a maneira como sempre ansiava por desenhar Umber quando rascunhava o grupo durante a aula. Por mais trinta segundos, ela pensou no que dizer. Começou a digitar, seus dedos batendo no teclado do celular para pegar emprestado um dos caps lock de Fran, mas recuou, respirou fundo e tentou algo diferente.

---

* Acesse o QR Code na página 300 e escute a playlist.

beckwhat 23:28
ah, sim, tipo, eles tão totalmente apaixonados.
ainda bem que não sou a única shippando

Aini 23:29
NÉ?

beckwhat 23:31
é, na sessão passada eu notei que eles tinham uma química. *(editado)*
mas vamos deixar rolar, não quero forçar nada.

Aini 23:32
Não, seria irresponsável.
Seria pouco Honoria da nossa parte.

beckwhat 23:34
vamos dar um nome pro ship.

Aini 23:35
Eles vão ser robôs?

beckwhat 23:36
não, mas curti esse UA

Aini 23:37
Hollis, que língua é essa?

beckwhat 23:38
meu deus aini.
achei que você fosse moderninha.

Aini 23:38
Não tanto quanto você.

beckwhat 23:39
bom, acho que isso é o contrário de moderninho.
é coisa de fandom.
ua = universo alternativo, tipo, fora do cânone.

Aini 23:40
Então seria um reino alternativo onde eles são robôs.

beckwhat 23:41
ISSO.
esse ua é bem comum.
afinal, vc conhece ou não essas coisas?

Aini 23:42
Aprendo rápido.

beckwhat 23:43
bom, ship vem de relation*ship*, que é relacionamento em inglês.
e o nome do ship costuma ser uma combinação fofa do nome do casal.

Aini 23:45
Tipo Rules, de Euphoria.

beckwhat 23:45
QUÊ.
ah, você já conhece.

Aini 23:45
Já.

beckwhat 23:46
e me deixou ficar tagarelando.

Aini 23:46
Deixei.

beckwhat 23:47
mds.

Aini 23:47
Eu gosto quando você fala empolgada de algum assunto.

Hollis suspirou.

beckwhat 23:48
você é uma esquisita bizarra. :/

Aini 23:49
É o que todas as garotas me dizem.
Então...
Qual o nome do ship?

beckwhat 23:50
estava pensando.
umber e honoria não combinada nada.
umboria.
humber?
humber talvez.

Aini 23:51
Hollis.
Humber é feio demais.
Não podemos fazer isso com nossos filhos.

beckwhat 23:52
então tá!!!
qual sua ideia, aini?

Aini 23:54
Que tal...
O sobrenome dela é Steadmore.

beckwhat 23:54
isso mesmo.

Aini 23:55
Eu sei. Não estava perguntando.
E o dele é Dawnfast.

beckwhat 23:55
!!!

Aini 23:56
E se for...
STEADFAST. Que em português significa inabalável

beckwhat 23:56
STEADFAST.
é a melhor opção, com certeza.

Aini 23:57
Então Steadfast será.
Vou mudar o título da playlist.
E deixar colaborativa pra você acrescentar músicas também.

beckwhat 23:59
eu sei como uma playlist funciona.
não vou fingir que não sei.
igual certas pessoas.

Aini 00:00
É fofa até me zoando, caramba.

Okay, Beckie.
Já é meia-noite, literalmente.
A sessão de hoje foi bem intensa.
Vamos dormir.
Amanhã de manhã você elogia meu gosto musical.

beckwhat 00:01
dormir é uma boa ideia.

Aini 00:01
A gente se fala mais tarde.
Bons sonhos.

E antes que Hollis pudesse encontrar os emojis certos para enviar, o balão verde on-line de Aini se transformou no balão preto vazio.

Hollis, com uma pressa que não conseguia explicar, voltou à conversa até encontrar o link, que abriu o app do Spotify e exibiu *Anywhere, anywhere | a steadfast playlist*.

Seus olhos percorreram a lista de músicas. A primeira tinha sido adicionada na semana anterior.

Hollis sorriu. Uma semana inteira de playlist secreta. Foi como descobrir um segredo, como se Aini tivesse lhe dado um presente sem querer.

Ela puxou a colcha de retalhos até o queixo, apertou o play, ouviu o anúncio de trinta segundos para ganhar meia hora grátis e escutou a primeira música.

Era instrumental e apropriadamente intitulada como "Intro", de uma banda chamada The xx. Começava com algumas notas simples e repetitivas na guitarra sobre a bateria e — Hollis se esforçou para ouvir, mantendo o volume baixo por conta do horário — talvez um sintetizador. À medida que a música tocava, se tornava mais intensa, com vocais melancólicos, sem letra. Parecia o começo de algo — um pouco inseguro, um pouco emocionante, suave e um tiquinho sombrio com a promessa do que ainda estava por vir.

Se tivesse escolhido a primeira música para uma playlist sobre o crush de sua personagem de M&M, ela não teria feito melhor.

Mas, como Aini tinha dito, já era tarde e, como ela respondera, dormir realmente era uma boa ideia. Hollis apertou o pause e colocou o celular na mesa de cabeceira.

Com "Intro" repetindo em sua mente, ela fez o possível para adormecer. Não demorou nem metade do tempo normal.

CAPÍTULO DEZ:
UMA CARONA NOVINHA EM FOLHA

No sábado, Hollis não mandou mensagem para Aini elogiando seu gosto musical.

Não mandou mensagem no domingo nem mesmo na segunda-feira de manhã. Para isso, era necessária uma coragem que Hollis não tinha em um dia comum, no qual a ousadia da noite e o estranho mundo após uma eletrizante sessão de M&M estavam distantes.

No entanto, ouviu a playlist no caminho para a escola, no carro da mãe. Como ouvira durante todo o fim de semana.

Acontece que Aini Amin-Shaw era ainda mais descolada do que Hollis suspeitava. Quase todas as músicas eram profundas, e muitas eram de anos atrás, quando a própria Hollis ainda não tinha descoberto a música independente e ouvia a Q102, a estação de música pop de Cincinnati. A maioria era de artistas *queer* que Aini adorava, como Tegan e Sara ("as avós das músicas tristes para sáficas", Aini mandou uma DM quando adicionou uma música nova delas) e girl in red, e dodie. Foi um pouco estranho ouvir e saber que eram de Aini. Mas quando imaginou Honoria como o *ela* das músicas e o sotaque cadenciado de Umber nas vozes da playlist, Hollis entendeu como combinavam no ship.

Aini era boa nisso.

Tão boa, na verdade, que Hollis considerou mostrar a playlist ao Chris quando ele e os meninos a encontraram do lado de fora da escola. Pelo menos, a seleção de músicas deles teria alguma variedade; sempre ouviam Nu Metal no carro do Chris. Havia algumas bandas na playlist que Hollis sabia que Chris gostaria, como M83, cuja épica "Outro" implorava para ser trilha sonora de RPG.

Mas quando Chris se aproximou e a abraçou num giro desconfortável, e Landon fez barulhos desagradáveis de beijo, e Marius abriu um energético como em todas as manhãs de segunda-feira, Hollis enfiou o celular — e seu aplicativo Spotify — de volta no bolso de trás.

A amizade com Aini ainda era muito recente e, se Hollis fosse honesta, muito confusa; quanto mais conhecia Aini, mais questionava por que alguém tão descolada quanto ela iria querer ser sua amiga. E de alguma forma aquilo ocorria, emocionante e um pouco aterrorizante e outra coisa que não conseguia definir, pesando levemente sobre ela como o peso de uma playlist no bolso.

Marius passou o energético para Chris, que cuspiu um jato da bebida em Landon como uma imatura estátua de fonte.

Talvez a manhã de segunda-feira não fosse o momento certo para esses dois mundos colidirem.

Talvez ela não quisesse que colidissem. Ainda não, pelo menos. Como na primeira semana de músicas que existiam antes de Hollis saber da playlist de Aini, este parecia um segredo que queria guardar para si.

Mas o que Hollis percebeu, sentada na aula de matemática de segunda-feira de manhã, era que havia passado tanto tempo no fim de semana ouvindo a playlist e pensando quais músicas adicionar — mas ainda não tinha feito isso — que não tinha estudado *nada* para a prova. Os números na página nadavam entre letras, Y e X. Mas tudo o que Hollis conseguiria resolver era o The xx. Ela terminou o teste rapidamente. Isso sempre gerava a suspeita que tinha deixado de fazer algo essencial, que os outros ainda estavam fazendo e por isso demoravam mais. Ela se remexeu na cadeira de plástico, olhando em volta como se pudesse rastrear o que estava faltando com um olhar furtivo na direção certa.

Para passar o tempo, Hollis desenhou na metade inferior da página, deixada em branco porque ela não resolveu três questões bônus para ganhar pontos extras. Ela não iria se dar ao trabalho — ia errar mesmo —, mas gostou do espaço extra em branco.

Com "Intro" ainda tocando em sua mente, Hollis tentou capturar o sentimento da música. Com linhas mais grosseiras do que costumava fazer, desenhou duas figuras a lápis: uma, bastante alta para uma menina, com coxas redondas e poderosas e braços fortes sob a armadura peitoral; a outra, meio baixa para um menino, com membros esguios e um alaúde pendurado nas costas. Ela os colocou em lados opostos no centro da página, de costas para o espectador e olhando por cima do ombro, não exatamente um para o outro. Nos rostos, ela tentou expressar os mesmos sentimentos que a música transmitia: emoção, incerteza, um otimismo cuidadoso, a possibilidade de estar à beira de algo épico.

Abaixo dos dois, ela escreveu em uma letra arredondada e inclinada: *Anywhere, anywhere.*

Ela estava ajustando a última palavra quando o sinal tocou e a sra. Grimes falou com sua voz rouca e forte sotaque do interior:

— Pronto, cambada, larguem os papéis e os lápis.

Na saída, Hollis entregou seu primeiro desenho de Steadfast sem nem ter tempo de tirar uma foto primeiro.

— Mulher.

Dessa vez, Hollis não precisou olhar para saber que era Iffy. O som da voz dela iluminava o corredor com mais força do que as luzes fluorescentes.

— Oi — respondeu, virando-se para aquela luz com um sorriso.

— Não sorria desse jeito pra mim, tenho más notícias.

O sorriso murchou.

— Ai, calma. — Iffy deu de ombros, descontraída como sempre. — A Aliança Gay-Hétero vai ter um evento na sexta-feira, que inventaram de última hora, e eu tenho que ir, já que sou a presidenta. Vou perder o jogo.

— Ah.

— Então não posso te dar *carona* — acrescentou com uma careta.
— *Ah.*
— Pois é.
— Tudo bem — falou Hollis, embora seu rosto exibisse o sentimento oposto. — Vou avisar a Gloria que vou faltar também.
— Quê?
— Não tenho outra carona. A minha mãe fica na escola até tarde com a Sociedade dos Dramaturgos Mortos, e o grupo de RPG do Chris também se encontra às sextas-feiras. Mas tudo bem. — Não estava. O estômago de Hollis estava revirando. — As meninas mandam as atualizações pelo Discord.
— Hollis, para de bobagem.
Iffy pegou o celular. Seus dedões voaram sobre a tela por um segundo, e então Hollis sentiu o celular dela vibrar.

iffy.elliston 9:10
meninas
tenho compromisso na sexta e a hollis precisa de carona
quem pode?

— Iffy — disse Hollis, da mesma maneira que várias delas falavam o nome de Fran durante o jogo: uma advertência agradecida.
— Não vai perder o jogo só porque eu vou fazer um protesto naquela porcaria de padaria na Florence — rebateu Iffy. — Aposto que...
As palavras de Iffy foram atropeladas pela vibração em ambos os celulares, com meio segundo de distância entre cada.

Aini 9:11
Eu posso, sem problemas.
Me passa seu endereço antes pra eu salvar no maps, Becky.

— Aini ao resgate! — exclamou Iffy, dando um toca-aqui com Hollis. — Aquela vaca é demais, vou te contar.

— É. — Hollis sorriu para Iffy, mas também para si. As bochechas quentes e rosadas, com uma sensação gostosa. — Ela é bem legal mesmo.

◈

Em uma sexta-feira normal, ela estaria esperando por Iffy, desenhando calmamente na cozinha, a sensação de nervosismo daquela primeira noite já para trás. Quando a mãe chegava da escola, o que em geral acontecia cerca de dez minutos antes de Iffy aparecer, ela avisava que estava indo para a casa de Gloria, e a mãe dizia: "Eu sei, querida, foi pra lá que você foi semana passada."

Mas nesta sexta-feira Hollis esperava por Aini, não por Iffy, então o dia foi meio assim:

— Droga, droga, droga — praguejou Hollis à frente do espelho do banheiro.

Tinha derramado chá na blusa.

Embora tenha tentado secar ao máximo, uma mancha subia até o colarinho. Havia demorado 15 minutos para escolher aquela blusa.

Também foi meio assim:

Hollis, enchendo a xícara de novo, teve um momento de pânico atroz, no qual pensou que estivesse encarregada dos lanches novamente. Ela só se recuperou depois de verificar o chat do Discord e lembrar que eram Fran e Gloria esta semana.

E também foi um pouco assim:

Pela nona vez, Hollis espiou pelas persianas fechadas, observando a esquina, antes de se tocar que não sabia qual era o carro de Aini.

Estava acostumada a se preocupar, mas isso era excessivo mesmo para ela. Normalmente, não se importaria tanto com sua roupa ou com estar na porta exatamente na hora certa; Iffy sempre chegava alguns minutos adiantada ou atrasada e, além de Maggie, todas as garotas eram bastante tranquilas quanto ao estilo de se vestir.

Mas esta semana, com a playlist de Aini confirmando que ela era, de fato, a garota mais legal da cidade, tudo parecia diferente.

Mais urgente. Como se Hollis também precisasse ser legal — ser mais parecida com Aini. Ela queria parecer despreocupada e sensata, e não como se estivesse esperando por Aini na porta de casa, verificando mais uma vez se os tênis estavam amarrados para não tropeçar nos cadarços.

Ou onde ela estava quando a campainha avisou que Aini realmente havia chegado: lavando as mãos no banheiro.

— Tá de sacana... — reclamou Hollis, mas resolveu sair logo. Voando pela cozinha, agarrou sua bolsa e atravessou o pequeno corredor até a porta, com suas fotografias de várias épocas da vida a encarando. — Desculpa — falou ao abrir a porta. — Estava fazendo xixi.

— Sempre elegante, Beckbeck — elogiou Aini, balançando a cabeça.

Estava de cabelo novo outra vez, do azul-petróleo desbotado passou para um laranja tão forte que era quase neon. Folhas de outono neon. Só uma menina tão estilosa quanto Aini podia usar uma cor daquelas.

E ela tinha acabado de falar para essa garota que estava fazendo xixi. O rosto de Hollis enrubesceu.

— Sim, sempre. — Tentou se recuperar. — Pronta?

— Claro. — Aini girou a chave no dedo indicador. — Vamos cair na estrada.

Hollis a seguiu até o carro.

— É esse — avisou Aini. — A porta é meio chatinha, precisa abrir com jeitinho.

Aini abriu a porta, que não parecia nada complicada, e então correu para o outro lado do carro. Tentando não se sentir derrotada, Hollis afundou no banco do passageiro.

Era o carro mais bonito em que Hollis Beckwith já andara. Ela não entendia o suficiente sobre carros para saber de que tipo era, mas era de um respeitável verde-militar, com quatro portas e interior de couro marrom, e não aquele estofamento bege manchado como o de Iffy ou o cinza-e-cor-aleatória que Chris tinha no dele. Ao se acomodar no assento macio, Hollis suspeitou que fosse aquecido. Estava agradavelmente quente embaixo dela.

Também parecia que ela devia se sentir envergonhada pela sua casa, com seu pequeno e bagunçado jardim da frente, composto de canteiros rebeldes de zínias que precisavam ser podados para o inverno, e seus tijolos pintados, o vermelho desbotado por anos de sol e chuva. O carro de Aini devia custar mais do que sua hipoteca.

— É muito brega ouvir a playlist do Steadfast no caminho? — Aini se ajeitou atrás do volante.

O que Hollis poderia ter dito se estivessem conversando no Discord era: "não sei, Aini, quando ser brega já te impediu antes?". Só de pensar nisso fez surgir um sorriso nos lábios de Hollis, acompanhado de um frio na barriga. Mas conversar on-line com Aini, no conforto de seu quarto, era muito diferente de conversar com Aini no banco da frente de seu carro, que cheirava a todo aquele couro marrom e também a Aini: sombriamente amadeirado, com um toque refrescante e floral. Dizer essas palavras em voz alta parecia uma tarefa impossível.

Então apenas falou:

— Tudo bem.

E ouvindo *Anywhere, anywhere* no Spotify — que tocava via bluetooth direto no sistema de som do carro, sem anúncios —, foram até o apartamento de Gloria. Aini não pegou nenhum dos atalhos que Iffy normalmente pegava e, quando finalmente encontraram uma vaga para estacionar em outra rua, estavam quase atrasadas.

— Ah. — Aini bateu com o dedo no relógio do painel. — Um minuto para gastar.

O relógio então mudou para seis da tarde.

— Ou, bem, qua...

BZZ, BZZ, BZZ, BZZ.

Ah, não.

De uma forma que esperava demonstrar tranquilidade, Hollis tentou tirar o celular do bolso de trás. Mas Hollis Beckwith não era nada tranquila. Bateu o cotovelo no painel de madeira da porta — "droga", bufou —, então o aparelho escorregou de sua mão e caiu no chão impecavelmente limpo. Como ela era gorda, ficava difícil se movimentar dentro do carro por causa da barriga, então foi necessário um impulso para que ela pudesse se curvar para pegá-lo. Ele não parou de emitir o barulho ensurdecedor até seu dedo esbarrar na tela.

— Eu... — Hollis queria pedir desculpas ou talvez se camuflar no couro do banco e deixar Aini ir jogar sem ela. Em vez disso, falou: — ... preciso tomar meus remédios.

Depois daquilo tudo, precisava mesmo deles.

— Sim, tranquilo. — Aini, como sempre, não pareceu se impressionar. — Aqui. — Ela se virou e pegou algo debaixo do banco. — Tenho sempre água por isso.

— Para garotas que surtam no seu carro antes de tomar o remédio pra ansiedade?

— Sim, acontece muito — confirmou Aini, do jeito tranquilo que Hollis não conseguiu performar um segundo antes. Entregou para Hollis uma garrafa quase cheia. — Não, Hollis, porque eu geralmente tomo os meus remédios no caminho também.

Pegando o frasco na bolsa, Hollis riu.

— Ainda mais se estamos atrasadas — continuou Aini. — Tomo mais tarde porque meus antidepressivos me deixam muito sonolenta, mesmo depois de, tipo, dois anos. Não quero exagerar na intimidade, mas é meio que por isso que estou aqui. Fiquei bem mal ano passado, sabe, me isolando, mesmo tomando remédio. Mas jogar M&M com a Gloria toda semana me ajudou a sair dessa. Mesmo nas noites de jogo, eu não queria aparecer como Aini, mas eu aparecia como o personagem, pelo grupo. Acho que essa é a magia de jogar. — Aini balançou os dedos e sorriu, mas falava com sinceridade. — Às vezes, é mais fácil ser você mesma quando finge ser outra pessoa por um tempinho.

Colocando o comprimido na boca, Hollis olhou para Aini. Ela não parecia o tipo de garota que precisaria de antidepressivos. Certamente não agia como uma. Mas, Hollis lembrou a si mesma, doença mental não tem *cara*. Talvez essa Aini, aquela sentada ao lado dela se abrindo sobre medicamentos e sua doença mental, fosse a Aini que ela conhecia justamente porque os remédios faziam efeito.

Hollis tomou o dela.

— Os meus me deixam distraída, por, tipo, uns 15 minutos — confessou Hollis, dando de ombros. — Mas eu tomo desde o sétimo ano, então já tô acostumada.

— Ah — murmurou Aini, inclinando a cabeça para o lado.

— É, desculpa, não devia ficar falando disso — disse Hollis. Chris e a galera não gostavam de lembrar que ela era neurodivergente.

— O quê? Tá tudo bem... — Aini balançou a mão como se não fosse nada. — Eu tinha notado que você chega quietinha e depois volta a ser a Hollis de sempre.

— Ah, sim. — Foi a vez de Hollis inclinar a cabeça e refletir. — Pode ser isso. Ou, sabe, a tal da ansiedade.

Aini riu. Naquele espaço fechado do carro, a risada flutuou agradavelmente entre elas. Hollis não queria que parasse.

— É, ou isso. — Sorriu. — Tá de boa?

Como se ela estivesse diante da enfermeira no hospital, Hollis abriu a boca para mostrar que tinha engolido.

— Boa menina — brincou Aini, rindo de novo. — Por favor, finja que eu não disse isso, ok?

— Se você esquecer que eu contei que estava fazendo xixi, trato feito.

— Ah, aquilo? — Aini negou com a cabeça. — Ah, não. Aquilo eu vou guardar na memória pra sempre.

Hollis ficou vermelha. Não sabia se de vergonha pelo "xixi" ou pelo "pra sempre."

— Vou sair do carro agora — anunciou.

E saiu.

Ela sentiu falta do assento aquecido enquanto caminhava até a casa de Gloria, com Aini seguindo atrás com passinhos ligeiros.

— Entãooooo — disse Aini, arrastando o O de um jeito estranho e intencional.

— Entãooooo — imitou Hollis.

Aí as duas caíram na gargalhada ao mesmo tempo.

— Ai meu *Deus* — continuou Hollis, tentando tomar fôlego entre crises de riso.

Ela não se lembrava da última vez que tinha rido tanto em um período de quatro horas. Por outro lado, não conseguia se lembrar da última vez que um plano de M&M tivesse dado errado de forma tão espetacular. Ainda podia ver no teatro de sua mente a maneira como Mercy Grace de repente voltou à existência quando o feitiço de invisibilidade que Hollis e Aini, conduzindo a personagem de Iffy essa semana, leram errado não funcionou como imaginaram, e ainda podia ouvir os gritos estridentes de Fran imitando a tentativa de fuga da guarda da cidade.

— Fala sério — disse Aini, ou melhor, apenas mexeu a boca enquanto gargalhava.

Hollis mal pôde ouvir as palavras debaixo daquele som estrondoso. Sob o brilho dourado dos postes, Aini estava linda, como uma pintura em movimento que Hollis precisava desenhar.

Aini sacudiu a cabeça e virou delicadamente, voltando por cima do rio Ohio. Ao longo da extensão da ponte, elas trocavam risadas.

— Mas falando sério — disse Aini quando se acalmaram —, quem vai contar pra Iffy que a gente fez a Nereida ser presa?

— Não fala assim! — Hollis se acabou de rir outra vez. — Piora a situação!

— Ah, e tipo: "Ei, Ifs, querida, deixamos a Nereida ser presa, mas não se preocupa, o resto do grupo também foi"? Melhor?

— Bom, falando desse jeito, não muito.

— É, foi o que pensei. Acabamos com a tentativa da Gloria de fazer uma sessão mais tranquila. Bem coisa da Mercy fazer todo mundo ir pra prisão.

— Agora nunca saberemos quem ganharia o concurso de bebida — comentou Hollis, o peito ainda doendo de tanto rir.

— Ah, o Umber. Certeza.

— O quê?! — Hollis negou com a cabeça. — A Honoria é capitã da Guarda Cerúlea. Ela sabe beber!

— Ah, claro que sabe — disse Aini, e Hollis acreditou. — Mas o Umber é um bardo. Beber é com ele.

Às vezes, Hollis esquecia que Umber era um bardo. Não que ela fosse ruim nisso. Aini jogava bem, com o ukulele e tudo. É que quando se sentou à mesa com Aini, e quando Honoria se aventurou com Umber, se sentiu tão distante da sensação invasiva e irritante do terrível jogo na Games-a-Lot que *bardo* parecia uma palavra impossível de abarcar os dois personagens. Mesmo quando Umber flertava com Honoria — o que ele fazia, sim, de uma maneira que deixava as bochechas de Hollis vermelhas e seu coração palpitando — era sempre lisonjeiro, nunca assustador.

Landon diria que Aini estava jogando errado.

Hollis, porém, tinha certeza de que Aini estava fazendo tudo certo. Não restava nada a fazer senão ser atraída. Ela apoiou o cotovelo no painel central, só para se aproximar.

— Ééé, talvez tenha razão — concedeu Hollis.

— Não, em geral você é que tem.

E Hollis percebeu que Aini tinha certeza disso também.

Ao se aproximarem da Rua 4, Hollis quase apontou o atalho que Iffy costumava pegar na volta. Isso reduziria alguns minutos da viagem. Mas um tempinho extra com Aini parecia melhor. Ela ainda não queria deixar para trás o brilho azul do velocímetro elegante do carro ou o calor radiante do sorriso de Aini.

Balançando a cabeça para si mesma, Hollis se inclinou para a frente, alcançando o painel.

— Essa eu vou aumentar — avisou, apertando o botão do volume na música da Ezra Furman, mas não tão alto a ponto de abafar a risada incessante de Aini.

Na segunda-feira seguinte, Hollis recebeu a nota da prova.

C-, lia-se no topo da página. Era melhor do que estava esperando. O que indicava que ela esteve a um ponto de D+.

Encarando a situação como o milagre da segunda-feira de manhã, Hollis virou para a última página. Sua ilustração de Umber e Honoria ainda estava lá, os olhos deles não se encontrando sobre os ombros. Com o dedo, Hollis traçou a linha do olhar de Umber.

Mas não foi apenas a expressão nos olhos de Umber que a surpreendeu. Na mesma caneta vermelha que a sra. Grimes usava para dar notas, havia uma nota rabiscada na outrora elegante, agora envelhecida, letra cursiva da professora de matemática.

Acho que não é a fórmula correta, dizia o recado, *mas esses dois são fofos. +1.*

Hollis abafou uma risadinha.

— Você está bem, srta. Beckwith? — perguntou a professora, na fileira de carteiras ao lado, entregando as últimas provas.

— Sim, senhora.

Quando a sra. Grimes se virou, Hollis pegou o celular e rapidinho tirou uma foto.

Abriu o Discord e anexou a imagem na conversa com Aini. Enviou com a seguinte mensagem:

beckwhat 8:34
steadfast me salvou de um d+ na prova de matemática.

CAPÍTULO ONZE:
LACIE COM I-E

Na quarta-feira, Hollis foi até a casa de Chris para jogar videogame — ou melhor: para desenhar enquanto Chris jogava.

— Merda! — gritou ele do outro lado do sofá, jogando uma das mãos para o alto.

O movimento desestabilizou a almofada de Hollis e sua mão escorregou no papel. Se isso fosse incomum, ela poderia ter se irritado ao procurar a borracha no espaço entre a coxa e o braço do sofá. Mas ela apagava marcas de *Merda* de seus desenhos desde o sétimo ano, quando eram apenas marcas de *Aff*.

Suavemente e para si mesma, Hollis sorriu. Era em momentos como esse que se sentia mais em sintonia com Chris — apenas os dois, sozinhos, mas juntos, cada um fazendo suas próprias coisas. Lembrou-se de quando se tornaram amigos. Por causa do sobrenome deles, Bradley e Beckwith, os nomes ficavam pertinho na chamada dos professores, e muitas vezes acabavam sentados próximos. Às vezes, Hollis se perguntava se foram todos aqueles anos sentados juntos em mesas trapezoidais que fizeram o relacionamento dar certo. A proximidade certamente facilitou a amizade.

Chris dizia que o que ele gostava em ter Hollis como namorada é que não precisava se esforçar muito. Embora sua mãe tivesse feito uma careta quando ela tentou explicar, às quartas-feiras, Hollis achava que entendia. Bastava existir, tranquilo e sem esforço, no mesmo espaço.

Hollis apagou o risco de *Merda*, assoprando os restos de borracha para longe. E perguntou:

— Foi *gankado* de novo?

— Sim. Tem dois garotos de 12 anos acampados na base alienígena e matando geral. Ridículos — falou no microfone que saía do fone: — É, isso mesmo. Tô falando de vocês dois. Aham. É. Bom, vou falar pra elas. — Uma das mãos cobriu o microfone. — Disseram que minha mãe gosta de ridículos.

Hollis riu baixinho. Garotos de 12 anos...

Voltou-se para a ilustração, de Honoria e Umber na última sessão, quando o grupo foi preso junto. Estava desenhando a cabeça de Umber descansando sobre o ombro de Honoria, sentados no chão da cela, quando a porta da frente se abriu e depois fechou.

— E aí, biscate? — disse Landon.

Se isso fosse incomum também, Hollis teria tirado os olhos do desenho, mas ela ouvia Landon chamar Chris de biscate desde que se tornaram amigos no início do ensino médio. Ela se moveu apenas o suficiente para afastar a página dos olhos de Landon e sombrear os cachos de Umber que caíam em cascata sobre o ombro de Honoria.

— Ai, meu Deus — disse uma voz que definitivamente não era a de Landon. Era aguda e doce e alongava as vogais.

Havia uma menina na sala de estar do Chris.

Ela era pequena, embora não tanto quanto Aini. Minúscula se comparada a Hollis. Também era linda, com cabelos loiros e olhos azuis. A nova garota também tinha a infeliz qualidade de estar praticamente colada em Landon, segurando a mão dele com tanta força que os nós dos dedos estavam brancos onde se entrelaçavam com os dele.

Hollis lançou uma olhada lateral para Chris que dizia, muito claramente, *o que é isso aqui?* Mas ele estava sendo morto pelos garotos de 12 anos de novo, então não percebeu.

— Me ajuda, mano — bufou ele. — Esses FILHOS DA PU...

— Hollis, me passa um controle — pediu Landon, se jogando na poltrona ao lado do sofá.

A garota se sentou ao lado de Landon, de alguma forma se encaixando em um espaço destinado a apenas uma pessoa. Uma de suas mãos desapareceu entre o estofamento e o quadril de Landon. Hollis ficou feliz por não conseguir ver exatamente onde.

— Você é a Hollis — disse a garota.

— Hum. Sim.

— Eu sou a Lacie. Com I-E.

— Oi... Lacie.

— É isso aí, seus ridículos — bradou Chris. — Meu menino *spawnou*!

— Vou acabar com vocês — avisou Landon — e detonar vocês.

Lacie com I-E deu uma risadinha.

— Ele é tão gato.

Por algum milagre da física, Lacie conseguiu se aproximar ainda mais de Landon, passando as mãos pelo cabelo lambido dele. Hollis, do outro lado do sofá, fez uma careta. Tudo em Lacie, desde ela já saber quem era Hollis até achar Landon atraente, era esquisito.

— Não sabia que Landon ia trazer uma amiga — falou, para ninguém em específico.

Se soubesse que não havia problema em trazer amigos para os encontros de quarta-feira, Hollis teria convidado Iffy ou Aini. Pelo menos teria alguém com quem conversar enquanto os meninos atacavam os alienígenas.

— Namorada — resmungou Landon, destruindo o controle.

— Faz uma semana! — exclamou Lacie, como se fosse uma vitória. — Landon finalmente percebeu que eu ficava olhando pra ele no ensaio da banda. Mas com certeza ele já te contou tudo.

Hollis nunca tinha ouvido falar de Lacie, nem na última semana, nem antes. Ou talvez sim... Não tinha certeza. Na semana passada, estava muito mais preocupada com Aini — a playlist de Aini, Aini dando carona, Aini como sua amiga, repentina e impossível. Era possível que Lacie tivesse sido mencionada, mas a atenção de Hollis estava em outro lugar.

— Uau — disse Hollis. — Parabéns!

— É nosso primeiro encontro de casais!

Lacie apertou a bochecha de Landon. Em vez de se afastar, que era o esperado, Landon se aproximou mais e inclinou a cabeça, fazendo biquinho e tentando pegar o dedo dela com os lábios.

— Landon, não! — protestou ela com um gritinho, mas permitiu.

Não, pensou Hollis, ela provavelmente teria se lembrado de Lacie se ela estivesse por perto na semana passada. Não havia como eles serem ignorados, sendo tão... fofos não era a palavra certa, já que Landon estava envolvido. Mas mesmo Hollis não podia negar que os dois tinham algo no mínimo grudento acontecendo, com toda aquela demonstração pública de afeto, doce e pegajosa. A maneira como Landon fingia engolir os dedos de Lacie, cobrindo-os com o que provavelmente eram beijos muito secos e de lábios rachados, era muito natural. Ele ficou tão distraído com ela que foi *gankado* no jogo e *respawnou*, mas nem parou para xingar o garoto de 12 anos pelos fones.

Como sempre fazia com o jogo de M&M dos meninos, Landon estava atento a Lacie. E, como aconteceu no RPG, era difícil para Hollis ver isso ao vivo e se sentir totalmente excluída.

— Ah, agora você tá pedindo! — gritou Chris e completou com vários palavrões.

Hollis olhou para ele, com um sofá inteiro entre os dois. Embora Landon e Marius às vezes zoassem isso, ela nunca se importou com a falta de contato pegajoso com Chris. Eles se beijavam às vezes, quando Chris queria, e não era tão ruim. E eles saíam sempre, ou pelo menos quando nenhum dos dois estava jogando RPG com outras pessoas, embora não ficassem se agarrando nessas saídas.

Às vezes, quando estava ansiosa, pensava que talvez houvesse algo errado com ela por não querer tudo isso. Mas, na maioria dos dias, simplesmente atribuía isso ao fato de serem diferentes. Eram amigos muito antes de começarem a namorar, por exemplo. E talvez só não fossem esse tipo de casal, e isso era, pelo menos na maioria dos dias, ok.

Mas com o forte contraste de Lacie e Landon ao lado, era mais difícil ignorar a distância.

Na verdade, Lacie e Landon, emaranhados em sua cadeira, pareciam Umber e Honoria no desenho — como se eles se encaixassem, onde quer que estivessem.

Hollis franziu o cenho para o esboço, que tinha sido desenhado de um jeito tão natural, e se perguntou de onde havia tirado aquela inspiração. Certamente não de Chris. A maneira como Honoria se inclinava para Umber a lembrou mais de estar no carro de Aini, estendendo a mão para tocar uma música que ela escolheu para ela — para Honoria.

Estar próxima a Aini nunca incomodou Hollis.

Fechou o caderno.

— Eita — disse ela, olhando o celular. — Já são oito horas? Preciso ir embora.

— Precisa de carona, Hol? — ofereceu Chris, mas não se moveu, apenas os dedos no controle.

Hollis precisava de carona. A casa dela era longe demais para voltar sozinha andando no escuro. Não se sentia insegura em Covington à luz do dia, mas daquele lado da rua Madison, àquela hora da noite, era diferente, com todas aquelas luzes ficando para trás e gritos vindos da esquina. Hollis não queria nem pensar no que poderia haver à espreita. Mas quando se imaginou sentada no banco da frente de Chris, tudo em que conseguia pensar era em sentar no banco da frente de *Aini*. O peito de Hollis se agitou como se estivesse ouvindo o som contagiante e cintilante da risada dela.

— Não — respondeu, com uma entonação tranquila. — Eu me viro.

Ficou de pé. Antes de passar na frente da tela, esperou o movimento da cabeça dele — o sistema deles para que ela não atravessasse numa hora crucial do jogo.

— Até amanhã — falou ele.

— É, até.

— Tchau, Hollis — disse Lacie. — Lan, fala tchau pra Hollis!

— É, Lan — incentivou Hollis.

Literalmente ninguém, nunca, chamava Landon de Lan — exceto ele mesmo quando se apresentava para as garotas. Pelo jeito, dessa vez pegou.

— Tchau — falou.

Hollis ouviu o revirar dos olhos na palavra.

— Ele é tão *fofo* — comentou Lacie.

E antes que precisasse processar *fofo* e Landon na mesma frase, ela partiu noite adentro.

⬢

A Uncommon Grounds Coffeehouse era uma cafeteria moderninha demais para Hollis.

Ficava apenas alguns quarteirões mais perto do rio do que o bairro de Hollis, mas essa distância fazia toda a diferença. Ali, as moradias da virada do século tinham sido reformadas, os telhados foram subdivididos e os aluguéis, elevados. Muitos dos jovens artistas que tornaram o bairro tão interessante foram expulsos e substituídos por casais de meia-idade com filhos ou cachorros.

A cafeteria tinha sido aberta ali antes de tudo isso — tão moderna que talvez tenha sido um dos motivos para toda essa mudança. Hollis às vezes pensava que até mesmo o chão de madeira escura original possuía um brilho especial, como se as próprias tábuas soubessem o quão raro era aquele lugar.

Se era moderno demais para ela, certamente era moderno demais para o Chris. Mesmo assim, eles se sentaram a uma das mesas descombinadas, cada um com uma xícara de café na mão.

Não era lá muito bom, mas Hollis ainda não tinha adquirido o gosto pela coisa, então mesmo um bom café — e este supostamente era — não servia de muita coisa para ela. Mas desde a sessão de videogame da noite anterior, Hollis não conseguia afastar a sensação no estômago de que havia feito algo errado. Talvez fosse toda aquela demonstração de afeto de Lacie e Landon ou por ter ido embora quando poderia ter ficado um pouco mais, mas algo parecia estranho. Em um esforço para acalmar o sentimento, sugeriu que ela e Chris fossem tomar um café depois da escola, para que pudessem passar algum tempo juntos, só os dois.

— Hum — disse ela, assentindo para Chris. — Bom, né?

Chris tinha muito orgulho de ter começado a tomar café no ensino fundamental II, e sempre contava o feito para quem quisesse ouvir. Deu de ombros.

— Acho que sim.

— Ah, vai — insistiu ela com um sorriso. — Eu sei que é seu café favorito. Não finge que... Opa.

Sobre a mesa, entre eles, o celular de Hollis vibrou. Ao pegá-lo, viu algumas notificações do Discord. Embora não tenha lido todas as mensagens, percebeu que eram sobre a permanência deles na prisão. Leu uma das mensagens de Aini — *Honoria é literalmente nossa única esperança! É ela que carrega as duas células cerebrais coletivas do nosso grupo* —, o que a fez rir enquanto colocava o aparelho na bolsa.

— O que foi? — perguntou Chris, dando outro gole.

— Ah, coisa do RPG. — Quando ele ergueu a sobrancelha, Hollis balançou a mão. — É bobeira, a gente foi parar na cadeia e o pessoal tá fazendo piada.

Mas Chris não riu. Fez cara feia para a bebida.

— Se o café tá ruim, podemos ir pra outro lugar.

— Não é isso. Só acho que... — Chris não completou a frase, o que era incomum para ele.

Hollis o conhecia bem, há oito anos, para entender que algo o incomodava.

— Ei, que foi?

— Nada.

— Qual é? Você engana os meninos com essa, mas não eu.

— Não, é que... — começou, parou, balançou a cabeça. — Acho vacilo você ficar lendo coisa do seu RPG quando a gente tá junto. Ainda mais se não vai me contar o que foi.

Por essa, ela não esperava.

— Que? — Hollis negou com a cabeça. — Não fiquei lendo nada.

— Então como sabia que estavam fazendo piada?

Hollis inclinou a cabeça.

— Foram só as notificações, Chris. Vi uma, tipo, de relance.

— Não é legal me excluir assim.

Hollis bufou uma risada. Chris, à sua frente, cruzou os braços.

— Espera. Você... você tá falando sério?

Ele deu de ombros de novo.

Hollis pensou em dizer muitas coisas. Que era ridículo, antes de mais nada, porque era mesmo. Que ela literalmente não tinha feito o que ele acusava, porque certamente ler uma mensagem não contava. Que se alguém deveria saber sobre excluir *alguém* de M&M, seria ele, porque a regra de proibição de meninas ainda a impedia de se juntar a ele, de entender as piadas internas e participar de bate-papos do Discord.

— Ai, meu *Deus* — disse ela.

— Qual é, Hol? — Os olhos de Chris imploravam. — Não faz assim.

Fazer assim como?, ela queria dizer. *Como você?* Mas tudo o que ela conseguiu dizer foi:

— Quer saber, esse café é uma porcaria. Vou pra casa.

— *Hollis* — chamou Chris, suspirando.

Ela empurrou a poltrona para trás e levou a xícara quase cheia até o balcão.

— Pelo menos posso te dar uma carona?

Ela deu de ombros.

Tinha esquecido dessa questão.

Seria um trajeto bem silencioso.

◆

Não tinha sido uma briga, não ainda, mas a ansiedade de Hollis avisava que em breve aconteceria uma discussão.

— Isso vai dar ruim? — perguntou Maggie, cruzando os braços como se colocasse um ponto-final na conversa do mesmo jeito que Gloria em breve faria com uma história da campanha delas.

Gloria tinha acabado de apresentar o próximo passo da aventura: após a soltura da prisão e o prosseguimento da jornada para o norte, a viagem do grupo os levaria através de Fernglen. Assim que a Guardiã do Mistério mencionou o nome, Maggie se encolheu.

Tanwyn, aparentemente, vinha de Fernglen, e Maggie não estava interessada em voltar para casa.

— Não precisa dar ruim, se você não quiser — falou Gloria, a diplomata, com sua voz de Guardiã do Mistério.

Mas Hollis, sentada quase de frente para Maggie, apostava que daria ruim. Para começar, nunca tinha visto a influenciadora do Instagram tão abatida; Maggie parecia muito desconfortável, o que também deixava Hollis nervosa. E não foi a única. Iffy, a seu lado, estava estranhamente imóvel, e Fran, incapaz de manter uma cara séria mesmo nas melhores circunstâncias, estava fazendo sua melhor imitação do emoji de careta, olhando entre Maggie e Gloria.

A mente de Hollis não parava de pensar no incidente na cafeteria. A mesma energia estava ali, se espalhando pela mesa naquela noite de sexta-feira. Chris esteve quieto o dia todo, e Hollis não se incomodou com o silêncio. Ela, porém, não tinha certeza se conseguiria lidar com o mesmo tipo de tensão ali.

O peito de Hollis ficou apertado enquanto ela esperava a mesma cisma entre Gloria e Maggie. Sua mente girava na velocidade da ansiedade acelerada.

— Eu só... — Maggie parou. Fechando os olhos, respirou fundo. — Eu não gosto de ficar no centro das atenções. — O dedo de Maggie alisou a ficha de personagem. — Na vida real, eu sempre tô, sempre sou *a* Maggie Harper. É bom ser a menina-cabra com um morcego-gato nos Oito Reinos. É um dos motivos por que eu gosto tanto de jogar com vocês. É como se eu estivesse de férias.

— Hum — murmurou Gloria. Ela fez uma pausa antes de falar: — Eu adoraria achar um jeito de honrar seus sentimentos e também dar à nossa maravilhosa e esquisita garota-cabra um lugar de destaque na nossa história juntas, mas podemos esperar, se quiser.

Por um instante, Maggie pensou, e a mesa esperou, em silêncio. Por fim, ela disse:

— Vamos seguir em frente, mas depois do jogo podemos conversar um pouco sobre a história da minha personagem pro futuro.

— Ótimo plano — disse Gloria.

E assim, o jogo seguiu em frente: Gloria voltou para a narração, Iffy relaxou, com o lápis preparado para anotações, Aini deu um tapinha no ombro de Maggie e depois dedilhou um acorde de ukulele, e Fran voltou a empilhar os dados, seu rosto um quadro em branco tentando prestar atenção.

Foi apenas Hollis quem precisou de um momento para processar. Ninguém desafiou as palavras de Maggie, nenhuma acusação de ser uma merda ou de não ser legal, nenhum silêncio suspeito para calar alguém. Maggie nem era uma jogadora antiga, como Aini; ela conhecia Gloria há tanto tempo quanto Hollis, o que certamente não era mais do que os oito anos em que era amiga de Chris.

No bolso, seu celular pesava com uma mensagem de Chris ainda sem resposta.

Ao lado dela, Aini a cutucou com o cotovelo. Foi o suficiente para trazer Hollis de volta ao jogo, deixando o resto para se preocupar depois.

Mais tarde, Hollis leria suas anotações sobre Fernglen, seguiria a seta que havia desenhado e Iffy destacara em laranja — conectando essa ocorrência ao ponto de interrogação que representava o que havia levado Wick —, mas o que tinha marcado a noite, pensou, enquanto arrumava o caderno e os dados emprestados, era menos o jogo e mais as meninas. Se aquele desentendimento tivesse acontecido na hora do recreio, teria sido uma briga acirrada. Só ficou aquém de uma com ela e Chris porque eles não costumavam brigar. Ela não tinha muito exemplo daquilo ali, ou com seus pais, que brigavam facilmente e por qualquer coisa até que se divorciaram e o pai de Hollis desapareceu de sua vida, mas a garota suspeitava que algo especial havia acontecido. Suspeitava que isso tinha muito a ver com Gloria e com o tipo de amizade que ela cultivava em sua mesa.

O tipo de amizade que temia não ter com seus amigos "reais", nem mesmo com Chris.

A culpa surgiu em seu peito, quente e rápida. Foi só depois de uma sessão de jogo tão curiosa que Hollis parou para pensar que talvez Chris não tivesse ficado chateado com as mensagens dela — que ele poderia ter ficado chateado com ela. A razão pela qual sugeriu que eles tomassem café em primeiro lugar foi para ter algum tempo a sós depois do fiasco de Lacie e Landon no dia anterior, um pouco de espaço para se lembrarem de si mesmos e de sua amizade.

Para ser sincera, não achava que tinha feito nada de errado. Olhar as mensagens não tirou nada do tempo que passaram juntos. Não por isso, pelo menos. A reação de *Chris* foi o que arruinou tudo. Mas, como na noite anterior, agora tinha a estranha sensação de ter feito algo errado.

Hollis entendia o que era ficar de fora de um jogo de M&M. Ela vinha sendo excluída de um havia anos. A última coisa que queria era que ele se sentisse excluído do grupo dela como ela se sentia do dele. Sem querer, ela acabou fazendo exatamente isso na cafeteria.

Quando Hollis chegou em casa, se jogou na cama, pegou o celular, abriu a conversa com o namorado e digitou:

> **sabe, fui meio babaca ontem.**
> **era pra ser um tempo nosso, não com as meninas.**
> **desculpa.**
> **sorvete no fds?**

Três pontinhos apareceram imediatamente:

> christopher: **é, boa**
> **te pegou depois da igreja?**

Embora ainda estivesse com aquela sensação estranha, ela assentiu.

> **combinado.**

CAPÍTULO DOZE:
FESTA DO PIJAMA E FEITIÇARIA

O celular de Hollis vibrou na mesa de cabeceira. Ela abriu um olho e leu meio de lado:

> **Gloooooooooooooria** 6:23
> @todomundo

> **Gloooooooooooooria** 6:23
> Alguém acordado?

> **Gloooooooooooooria** 6:23
> Tenho uma proposta de última hora.

Mesmo para um dia de aula, era cedo demais. Hollis se sentou na cama de qualquer jeito, puxando consigo a colcha desbotada. Limpando a remela dos olhos com as costas da mão, pegou o telefone e leu a conversa.

> **Gloooooooooooooria** 6:24
> O negócio é o seguinte.
> Minha mãe vai pra Columbus, passar o fim de semana num seminário de enfermagem. Então a Franny e eu estamos com a casa só pra gente.
> O que eu quero saber então é... festa do pijama amanhã?

uwuFRANuwu 6:24
SIIIIIIIIM

Aini 6:25
CLARO QUE SIM.
Desculpa.
Fui possuída pelo espírito da Fran.
Claro que sim.

iffy.elliston 6:26
tenho voluntariado no sábado à tarde e um aniversário domingo o dia inteiro e preciso fazer compras pra isso também tenho a porra de um trabalho pra entregar mas sexta à noite tô livre
mas se eu não tirar nota máxima nesse trabalho vocês me pagam
isso é um sim, caso não esteja claro

maggnitude10 6:27
Vou pedir pizza!
Tem um lugar com pizza vegana deliciosa que entrega lá.

Na luz turva da manhã, Hollis Beckwith sorriu tanto que suas bochechas doeram.

beckwhat 6:28
dispenso a pizza vegana.
de resto, tô dentro.

A parte inferior da tela dizia *várias pessoas digitando*: uma nova imagem favorita, porque significava que todas as suas amigas estavam entusiasmadas com a mesma coisa. Mesmo assim, Hollis fechou o aplicativo e desativou as notificações. Só pelos próximos minutos, disse a si mesma. A primeira festa do pijama de Mistérios e Magias exigia alguns minutos de descanso. Mudando de posição, ela se enfiou nos lençóis, a colcha ainda com cheirinho de sono.

⬢

— Então, o que meninas fazem em festas do pijama? — perguntou Chris, sentado ao lado de Hollis no almoço de sexta-feira.

A mesa do almoço andava apertada. Lacie com I-E se juntou ao grupo, e o assento que ela se apoderou entre Hollis e Landon se tornou permanente. Trouxe consigo suas duas amigas: Tabitha, uma garota gótica o suficiente para fazer justiça ao nome, e Wendy, que soletrou "Wyndee", para que, explicou ela, suas contas de cosplay fossem uma marca.

— Aquelas meninas? — Landon levantou uma sobrancelha desafiadora para Hollis. — Devem fazer guerra de travesseiro e se pegar.

— Opa, quero detalhes. — Marius se aproximou.

— Cai fora, Marius — reclamou Hollis com um nó no estômago.

— Ou jogam LARP fingindo ser as personagens safadas que adoram. — Landon fez uma pausa, pensativo. — Alguma dessas meninas pelo menos é gata, Hollis? Ou todas são, sabe... — E olhou Hollis de cima abaixo, com desprezo. O nó na barriga de Hollis se apertou. Ela se encolheu e cruzou os braços. — É só brincadeira, Hollis. — Landon deu um sorriso com gordura nos lábios. — Você é bem gostosa pra uma menina gorda.

— Mas falando sério — interveio Chris, de cara feia. — O que vocês vão fazer?

— Sei lá. — Hollis deu de ombros, evitando olhar para ele. — Jogar M&M, já que é nosso dia de jogo. Comer uns lanches. E, tipo, dormir.

— Puxa — reclamou Marius —, bem mais sem graça do que imaginei.

— Verdade. — Landon abraçou Lacie, com um sorriso presunçoso nos lábios ressecados. — Vai nos contar se rolar uma pegação lésbica, né, Hol?

Hollis soltou um suspiro bem devagar. Algo profundamente arraigado dentro dela lhe avisou para ficar quieta. Hollis nunca gostou da atenção de Landon, mas quando ele se divertia assim, gostava menos ainda.

Ela olhou para a fatia de pizza e franziu o cenho.

Um momento atrás, estava tão animada com a festa do pijama que respondeu ao último teste de Fran sem protestar ("Quem é você na festa do pijama?"; Hollis era a Garota Que Secretamente Quer Seu Cabelo Trançado; *KKKKK PODE DEIXAR!!!*, respondeu Fran), mas agora estava envergonhada. A última vez que foi a uma tinha sido na escola primária, e seu foco principal fora tentar — e falhar — não ser a primeira garota a pedir para a mãe ir buscá-la. Naquela vez, não precisou se preocupar com a sexualidade das amigas ou com o que isso poderia fazer os outros pensarem dela. Mas agora, a voz de Landon ecoava, usando *lésbica* como se fosse algo ruim. Hollis pensou em Aini, em seus dados de arco-íris e seu cabelo colorido. Certamente, não havia nada de ruim em Aini Amin-Shaw.

— Ei — disse Chris, chamando a atenção de Hollis. Como Landon fez com Lacie, ele a abraçou. Era para ser reconfortante, mas foi irritante. O braço dele nunca se encaixava bem em seus ombros, então precisava se inclinar para acomodá-lo. Ele sorriu. — Vai ficar tudo bem. Parece legal. Sério.

A voz de Landon ecoava sem parar em sua mente. Ela engoliu em seco.

Havia apenas seis curtas horas até descobrir.

⬢

O Factotum, um coletivo arcano ao norte do Terceiro Reino, era um lugar de grande conhecimento, mas esse conhecimento tinha um preço. O grupo decidiu que as extensas bibliotecas instaladas no edifício de alabastro eram o lugar mais provável para encontrar informações sobre o que poderia estar causando toda as alterações nos seres e desaparecimentos nos Reinos. Como líder do grupo, Honoria vinha tentando usar sua habilidade de Diplomacia para persuadir um Guardião do Conhecimento a permitir-lhes acesso imediato à biblioteca, com base na urgência de sua missão.

— Ai, meu *Deus* — reclamou Hollis, colocando a mão sobre os olhos.

— Tá de brincadeira — disse Maggie do outro lado de Aini.

Mas Hollis não estava de brincadeira — tinha tirado um Natural 1, *de novo*. O quarto da noite.

Em vez de reunidas em torno da mesa, as meninas estavam espalhadas pela aconchegante sala de estar dos Castañeda, relaxando no sofá cheio de almofadas, amontoadas em duas poltronas bege ou, como Hollis, sentadas de pernas cruzadas no tapete macio cor de creme. Dava uma sensação mais casual ao jogo.

Mesmo assim, tantas falhas críticas eram dolorosas.

— "Ahhhh", fala Bern — narra Gloria. Bern era um NPC recém-apresentado ao grupo. De imediato, elas amaram o homenzinho ansioso, com entradas no cabelo e trabalho burocrático. Gloria, como Bern, remexia os dedos. — "Sabe, o negócio é o seguinte. Eu *adoraria* deixar vocês entrarem. Vocês são muito gentis."

— "Mas..." — disse Hollis como Honoria, a voz pesada com tantos fracassos das duas.

— "*Mas*", prosseguiu Bern, "o negócio é que tem toda uma hierarquia de protocolos e procedimentos que precisamos seguir, e os caras lá de cima são *muito* certinhos quanto aos P&P. Você e seu grupo precisarão provar sua utilidade ao Factotum."

Por toda a sala, as meninas gemeram. Era exatamente o que queriam evitar. Pouparia uma semana no tempo do jogo.

— Desculpa, meninas — lamentou Gloria, na sua voz normal. — Os dados não colaboraram.

— Hollis — falou Aini, desanimada —, acho que a Maggie tem razão. Seus dados são amaldiçoados.

— Os dados nem são *dela* — acrescentou Iffy. — Ela pegou emprestado do namorado.

— Eu falei que isso é errado! — Maggie deu um gole numa água chique. — Não estão conectados à sua energia, Hollis.

— Ai, senhor — resmungou Aini —, lá vamos nós.

— É sério — insistiu Maggie.

— Disso eu não sei — começou Fran com a boca cheia de Pringles —, mas eu sei que sempre rolo mal quando uso os dados da Gloria.

— Ai, ai, ai, Francesca. — Gloria arrancou o tubo de Pringles da mão da irmã. — O que eu falei sobre mexer nos meus dados?

— Esqueci. Se eu comesse mais batatinha, acho que lembraria.

— Tô falando sério. — A voz de Gloria ficou mais grave, como o tom de professora que a mãe de Hollis usava, e não a voz de Guardiã do Mistério. Saboreou metade de uma Pringles como se fosse uma iguaria. — São *meus*.

— A Hollis devia trocar de dados. — Fran, ligeira, capturou a outra metade da Pringles da mão da irmã. — Ela amaldiçoa seus dados e aí todos os seus monstros vão ter azar!

— Ok, suas engraçadinhas — interveio Iffy. — Mas é verdade que uma garota precisa ter os próprios dados.

— É — concordou Aini. — Princípios do Feminismo Nerd.

— Bem — continuou Gloria, dando um último olhar de sobrancelha erguida para a irmã, antes de se virar para o grupo todo —, vocês já estão distraídas demais para continuar, e, Hollis, querida, você tá com *muito* azar. Meu voto é pra todo mundo ir na loja de jogos e comprar uns dados decentes pra essa menina.

— Excursão! — berrou Fran.

— Não precisamos parar de jogar por minha causa.

— Você viu seus dados? — perguntou Maggie. — Precisamos, sim.

Hollis fez uma careta, mas Maggie deu um sorriso. Ela tentou brincar.

— Primeiro, que grossa — respondeu. — Mas, segundo, tem razão. Podemos ir dar uma olhada.

— Eu dirijo. — Maggie sorriu e passou por Hollis, com Fran já no seu encalço. — Acho que cabe todo mundo no meu carro.

⬢

Desde a última ocasião em que esteve lá, havia semanas, Hollis pensou algumas vezes em como seria voltar à Games-a-Lot.

Pensou em levar Chris e os meninos, e que talvez o sermão de Landon sobre a tradição do RPG e os *"posers"* a tornaria menos visível. Pensou em ir com a mãe, porque com certeza ninguém iria incomodá-la com a mãe por perto, que se dane a moral geek.

Hollis nunca tinha pensado em ir com as meninas, porém, foi assim que chegou lá: seis garotas num carro, com música pop tocando alto nas caixas de som.

Ela se pendurou no braço de Iffy quando passaram pelas portas duplas de vidro. O hall de entrada ainda fedia a fumaça de cigarro estagnada, mas isso agora competia com o cheiro floral e amadeirado de Aini atrás e com o aroma de baunilha e Pringles de Fran ao lado. Quando chegaram à loja propriamente dita, estavam rindo alto o suficiente para que Karl, no balcão, levantasse os olhos em desaprovação.

— Vou olhar as miniaturas — anunciou Maggie. — A Reaper lançou um novo fauno que é a Tan perfeita.

— Preciso resolver umas coisas da festa pelo telefone — avisou Iffy, ficando para a trás e pegando o celular —, já volto.

Aini ficou ao lado de Hollis, seguindo-a até os dados do outro lado do balcão.

Com Aini ao seu lado, e as amigas dispersas pela loja, separadas, mas ainda juntas, Hollis finalmente pode entender o apelo da Games-a-Lot. As velhas prateleiras empoeiradas não pareciam mais tão tristes e remendadas. Agora, brilhavam com possibilidades: novos jogos para se aventurarem juntas, ideias para presentes de Natal que ela sabia que as meninas iriam adorar. A conversa flutuando em todos os cantos do espaço era menos intimidante e, em vez disso, parecia como os gritos de Fran, a risada de Maggie e a voz suave e uniforme de Glória em uma conversa com a voz anasalada de Karl, o dono da loja. Mesmo a fraca iluminação parecia menos opressiva e semelhante a uma masmorra do que ela se lembrava, ou talvez "semelhante a uma masmorra" tivesse simplesmente se tornado uma qualidade que associava menos a espaços escuros, úmidos e perigosos e mais ao conforto das garotas ao seu redor e à aventura pela frente.

Um sorriso satisfeito apareceu em seus lábios quando chegou à vitrine de dados. Com um movimento fluido, Aini tamborilou os dedos na parte superior.

— No que está pensando? Ficar no tema da Honoria, com bronze ou azul? Talvez laranja, sua cor favorita? Algo mais radical, tipo, sei lá. — Pegou uma caixa retangular. — Com manchinhas cor de vomito?

— Esses são nojentos — falou, mas com um sorriso.

Não conseguia se lembrar de ter dito a Aini que sua cor favorita era laranja, mas ela estava certa.

— Não curte vomito, é? Hum. Estranho.

Hollis empurrou o ombro magro de Aini. O movimento enviou uma onda elétrica pelo corpo de Hollis.

— Cai fora, Aini Amin-Shaw.

— Ah, nome *e* sobrenome. Ela tá brava! Tá bom, nada de dados de vômito, saquei. E glitter?

Hollis estava prestes a dizer *amo, na verdade*, mas as palavras congelaram em sua garganta. Um lampejo de movimento chamou sua atenção através das portas duplas abertas para a sala dos fundos.

Lá, sentado na mesma mesa em que ela se sentara com ele várias sextas-feiras atrás, estava Maxx, o Bardo. Ele ergueu os olhos a tempo de vê-la encarando.

— Ai, meu Deus. — Hollis baixou os olhos na hora.

— Ei — chamou Aini. O corpo dela se movimentou em dois tempos: um, aproximando-se de Hollis; o outro, endireitando as costas, alerta. — Que foi?

Sua frequência cardíaca, para começar. Hollis podia senti-la acelerando em sua caixa torácica da mesma forma que sentia o olhar do menino sobre ela. Tentou engolir a sensação latejante, mas sentiu um nó repentino e intransponível na garganta. Ficou ficou surpresa com as palavras que disse em seguida:

— Lembra o cara que te contei? O cara *nojento*?

— Maxx, o Bardo, lembro. — Os olhos castanho-escuros de Aini vasculharam o local. — Ai, que nojo. É ele ali, né?

— O próprio.

— Que babaca. Já que ele tá olhando, quer fazer um showzinho?

— Não quero chegar perto dele nunca mais, Aini.

— Eca, claro que não. Não se preocupe. Tô aqui com você. — Aini ergueu o braço de leve e arqueou a sobrancelha. — Posso? Engolindo em seco, Hollis assentiu.

Sem mais uma palavra, Aini soltou uma risada que mereceu outro olhar de Karl e deslizou o braço em volta da cintura de Hollis.

— Tem razão, gata — disse ela, mais alto do que o necessário.

Demorou um segundo para Hollis perceber que essa era sua deixa. Tentou pensar em algo inteligente para dizer, mas foi distraída pelo movimento repentino de Aini e por como, embora fosse muito mais baixa que Hollis, o braço dela se encaixava perfeitamente em volta dos seus quadris. Sua pele se arrepiou sob a camisa onde o braço de Aini encostava. O coração de Hollis disparou, assumindo um ritmo totalmente diferente.

— Ai, meu Deus — disse ela, em vez de algo mais esperto, e colocou o braço em torno dos ombros de Aini. Parecia confortável e certo ali. E também impossível: da mesma maneira que se sentia como Honoria quando Umber flertava demais.

— Vai. — Aini acenou de volta para os dados. — Gostou de qual?

Hollis lutou para se concentrar, tentando não pensar que a pele de Aini estava separada da dela apenas pelo tecido da camisa azul-marinho listrada. Foi preciso certo esforço para voltar seus olhos aos dados.

Ela tinha dez dólares no bolso — a mãe lhe deu e chamou de "dinheirinho pra diversão". Com fileiras de dados coloridos brilhando à frente, como um tesouro, e a proximidade de Aini aquecendo seu peito, aquilo certamente era diversão. Uma caixa chamou sua atenção: um conjunto laranja, com listras em vários tons e opacidades da mesma cor. Entre os outros, eles se destacavam. Hollis pegou.

— O que acha desses? — perguntou, levantando a caixa diante das duas.

— Ah. — Aini bateu o quadril no de Hollis. Ela passou a mão livre pelos cabelos. Isso agitou o cheiro de Aini no ar, tornando-o agradavelmente avassalador assim tão perto dela. — Saquei de onde tirou sua inspiração.

Não tinha notado, mas as cores imitavam os cachos laranja de Aini.

— É isso aí — concordou Hollis, depois acrescentou, com um segundo de atraso e meio sem jeito: —, gatinha.

Aini sorriu.

— São esses, então. Vamos procurar as meninas e ver o que elas acham.

E embora ela não precisasse — Gloria ainda estava no balcão, conversando distraída com Karl, e as outras três garotas estavam ao alcance da voz —, Aini se virou e caminhou com Hollis passando pela porta aberta para a sala dos fundos.

Ao passarem por Maxx, o Bardo, ela acenou.

— Aini — censurou Hollis entredentes.

— Fala sério! — rebateu Aini. — Deixa eu me divertir.

Hollis olhou por cima do ombro, por cima do ombro de *Aini*, e em direção à sala dos fundos. Avistou a nuca do garoto quando ele se virou, os ombros um pouco rígidos demais.

— Ok — cedeu, voltando-se e se aproximando de Aini para ninguém ouvir —, isso foi incrível.

— Ah, eu sei que sou incrível. — Bateu com os quadris de novo. — Não precisa me dizer.

Naquele momento, Hollis se sentiu incrível também.

O braço de Aini permaneceu em volta de sua cintura até Hollis chegar ao caixa quando, com um último e emocionante aperto, ela se soltou. De repente, sentiu frio onde o braço de Aini estivera. Hollis franziu a testa devido à ausência de calor, mas entrou na fila com Maggie logo atrás. As duas saíram com uma sacola marrom — Hollis, com seus dados, e Maggie, com mais miniaturas do que Hollis, que era boa em pintura, conseguia pintar em uma semana.

De volta ao carro, Maggie ligou o som outra vez.

— Aí sim! — Iffy se animou quando a música começou. — Aumenta!

Maggie obedeceu, os alto-falantes de boa qualidade de seu SUV tocando a música bem alto pelo estacionamento.

E então aconteceu algo que só acontecia em séries adolescentes na televisão: Iffy saltou do carro e começou a dançar, com movimentos suaves, rítmicos e sem esforço. Ela estendeu a mão para Fran, a mais próxima, para convencê-la a participar. E então Fran começou a dançar também. Não com tanta facilidade quanto Iffy, mas compensava em entusiasmo e número de movimentos por minuto.

— Tá se achando, Francesca? — perguntou Gloria, que então entrou na pista de dança improvisada na vaga ao lado.

Seus passos eram convidativos e cheios de rebolado, e então Hollis, apesar de não conhecer a música — alguma da Dua Lipa, talvez — também se juntou. Seus movimentos começaram rígidos, tímidos, mas se suavizaram até se tornarem algo quase fluido. Hollis sentiu vontade de rir: rir da ideia de que, se não desse uma gargalhada, uma coisa boa e brilhante poderia borbulhar dentro dela até explodir, então foi o que fez. O som saiu dela, um tipo próprio de música junto com a que a envolvia por meio dos alto-falantes.

Hollis se voltou para Aini, que ainda estava no SUV com Maggie. Com uma das mãos ainda agarrada à sacola de papel pardo que continha seus novos dados, Hollis fez duas armas com os dedos. Apontou ambos para Aini, depois apontou os dois para o chão ao lado e então para Aini outra vez. Talvez parecesse estúpido, mas Hollis, repetindo o movimento, não se importou. Ela só queria dançar.

Não. Queria dançar *com* Aini.

Funcionou. Com um sorriso e um aceno de cabeça, Aini saiu de onde estava e foi dançar ao lado de Hollis. Seu corpo se movia como se o ritmo viesse de sua alma, com cada parte dela, dos dedos dos pés aos ombros, mergulhando e emergindo com a batida. Parecia ainda mais suave quando Maggie finalmente se juntou, seu corpo esguio e ágil se agitando no ritmo do baixo.

E à luz bruxuleante do poste, Hollis sabia que era assim que deveria ser ir à Games-a-Lot. Com Gloria e Iffy cantando a música em voz alta, com todos os quadris, pés e mãos se movendo juntos no ritmo da batida, com Aini ao lado, e na frente, e atrás, todas em movimento, o pequeno estacionamento escuro inteiramente transformado. Não era mais um lugar de vergonha e desconforto.

Era um lugar para amigas.

E Hollis dançou com as dela, descontraída e feliz.

Fran, quem diria, roncava.

Hollis foi a única a perceber, já que era a última garota acordada. O barulho era arrancado da garotinha em intervalos regulares, ecoando junto da mais nova temporada de *Eu nunca...* passando ao fundo.

As seis meninas decidiram dormir na sala. Elas se amontoavam, algumas em camas improvisadas no chão com edredons e travesseiros dos quartos vazios. Iffy mal tinha montado sua cama antes de adormecer, exausta da noite ou da semana ocupada, ou de ambos. Hollis também estava pronta para dormir no chão, mas Aini fez campanha para que ela ficasse com o sofá. Ela deve ter rolado alto em Carisma; pois era ali que Hollis estava.

Ao som dos roncos de Fran e da TV, ela refletiu sobre a noite. Até parecia dramático pensar isso, mas tinha certeza de que era verdade: foi a melhor noite de sua vida. Não do jeito de uma noite de baile perfeita nem no estilo de um dia perfeito. Ela tinha ido à escola e lidado com Landon, e se fosse um dia realmente perfeito, nenhuma dessas coisas teria acontecido.

Mas isso, tentar e não conseguir adormecer em um apartamento cheio de garotas que ela tinha a sorte de chamar de amigas, era o mais próximo da perfeição que conseguia chegar. A sala ao redor, que já tinha sido uma fonte tão grande de ansiedade — se alguém lhe perguntasse como era o espaço alguns meses antes, Hollis teria entrado em pânico, dado de ombros e nunca mais voltado —, era agora um refúgio confortável e seguro, em tons de creme e madeira e velas de baunilha e aconchego profundo. Pela primeira vez que conseguia se lembrar, ela se sentiu parte de alguma coisa. Pra valer. Foi também — e isso pareceu brega, mas pensou assim mesmo — a primeira vez que entendeu o significado de ter a cumplicidade de um grupo de garotas de quem gostava muito, ou, provavelmente, amava.

Até mesmo Fran, que continuava roncando, alheia às emoções noturnas de Hollis.

Sincronizou sua respiração a esse ritmo lento e, ao fazer isso, até o ronco de Fran se tornou uma espécie de conforto. Fran era uma boa menina. E Iffy — nossa, Iffy era demais. Até Maggie parecia mais legal desde a primeira sessão, quando pareceu tão intocável. Gloria teve algo a ver com isso; ela era o fio vermelho e brilhante que as unia, entrelaçando-as todas juntas, de maneira muito parecida com a história que teceu sobre a mesa com acabamento em carvalho.

E então havia Aini, que dormia no chão logo abaixo dela, a menos de um metro de distância. Quase não dava para ver do sofá, mas os cachos laranja estavam ainda mais rebeldes do que o normal, de tanto se remexer e se virar. Aini foi sua salvadora naquela noite, colocando Maxx, o Bardo, em seu devido lugar e dançando com ela sob a luz bruxuleante do estacionamento. O coração de Hollis bateu mais forte por ela.

Talvez fosse aquela hora da noite, mas Hollis se lembrou de Fernglen — como o grupo se uniu ali, mesmo quando tudo ao redor estava desmoronando. Sua mente cansada conectou isso com a Games-a-Lot, seu próprio Fernglen, e a maneira como esta noite as meninas se aproximaram como um grupo de aventuras da vida real em torno da loja, em torno *dela*. Mas havia outra *garota*, uma que Hollis não conseguia tirar da cabeça. Sob o brilho da TV, ela rodopiava em tons de calêndula e ocre: Aini Amin-Shaw, com o braço na cintura de Hollis, com os pés dançando no asfalto rachado, com o grande sorriso sempre pronto nos lábios, no cantinho da mente de Hollis. Talvez fosse apenas a noite, não perfeita, mas o mais perto disso que Hollis Beckwith poderia chegar, mas parecia importante fazer isso, e então Hollis fez: com uma das mãos, ela se abaixou em direção a Aini. Ela manteve a mão ali, próxima e com a palma aberta e voltada para cima. Esperando.

Mal se passou uma respiração antes que a mão de Aini deslizasse para a dela, as palmas das mãos pressionadas juntas. Com os dedos entrelaçados, Hollis exalava calorosa e profundamente.

Na escuridão da noite, apenas para si mesma, ela sorriu.

— Boa noite, Hollis — murmurou Aini de sua cama improvisada no chão.
— Boa noite, Aini — sussurrou Hollis do sofá.

CAPÍTULO TREZE:
MUDANÇAS & MUDANÇAS

— Quero o picles frito, por favor — pediu Hollis. — Com um balde de molho *ranch*.

Chris lançou a Hollis um olhar indecifrável. Mesmo assim, passou o cartão para pagar o pedido, e foram até a mesa de sempre. Estavam almoçando tarde, mas Hollis tinha comido tantas panquecas no café na casa de Gloria que ainda não estava com tanta fome.

— Você tá alegrinha — comentou Chris quando se sentaram.

— Você sabe que eu adoro picles frito.

— É, sei — respondeu ele, e sorriu. Mais ou menos. Havia certa melancolia nele. — Mas falando sério: trocaram seu remédio?

— Chris. — Hollis não se importava de conversar sobre seus remédios com Chris; ele já era seu amigo desde antes de ela começar a tomá-los. Geralmente, porém, *ele* se incomodava de conversar sobre isso. — E, para o seu governo, não. Do que você tá falando?

— Sei lá. — Chris deu de ombros. — Você anda tão... elétrica.

— Elétrica?

— Ah, tipo, sei lá. — Ele hesitou, mordendo a parte interna da boca. — A Hollis de sempre não ia pedir um, o que foi mesmo? *Balde de molho* ranch.

— Quê?

Ele tinha razão, talvez. *No café da manhã,* Aini tinha falado que queria um *balde* de calda sorrindo e passando o prato de panquecas para Hollis como se nada fora do comum tivesse acontecido entre elas na noite anterior. Involuntariamente, fechou a mão sob a mesa. Se movesse os dedos corretamente, poderia imaginar a sensação dos dedos de Aini emaranhados aos dela. Ali na lanchonete, as bochechas de Hollis queimaram só de pensar. Ela tentou afastar o rubor e a tristeza de Chris com um sorriso.

— Você sabe que eu amo *ranch*, Christopher.

— Não é só isso. É... é, tipo...

— Espera — interrompeu. Ela olhou para Chris, encarando-o por um momento. As sobrancelhas dele estavam franzidas, e Chris não olhou de volta. — Você tá incomodado mesmo, né?

Ele deu de ombros.

— É, acho que sim.

— Vai, diz o que tá pegando.

— Não quero te deixar brava.

— Não vou ficar brava, prometo.

— Hollis, melhor não.

— Vai, Christopher Bradley. Desembucha, ou arranco a verdade com minhas próprias mãos.

— É... tudo, sabe? — Chris balançou a mão ao redor dela para explicar. — A Hollis não diria uma coisa assim. Você anda muito exagerada.

Hollis piscou, perplexa.

— Ando o quê?

— É só que... — Chris bufou. — A Hollis normal não age desse jeito.

— A Hollis normal? Quem é ela?

— Minha namorada. Você deve conhecer. Menina bacana. Não fica toda esquisita no almoço na hora de comprar picles frito.

— Agora eu sou exagerada e esquisita.

— Número 32 — chamou o caixa pelo alto-falante.

Chris levantou as mãos.

— Você anda muito diferente desde que começou a sair com essas meninas do grupo de M&M.

Hollis ficou imóvel, exceto pelo leve inclinar da cabeça.

— Tá falando sério?

— Eu falei que você ia ficar brava.
— Não, você falou que não queria me *deixar* brava — corrigiu ela, sacudindo a cabeça. — E como achou que eu ficaria com algo assim?
— Tá vendo? Tá fazendo de novo.
— Número 32? — repetiu o caixa.
— Eu tô exagerando por dizer que é injusto criticar sua namorada só porque agora ela tem amigas?
— Não é isso...
— Então sou exagerada mesmo.
— Não, tipo, a Hollis que eu conheço não é assim. Você não é como as outras garotas.
— O engraçado disso, Chris...
— Hollis, não começa.
— Trinta e dois?
— É que sou *igualzinha* às outras garotas.
E assim que falou, ela soube que era verdade: ela, Hollis, era exatamente como as outras garotas, e isso era uma coisa poderosa. Quem não gostaria de ser paciente e forte como Gloria, ou brilhante e implacável como Iffy, ou calorosa, charmosa, desconcertante e bonita como Aini?
— Hollis...
— Nem vem.
Ela não permitiria que aquela conversa continuasse. Hollis também se sentia um pouco forte e implacável depois daquela festa do pijama. Ela fechou a mão e imaginou Aini ao seu lado, suas mãos aninhadas. Ela endireitou os ombros.
— Picles frito com *ranch*?
— E acho que está confundindo *exagerada* com *feliz*. Por que será que achou que meu remédio tinha mudado?
— Hollis.
— Última chamada para o pedido 32.
— O quê?
— Vai pegar seu picles?
— Vou sim. Com um *exagero* de *ranch*.

E quando Hollis se levantou da mesa, teve uma sensação boa. Se afastar de Chris foi *bom*. Em geral ela associava esse tipo de comentário a Landon, que não colocava limites na quantidade de coisas estúpidas e horríveis que saíam de sua boca. Mas Landon não estava à vista; foi inteiramente por conta de Chris. Não era uma comparação que agradava Hollis, portanto, com os quadris balançando de uma forma que deixaria Gloria orgulhosa, ela se afastou.

Só quando chegou ao balcão é que se lembrou que teria que sentar novamente com Chris para comer os picles, já que havia muita coisa para uma pessoa só. Ela se lembrou também de que depois teria que pegar carona com ele. E se lembrou de que o motivo pelo qual começou a jogar M&M com as meninas foi para se aproximar de Chris, não para brigar por causa de picles fritos numa tarde de sábado.

Tinha sentido muito medo de não ser capaz de provar que era boa o suficiente para ele. Agora parecia que estava provando ser demais.

A vontade de brigar desapareceu quando se sentou em frente ao namorado.

— Desculpa — disseram os dois ao mesmo tempo.

Por um longo e silencioso momento, eles apenas se entreolharam. Talvez ela tivesse rido — talvez devesse —, mas ainda havia uma verdade honesta nas palavras de antes e algo dentro de seu peito não permitiria que as retirasse. Ela encolheu os ombros.

— Não quero brigar, Chris. Somos amigos há tempo demais pra isso.

— É, tem razão. É que, tipo, tanta coisa vai mudar esse ano. E não quero você seja mais uma delas, Hollis.

E o que ela poderia ter dito, se fosse Aini sentada à sua frente, é que ter amigas como as meninas não a mudou, só a tornou mais parecida consigo mesma. Mas se fosse Aini ali, ela não precisaria dizer nada disso. A garota já sabia de tudo e gostava daquela versão de Hollis o suficiente para segurar sua mão enquanto adormecia. Hollis não precisava provar nada para Aini; era boa o suficiente como era, exagerada e tudo mais.

Uma culpa embaraçosa surgiu no peito de Hollis, então ela falou:
— Ok, vou tentar.
Em silêncio, comeram os picles fritos com um exagero de *ranch*.

Hollis se esforçou ao máximo para não mudar nas semanas seguintes. De qualquer forma, as coisas continuaram mudando, como se as palavras de Chris tivessem sido algum tipo de desafio.

A escola, por exemplo. As primeiras semanas do último ano foram o que a mãe de Hollis chamava de semanas dos pássaros, porque passavam voando. Com a chegada de outubro, fresquinho e com sabor de abóbora por causa do Halloween, isso acabou. De repente, tudo ficou sério. Hollis se sentiu traída. Até mesmo o professor de arte, sr. Stackhouse, pegou pesado, exigindo que a turma fizesse a reprodução de uma ilustração famosa com um toque pessoal. Nem mesmo pintar Honoria como a *Joana D'Arc* de Albert Lynch poderia facilitar a tarefa.

Suas horas fazendo dever de casa se multiplicaram, e o tempo para os desenhos diminuiu. Hollis imaginou que suas notas permaneceriam as mesmas. E sempre pairando em segundo plano: a ameaça da faculdade, com os prazos de inscrição e resultados de testes que faziam Hollis se sentir constantemente três passos atrasada.

A dinâmica no grupo do almoço também mudou. No início, pensou que era por causa de Lacie com I-E e suas amigas, mas Hollis passou a gostar de Tabitha e pelo menos aprendeu a ignorar Wyndee. Ela tentou convencer a si mesma que não era por causa da briga com Chris sobre ser *exagerada*. Ainda assim, a tensão tinha crescido e sentava com eles à mesa, ocupando um espaço silencioso, um novo tipo de figurante que se encaixava tão mal no grupo quanto Hollis temia que ela mesma se encaixasse.

A vontade de passar um tempo longe de Lacie com I-E levou à primeira de duas boas mudanças: algumas vezes por semana usava a hora do almoço para estudar com Iffy. Mas não foi exatamente por opção: seu professor de história sugeriu — com firmeza e sem alternativa — que arranjasse um mentor para ter alguma chance de aprovação. Hollis ficou ressentida até Iffy mencionar que precisava ser monitora, porque ficaria bem em sua inscrição para a Howard. Desde então, Hollis ficava feliz em passar o almoço das terças e quintas-feiras na América dos anos 1800 com Iffy.

Mas as mudanças mais dramáticas — ou pelo menos mais importantes — aconteceram em relação a seu jogo de M&M.

Depois da sétima sessão — que passaram buscando ingredientes de poções para o Factotum, graças aos péssimos resultados de Hollis na semana anterior —, Aini se ofereceu para dar carona a Hollis, já que Iffy, exausta como nunca, teve que voltar correndo para casa a fim de dar os retoques finais em uma apresentação para o Conselho do Governador no dia seguinte. E, na noite da oitava sessão, enquanto desenhava e pensava no que Honoria iria pesquisar agora que tinham acesso à misteriosa biblioteca do Factotum, era por Aini que esperava, em vez de Iffy. Semicerrando os olhos na escuridão, seguindo até o carro de Aini, Hollis se perguntou como, exatamente, tudo tinha ficado assim.

Como tudo o mais, ela decidiu que apenas aconteceu.

Aini abriu a porta para Hollis. O som da música mais recente de Steadmore, "Die Young", de Sylvan Esso, soava noite afora.

— Bom — disse ela, ao partir —, quero fazer uns planos pro jogo de hoje. Pensei que...

Mas o que ela pensou se perdeu na canção, e Hollis se aconchegou no assento aquecido. Para si mesma, sorriu.

Se isso estivesse mudando seu comportamento, mesmo que pouquinho, não estava nem aí.

CAPÍTULO CATORZE:
GOOGLE FANTASIA

— Ai, meu Deus — disse Fran com a boca cheia de pretzels, o que pareceu mais um *ai meo zeusssss*. Limpou as migalhas sobre sua ficha de personagem e engoliu. Se notou o épico olhar de soslaio que Gloria lançava para ela, não demonstrou. — Não tem algo tipo um Google fantasia?

— Sim, Fran, tem — respondeu Iffy com o dado na mão. — O nome dela é Nereida.

Durante a última hora, Iffy completou uma complicada série de jogadas. Ao contrário de Fran, que continuava se enchendo de salgadinhos, Iffy estava à vontade. Ainda assim, mesmo o seu melhor trabalho estava rendendo poucos resultados.

Iffy franziu os lábios e hesitou.

— Dessa vez — anunciou ela, por fim. — Vou procurar algo que mencione desaparecimento e transmogrificação.

Mas sua quinta jogada de Pesquisa também deu um número baixo. Gloria, que sempre estava animada, começava a parecer exausta.

— Você devolve alguns tomos para a prateleira — narrou. — Bern se reúne com o grupo e diz: "Ah, sim, hum, olá. Sou eu. O Bern. Está ficando tarde e resolver uma missão para o Factotum só concede um tempo limitado de acesso à biblioteca para não membros, entendem?"

— Está querendo dizer que precisamos ir embora? — Mercy Grace pareceu aliviada pela primeira vez.

— Srta. Mercy, bem, entenda, infelizmente, sim. É uma questão de protocolos e procedimentos, claro.

Honoria desconfiava de que isso tivesse pelo menos algo a ver com Mercy, entediada, tirando lascas da bela mesa de mogno. Uma pilha de lascas de madeira do tamanho de um palito de dente havia crescido ao lado de sua cadeira.

— Podemos começar a trabalhar na burocracia para uma nova missão — afirmou Tanwyn. Batendo os cascos, ela ficou de pé. — Sem problema.

— Talvez não pra *você* — interrompeu Nereida com o olhar afiado, um gesto que Honoria não via desde os tempos de Academia. — Não foi você que fez todo o trabalho até agora.

— Eu... — começou Tan.

Mas Umber pigarreou, interrompendo:

— Me dê mais uma chance, Bern.

Não foi uma pergunta. Nem mesmo um pedido. Nereida já estava de pé outra vez, com suas roupas cerúleas farfalhando ao se virar com tudo para a pilha de livros.

— Espera. — Honoria ficou de pé também. Hollis se virou. — Ei — chamou, colocando a mão sobre a de Iffy, que agarrava forte o d20. — Tá tudo bem?

— O quê? — Iffy mexeu os dedos, acordando do transe e falando numa voz que não era nem sua, nem da personagem.

Hollis piscou, mas não desviou os olhos do som. Em vez disso, baixou a voz e apertou a mão da amiga.

— Só quero ter certeza de que está bem, Ifs. Esses dados foram complicados.

Mais uma vez, Hollis sentiu a mão de Iffy mover sob a dela e, por um momento, teve medo de ter ultrapassado os limites da amizade. Mas então Iffy afastou o toque, e os dados que segurava caíram sobre a mesa.

— É, desculpa. — Iffy suspirou. — Estou tentando pensar na coisa certa, gente, mas é que... tenho que escrever a redação para me inscrever na Universidade Howard e isso tá me matando, e a Aliança vai começar a arrecadação de fundos de inverno e tenho todos esses cartões-postais pra enviar às empresas amanhã, e meu amigo Peter tá passando por problemas com o namorado e precisa de um pouco de atenção a mais, e tô tentando planejar tudo isso e também acertar as coisas com a Nereida. Não quero decepcionar ela ou o grupo, mas também tenho muitas jogadas de dados acontecendo na vida real agora, se é que vocês me entendem.

— É muita coisa — afirmou Hollis.
— Sim — concordou Gloria. — E obrigada por compartilhar.
— E a Nereida não tá sozinha — acrescentou Maggie, com seus olhos azuis e inteligentes observando sua ficha de personagem.
— Vai. Vamos ajudá-la. — Voltou à voz sibilante de Tanwyn: — Vou falar com o Bern e tentar convencê-lo a deixar a gente mais um pouco.
— Eu vou é dormir — informou Mercy Grace enquanto a cabeça de Fran deitava sobre a mesa. — É o melhor que posso fazer por nós.

Aini pegou o alaúde de Umber e, sem dizer uma palavra, escolheu uma melodia suave e cintilante. Naquela calmaria, Hollis sustentou o olhar de Iffy.

— Você anda segurando a onda toda aqui...
— Hummmm.
— E nós estamos te devendo. *Eu* tô te devendo. Não deixa o prazo te pressionar, Nereida. Você consegue. Estamos aqui.

Na Biblioteca Factotum, Honoria apertou o braço de Nereida.

— Enquanto eu a abraço — disse Hollis, fazendo o mesmo na vida real —, vou orar para a Senhora Justa e Temível e lançar uma *Benção da Deusa do Mar* sobre Nereida, Nível 5.

— Então, será +5 no que você tirar — informou Gloria. — Agora, o que a Nereida vai procurar dessa última vez?

Iffy respirou fundo, com as narinas dilatadas.

Hollis percebeu pela expressão em seus olhos que estava repassando todas as informações que o grupo havia reunido, todas as conversas noturnas do Discord em que as garotas ficavam dissecando tudo, todas as pesquisas que ela provavelmente fez sozinha, porque Iffy, como Nereida, era a estudiosa do grupo.

Lentamente, Iffy exalou.
— Quero buscar rimas infantis.
Gloria levantou as sobrancelhas, surpresa.
— Pode explicar melhor?
— Quero ver se em algum livro infantil há rimas que contenham algo sobre o folclore local, principalmente sobre alguém que ficou malfalado ou foi banido. Algo relacionado a marcos desaparecidos ou criaturas esquisitas, ou avisos.

E, com isso, Nereida se virou e desapareceu entre fileiras e mais fileiras de estantes.

O grupo não viu mais sinal dela pelo que pareceram horas. Mercy cumpriu sua ameaça de dormir, e uma poça de baba se acumulou ao redor da pilha de lascas. Bern batia o pé nervosamente ao ritmo da conversa de Tanwyn. Umber puxou a ponta de uma página, amassou-a e a jogou para Honoria, o que lhe rendeu um aceno da cabeça, e então ele piscou, o que lhe rendeu um sorriso.

Tanwyn ficou de pé.
— Eu acho que...
— Acho que encontrei — anunciou Nereida, surgindo de trás de uma estante. Tan se assustou e voltou a se sentar. Mercy acordou com um punzinho, o que fez Gloria revirar os olhos.

(— Qual o problema? — perguntou Fran. — Ela é troll!)

Nereida caminhou lentamente de volta a seu lugar, como se o livro que segurava pudesse acordar também se não se movesse com o máximo cuidado. Abriu com cuidado em uma página já marcada com uma das fitas de cabelo de elfo do rio. Então leu em voz alta:

— *"Quando as flores desaparecem*
E as árvores também
Você não poderá ver, mas saberá:
Elas estão com a Vacuidade.

Quando as crianças desaparecem
E as feras serão amaldiçoadas,
Elas conheceram o Descriador:
Elas estão com a Vacuidade.

*Quando o dia se transforma em escuridão
E para trás ondula o mar,
Não falta muito para o resto:
Estaremos com a Vacuidade."*
O silêncio pairou em torno da mesa, tanto na biblioteca quanto no apartamento.
— Uau — sussurrou Fran.
— Pois é — disse Iffy. — Sinistro, né?
— Não — rebateu Fran —, eu quis dizer "uau, a Gloria é uma péssima poeta". — Um dado bateu ameaçador por trás do escudo de Guardiã de Gloria. — Quer dizer, ela é uma poeta nata! Que rima!
— Isso *significa* que agora temos um nome — observou Aini.
— Um nome ou um lugar? — questionou Maggie.
— Pensei nisso também — declarou Iffy. — Podem ser as duas coisas.
— Sei lá — interveio Hollis —, mas a parte do "resto" me preocupa.
— Vamos resolver o resto depois da pausa — informou Gloria, corrigindo a postura, com sorriso de lábios vermelhos no rosto —, porque eu preciso ir ao banheiro.
— Eu primeiro! — berrou Fran e saiu correndo na frente.
Hollis se levantou da mesa devagar, esperando que Maggie e Aini se dirigissem para a porta lateral antes de falar com Iffy outra vez:
— Posso pegar carona com você hoje? Quero te ajudar com os cartões-postais.
— Não precisa. Eu me viro. Só fico estressada, às vezes.
— Olha, eu me estresso tanto que é basicamente meu hobby além de RPG. — Isso provocou uma risada em Iffy, que contagiou Hollis. — Mas, sério, quero ajudar. Além disso, eu não seria uma aliada se não ajudasse a causa.
Iffy revirou os olhos como se tivesse sido uma piada.
— Tá bom, mulher — falou. — Carisma elevado. Mas vou logo avisando: se ficarmos acordadas até tarde, vai ter que dormir lá em casa.

Hollis sorriu. A ideia de passar a noite na casa de Iffy deixou seu coração leve, animado e se sentindo bem.

— Ah, se você insiste... Vem, vamos tomar um ar. Parece que *eu* tô sentada na biblioteca há horas.

E então elas foram em direção à varanda com o resto das meninas, mas não antes de Hollis fazer uma última anotação em seu caderno: *Vacuidade — O Grande Mal.*

CAPÍTULO QUINZE:
HALLOWEEN

— E que tal essa?
Maggie colocou uma peruca perto da cabeça, de um branco tão clarinho que contrastou com seu cabelo loiro mais escuro.

— Se quer que sua fantasia de Tanwyn pareça a drag Andy Warhol, ficou bom — respondeu Aini. — Se a intenção for outra? Melhor não.

Hollis, que estava por perto, teve que concordar. Pelo bate-papo no Discord, decidiram ir para a sessão de sexta-feira vestidas como seus personagens, por conta do Halloween. Então, as três garotas combinaram de se reunir depois da escola na quarta-feira para montar suas fantasias na loja. Quer dizer, Aini e Maggie estavam comprando itens para suas fantasias. Hollis estava de olho nas etiquetas de preços e se resignando a usar a criatividade com coisas que já tivesse em casa.

A quatro dias para o Halloween, a loja de fantasias estava movimentada. Ainda assim, Maggie era um trator. Seu look, que conquistou impressionantes 12 mil curtidas no Instagram — Hollis checou —, já parecia uma versão cara das fantasias de bruxa que a loja vendia. Ela se sentia em casa no meio da multidão, navegando facilmente pelos corredores lotados como se fosse dona da loja. Hollis virou a esquina para o próximo corredor de acessórios e quase esbarrou em uma mãe com um filho pequeno. Aini se esgueirou atrás, desviando do carrinho e segurando uma camisa de pirata diante do peito.

— Branco é sem graça pra caramba, eu sei — disse ela —, mas com um pouco de tinta, talvez, o que acha pro Umber?

Hollis, olhando para a camisa de poliéster de manga bufante, fez uma careta, mas não disse nada. Pelo jeito, Aini entendeu o recado.

— Obrigada pela valiosa ajuda, Hollis. Vou continuar na busca.

E seguiram pelo corredor.

Hollis ficou sozinha. A ideia de se vestir como Honoria era empolgante, mas assustadora. Honoria era tão forte e segura, e Hollis era tão... nada disso. Havia também a questão de que no mundo de fantasia dos Oito Reinos, Honoria não precisava se preocupar em encontrar roupas *plus size*. Hollis, do outro lado do rio, em Cincinnati, Ohio, sim.

Os poucos itens de fantasia com numeração maior tinham pouca variedade de tamanho e nunca serviam nela. Não eram confeccionados para barrigas ou quadris como os de Hollis. Depois de uma longa busca, interrompida às vezes por Aini ou Maggie desfilando, Hollis encontrou algo para experimentar: uma camisa masculina de cota de malha falsa, feita de um tecido plástico horrível. Não era perfeita, mas poderia transformá-la no peitoral de cobaltril de Honoria.

Ao contrário das outras duas garotas, Hollis não esperou na fila para experimentar sua fantasia. Ela se encolheu só com a ideia de ficar ao lado de um bando de garotas magras e seus braços cheios de fantasias maneiras e de tamanho padrão. Em vez disso, encontrou um canto tranquilo da loja e tentou se enfiar na camisa áspera.

Não passava nem pelos ombros.

— Com licença — chamou uma vendedora com um colete laranja-vibrante que surgiu do nada. — Posso ajudar?

Hollis sentiu o rosto queimar, com os ombros nem pela metade da camisa.

— Não, não. Tô bem. Hã, valeu.

— Experimentar é só na cabine — disse a menina do colete.

— Ah, sim, claro, combinado.

E a garota foi embora, deixando Hollis para trás. Por fim, puxou a camisa pela cabeça e tentou ao máximo fingir que não tinha ouvido o barulho das costuras estourando. Da maneira mais organizada que pôde, dobrou-a e a guardou no saco plástico. Depois de colocá-la de volta no lugar, foi procurar Aini e Maggie.

— Comprinhas feitas. — Maggie levantou os braços cheios de sacolas com coisas em tons de branco de fauna albina ou de preto ladina. — A peruca vou comprar pela internet. Com certeza entregam até amanhã.

— E você, Hollis? — perguntou Aini, olhando por cima das compras.

As bochechas de Hollis permaneciam avermelhadas, e ela tentou disfarçar, mas ainda se sentia mal, um sentimento comum sempre que tentava comprar em lojas que só tinham roupas com modelagem padrão.

— Vou fazer a minha em casa.

— O quê? — Maggie negou com a cabeça. — Nem pensar. Vou te achar uma coisinha linda, de presente. Eu vi uma fantasia de cavaleiro que...

— Não, tá tudo bem. Vou comprar num brechó.

— Ah, perfeito. Não achei nenhuma calça. Podemos achar minha calça e a roupa da Honoria no brechó.

Hollis sabia que Maggie estava tentando ser legal. Mas havia algo que as pessoas magras, sobretudo as bonitas e muito ricas como Maggie, não entendiam sobre fazer compras sendo gorda. Embora tivesse certeza de que Maggie encontraria uma dúzia de opções adequadas de calças para Tanwyn em um brechó, sabia também que teria dificuldade em encontrar uma única para si. As seções *plus size* eram muito limitadas, sem levar em conta que o tamanho 4G dos anos 1990 era totalmente diferente do tamanho 4G de agora, ou que o tamanho 4G de uma loja não tinha nada a ver com o de outra. E tinha a tendência da moda *oversized*, oferecendo os tamanhos maiores das prateleiras a meninas de tamanho padrão. Além disso, sempre havia a inevitável velhinha mal-humorada falando mal de corpos mais gordos da seção GG, e então comprar em brechó — como a maioria das compras, para Hollis — era algo que fazia sozinha.

Hollis olhou para Aini, que a encarou de volta. Seu olhar era tranquilo, mas ela sabia que estava pensando em algo.

— Quer ir agora ou mais tarde, Hollis?

— Pensei em ir outra hora, na verdade — respondeu Hollis, apegando-se à sugestão de Aini.

Ela engoliu em seco, tentando afastar o aperto no peito. Com os olhos de Aini sobre ela, quentes, castanhos e brilhantes, Hollis conseguiu acalmar a ansiedade até que parecesse apenas um suave zumbido de abelhas em sua mente.

— Qual é! — insistiu Maggie, sorrindo. — Vamos resolver esse assunto agora.

— Na verdade — disse Aini, espreguiçando-se o máximo que podia com os braços carregados —, tô exausta. E ainda tenho tarefa de matemática. Por hoje, deu pra mim.

— Vocês são duas sem graça — reclamou Maggie, mas deu de ombros e seguiu para o caixa. — Mas eu devia fazer uma lista mesmo. Algumas camadas a mais não cairiam mal.

Hollis olhou para Aini.

Ela quase murmurou *obrigada*. Mas naquele momento, com a sensação de ter sido flagrada com a roupa emperrada pela vendedora ainda queimando em suas bochechas e Aini sem dúvida tendo feito uma gentileza — enchendo seu peito com outro tipo de calor totalmente diferente —, Hollis não tinha certeza de que seria capaz de fazer isso sem chorar.

Em vez disso, estendeu a mão e segurou a de Aini. Aini se mexeu, redistribuindo seus itens em um braço para pegá-la. E então foram atrás de Maggie, que seguia em frente e falava:

— É estranho comprar sapato no brechó?

⬢

Foi um daqueles raros momentos em que ser uma garota talentosa para artes, uma garota gorda e talentosa e uma garota sem grana e talentosa se combinavam de tal maneira que serviam Hollis Beckwith melhor do que qualquer loja de festas.

Ela havia montado uma fantasia que era, levando tudo em consideração, muito legal. A maioria das peças veio de seu guarda-roupa — leggings pintadas com tinta de tecido para fazer parecer que tinham grevas; uma camiseta velha cortada em forma de bandana para usar como lenço no pescoço, na qual havia costurado borlas de fio dental em vermelho, azul-celeste e bronze; uma faixa de cintura reaproveitada de outra fantasia de alguma peça insignificante que participou no primeiro ano.

Mas, sem dúvida, a maior conquista de seu traje foi o peitoral de cobaltril. Com um pouco de tentativa e erro e alguns tutoriais do YouTube, criou a estrutura inteiramente de papelão. E com ajuda de fita adesiva por dentro e cola quente por fora para manter toda a costura no lugar, ela o confeccionou. Usando mais tinta do que jamais havia usado em um único projeto, deu uma demão texturizada e realista.

Não brilhava como metal, e dava para ver que era pintada e não esculpida, mas no fim das contas Hollis havia feito uma armadura de papelão que deixaria Honoria Steadmore orgulhosa.

Ao se olhar no espelho, sentiu-se igualmente orgulhosa. Sentia-se bem em sua fantasia. Poderosa. Forte. No início, esses sentimentos foram desconfortáveis. Mas, como sua armadura, eles se acomodaram no peito e brilharam de volta para ela no reflexo.

Ainda assim, havia algo faltando — alguma coisa que ela não conseguiu identificar até dar uma olhada nos esboços de referência para sua fantasia.

Honoria tinha franja.

Era uma diferença tão pequena, mas que mudava todo o visual. Honoria usava a franja do mesmo jeito que algumas pessoas usavam óculos: uma característica importante do rosto, e também emblemática do visual, e parte de sua personalidade. A franja da confiante Honoria era lisa, reta e recém-cortada. A Honoria em luta tinha uma franja torta e desgrenhada. Honoria em repouso tinha uma franja um pouco rebelde, enrolada em partes aleatórias, como se fosse um segredo, desarrumada por Umber durante as horas de vigília compartilhadas tarde da noite.

Hollis estava com o cabelo frisado demais e seu rosto estava uma carranca.

Também estava com uma tesoura ao seu alcance.

Era uma tesoura velha, resquício de quando sua mãe cortava o próprio cabelo no início dos anos 2000 para economizar uns trocados. Hollis passou o polegar pela lâmina. Ainda era bastante afiada, pelo menos nas pontas.

A partir daquele instante, não pensou muito. Com os dedos, Hollis separou uma grande mecha de cabelo na frente e no centro da cabeça e prendeu o resto com um elástico. Penteando os fios soltos com os dedos, mediu uma linha no ponto mais inferior das sobrancelhas. Então, com a mecha presa entre seus dedos, começou a passar a tesoura...

Bem, Hollis pensou que seria um corte rápido e limpo.

Só que foi mais como serrar um tronco.

E ainda assim, de alguma forma, não sabia como seria o resultado até que o cabelo escapou de seus dedos, caindo na pia do banheiro, e ela baixou as mãos.

Hollis não se parecia com Honoria. Parecia uma criança do jardim de infância que mexeu na tesoura dos adultos.

— Ai — gemeu Hollis, segurando a risada, e depois soltou uma série de palavrões bem terríveis. Sorte que sua mãe não estava em casa.

Mas havia outra pessoa.

Ouviu três batidas confiantes à porta.

Hollis murmurou outro xingamento.

Tentando ser o mais silenciosa possível — o que era difícil em uma armadura, mesmo uma de papelão; entendeu em primeira mão por que Honoria tinha desvantagem em testes de Furtividade —, ela foi do banheiro até a porta da frente. Espiou pelo olho mágico.

Ali, com o cabelo recém-tingido em um tom de azul tão profundo, quase azul-marinho, estava Aini, vestida como o elegante bardo, Umber Dawnfast, das pontas de suas falsas orelhas pontudas até a ponta azul brilhante de seu nariz anguloso. Sorrindo de um jeito adorável, estendeu a mão e bateu de novo na madeira em que Hollis encostou a bochecha.

— Sei que está aí. Não me faça lançar... Quais magias o Umber tem? *Buscar fumaça?* Ele tem essa?

Sim, tinha; conseguira na sessão anterior, na qual todas haviam subido para o Nível Sete. Ele provavelmente nunca usaria porque Aini nunca usava magia.

Mesmo assim...

— Aini, não posso abrir, desculpa.

— Como assim, BeckBeck?

— Não posso ir hoje. Fala pra Gloria que sinto muito por faltar ao Festival da Colheita.

— Acha que *eu* vou ficar entre nossa Guardiã e o festival? Pois se enganou. Vai, Hollis, abre.

— Não posso — repetiu ela, balançando a cabeça. A franja se remexeu, desigual, sobre a testa. Hollis achou que deveria rir, ou talvez chorar. — Aini, eu fiz uma besteira...

Um segundo depois, a voz de Aini ficou exaltada do outro lado da porta.

— Você se machucou, Hollis? Abre essa porta agora.

— Ai, Deus. Não, quer dizer, eu estou bem. Não é nada disso, é só...

— Caramba, Hollis, abre logo, tô preocupada.

Hollis cerrou os dentes. Inspirou fundo, exalou devagar — sua franja inútil se agitou com o movimento —, destrancou a fechadura da porta e, já arrependida, abriu.

— Oi, Aini — disseram Hollis e sua franja.

Aini, cativante em seu gibão vibrante e botas de couro preto e cano alto, ficou imóvel. Então falou:

— É sério que você me deixou do lado de fora por causa de uma franja?

— Não é uma franja normal. — Hollis cobriu o rosto com as mãos. — *É uma franja muito, muito feia.*

— Nem é. É a franja da Honoria. Ou... quase. Se me deixar entrar, posso ajudar a... — Aini quase soltou um *consertar*, Hollis notou, mas conseguiu disfarçar. — ... deixar ainda mais a cara da Honoria.

— Sério?

— Sim, claro. Eu que pinto meu cabelo, sabia? — retrucou, passando os dedos pelos fios.

O azul contrastava de uma maneira linda com a pele marrom-escura. Ficava ainda mais bonito sabendo que Aini fazia sozinha. Se conseguia aquilo em si mesma, então havia salvação para sua franja. Uma pontinha de esperança desabrochou no peito de Hollis.

— Ok. Entra — liberou Hollis.

De volta à segurança do banheiro, Hollis entregou a tesoura para Aini.

— Essa tesoura tá tão afiada quanto uma colher, Hollis... Mas você acertou no formato, então vou só ajeitar.

Aini iniciou os trabalhos com cuidado, mostrando a Hollis como usar as pontas da tesoura para cortar verticalmente. Ficou bem reta, como nos desenhos, mas não tão... bem, horrível. Quando terminou, passou os dedos pela franja de Hollis, afofando-a e fazendo cócegas agradáveis no nariz da amiga, depois alisou-a de volta no lugar.

— Pronto. O que acha?

Ainda estava chocante. Mas, deixando de lado a diferença entre Hollis e Honoria, podia ver agora que não estava tão ruim assim. E a maneira como Aini a estilizou quase a deixou fofa. Hollis sorriu para o reflexo da amiga no espelho.

— Essa é a minha garota — disse ela, envolvendo o ombro de Hollis com o braço. Parecia tão confortável ali quanto em torno da cintura. — Pronta pra encontrar o resto da turma?

Tinham combinado de ir ao parque antes do jogo para tirar fotos com os trajes.

— Sim. Acho que sim.

— Você tá muito gata, por sinal.

— Olha quem fala: o bardo mais elegante dos Oito Reinos — elogiou Hollis antes que pudesse se impedir. Enrubesceu diante das próprias palavras, mas foram sinceras, então deixou-as ali, pairando entre elas. Hollis sacudiu a cabeça diante do próprio reflexo, depois olhou o de Aini.

— Tá admirando sua própria obra de arte?

— Bom, também. Mas, falando sério, a armadura combinou muito com você. Mostra seu lado fodona.

— Hum, acho que uma fodona não teria feito isto. — Hollis acenou para a franja recém-cortada.

— Tá me zoando? — O reflexo de Aini deu um toque no quadril de Hollis. — Só uma fodona teria coragem de cortar a própria franja com uma tesoura cega antes de um ensaio fotográfico.

Hollis se virou para Aini, o braço da garota serpenteando seu ombro e a franja ainda balançando como uma intrusa em sua testa. Ela olhou para baixo. Naquele banheiro pequeno, vestida com as roupas de Umber, Aini parecia ao mesmo tempo familiar e completamente diferente. Estava metade no mundo real e metade no mundo impossível da história, onde tudo poderia acontecer — onde poderiam fazer qualquer coisa juntas. Esse pensamento deixou Hollis com um frio na barriga.

Ela se inclinou de leve. A luz refletia no azul do nariz de Aini.

— Tá falando sério?

— Claro que tô, Hollis — respondeu Aini, baixinho, a voz ecoando pelos azulejos antiquados. Ela alisou a franja dela outra vez, mas Hollis suspeitou que não foi para arrumar. — Acho você incrível.

Por um segundo, ela se permitiu ouvir essas palavras: Aini Amin-Shaw a achava incrível. E então, meio segundo depois, aquilo tudo se tornou opressivo. Hollis cruzou os braços sobre o peito e sacudiu a franja. Ela sorriu, mas foi um gesto tímido e estranho, pontuado por risadas desajeitadas que pesavam em sua garganta.

— É, tá bom. Vamos pro carro antes que você lance o *Palavras Encantadoras* em mim.

— Eu tenho esse feitiço? — perguntou Aini.

— Bardo inútil — provocou Hollis antes de pegar a bolsa e seguir para a porta.

No dia 31 de outubro, outra batida soou na porta. Dessa vez, Hollis não esperava ninguém. Ela não tinha planos para o Halloween, a não ser assistir a um filme de terror com a mãe e distribuir doces para as crianças — e comer uma boa parte deles, uma tradição já consagrada.

Mas estava cedo demais, mesmo para o mais ávido dos caçadores de doces: o sol ainda não havia se posto, e ainda faltava uma hora para as seis da tarde — o início oficial do horário de Doces ou Travessuras, definido pela cidade de Covington. Com sua velha legging favorita e uma camiseta da Sabrina, ela atendeu a porta.

— Por que você não usa essa camiseta mais vezes? — indagou Aini da entrada. — É tão legal.

— Hã... — murmurou Hollis, pega de surpresa. Aini não tinha mandado sequer uma mensagem antes de aparecer ali. Nem uma piada no grupo do Discord. — Porque hoje é Halloween, eu acho.

— Mas Sabrina é legal o ano inteiro, Hollis.

Um sorriso surgiu nos lábios de Hollis ao mesmo tempo que Aini passou a mão pelos cabelos escuros.

— Desculpa, não sabia que hoje era dia da Convenção da Sabrina — brincou Hollis.

— Não recebeu o ingresso? Estranho, mandei faz uns três dias.

— Bom te ver também, Aini.

— Ah, é. — Aini se remexeu no lugar. — Ei, bora comer uns donuts?

A resposta curta era sim. Mas Hollis nunca tinha saído sozinha com a Aini. Não de verdade. Elas iam para os jogos juntas, e às vezes as conversas à noite no Discord eram tão intensas que parecia que estavam no mesmo cômodo e sozinhas. Ainda assim, a ideia de ir a algum lugar e fazer algo não relacionado a Mistérios e Magias embrulhou o estômago de Hollis.

Então, respondeu:

— Agora?

— Não, depois da Convenção da Sabrina. — Aini deu de ombros, inabalável. — Ou podemos ir direto pro donuts mesmo.

Encostada no batente, Hollis observou a garota. Ela ainda estava parada na entrada, confiante e sorridente, como se pertencesse àquele lugar. Hollis também pensou na sensação em seu estômago — era muito parecida com ansiedade, mas havia algo alegre que era desconhecido. Com os olhos expectantes de Aini sobre ela, Hollis decidiu seguir o sentimento.

— Pode ser.

— Pode ser para os donuts? Ou para Sabrina?

— Para os donuts. Vou me trocar.

— Fica de Sabrina. É Halloween!

Hollis, balançando a cabeça para si mesma, gesticulou para Aini esperar na sala apertada com sua mãe enquanto ia até o quarto se trocar. Como, afinal, era mesmo Halloween, ela manteve a camiseta da Sabrina conforme o pedido, mas colocou um sutiã e vestiu o jeans cinza do dia anterior. De volta, colocando um cardigã preto apropriado para o frio, Aini e sua mãe fizeram uma pausa no meio da conversa.

— Aprovada para ir comer donut? — perguntou para as duas.

— Aprovadíssima — disse a mãe com um sorriso curioso no rosto, que a filha ignorou.

— Bora — disse Aini.

Depois de um passeio de carro com assento aquecido e uma parada no drive-thru da loja de donuts, as meninas seguravam uma sacola cheia deles enquanto caminhavam pelo parque. Elas foram para a mesma ponte onde haviam tirado fotos juntas como Umber e Honoria no dia anterior. A iluminação era a mesma — o sol começava a se pôr, e os raios dourados faziam tudo no mundo parecer suave e brilhante. Quando se sentaram, a luz formou um halo ao redor do cabelo de Aini, fazendo do azul uma chama cobalto ao redor do rosto.

— Então — começou ela, quando Hollis se ajeitou no chão ao seu lado, as costas apoiadas no concreto da ponte — , como anda a escola?

— Caramba — comentou Hollis, tirando do saquinho um donut nas cores do Halloween —, você veio mesmo me buscar no sábado de Halloween pra falar da escola?

— Bom, sim. E porque acho você uma fofa.

Hollis negou com a cabeça — *não, não, não*. Sentia a cor subindo pelas bochechas, um vermelho da cor do vestido da Sabrina.

— Sei lá. Escola é escola. Acho que vou reprovar numa matéria.

— História? A Iffy contou que você tá indo bem na monitoria.

— Como você sabe disso?

Aini deu de ombros.

— A gente tava falando de você e ela contou.

Hollis não sabia se devia se sentir constrangida ou contente. Tentou parecer descolada e imitou o movimento dos ombros da amiga.

— Tirando as notas, então — recomeçou Aini. — Como está se sentindo? Último ano e tal.

Não foi a primeira vez que alguém tentou falar com Hollis sobre o último ano do ensino médio, mas foi a primeira vez que falaram daquele jeito. Como ela *estava se sentindo*? Mastigando o donut, refletiu. Lambeu os lábios açucarados e perguntou:

— Posso te contar um segredo?

— Sim, por favor.

Hollis, com uma espécie de languidez nos membros à qual não estava acostumada, inclinou-se conspirativamente. Sussurrou:

— Tô odiando.

— Hollis Beckinha. — Aini levou a mão ao peito como se segurasse um colar de pérolas. — Diga que não é verdade.

Hollis riu.

— Mas você me entende, né? Os professores ficam falando bobagens como "esse é melhor ano das suas vidas". Eu faço as coisas que tenho que fazer e penso: "meu deus, espero muito que *não seja*."

— Bom, não precisa ser o ano da sua vida.

— Como assim?

— Talvez pra eles tenha sido, e beleza. — Aini pescou um segundo donut da sacola. — Mas não é assim pra todo mundo. Acho que pra pessoas como nós, a coisa deve ser diferente. Não acha?

Sim. Mil vezes sim. Hollis engoliu um grande pedaço de donut e assentiu.

— Então, o que vai rolar depois, pra pessoas como nós?
— Ah, então existe um "nós" mesmo? Legal. — Aini mordeu o donut com um floreio. — Você sabe o que vai rolar: a vida. O mundão lá fora.

Hollis se sentia tão distante de tudo isso quanto do último ano. Balançou a cabeça.

— Eu vou ficar por aqui mesmo, Aini.

Como a mãe era professora, tinha desconto na Universidade do Kentucky do Norte. Com os empréstimos estudantis, quase dava para pagar.

— O quê? — Aini pareceu surpresa de verdade, e virou-se para encará-la. Hollis de repente ficou muitíssimo ocupada em pegar o segundo donut, semicerrando os olhos para se concentrar na tarefa. — A fabulosa, talentosa e superincrível artista Hollis Beckwith vai estudar na Kentucky?

Hollis não conseguiu evitar uma bufada de desprezo.

— Sabe — continuou Aini —, meu gato bufa pra mim do mesmo jeito quando sabe que tenho razão. Mas, sério, por que você não vai pra Savannah ou algum lugar do tipo?

A Faculdade de Arte e Design de Savannah era *o* lugar para estudar arte. E exatamente por esse motivo Hollis nunca havia pensado na possibilidade. Além disso, devia custar mais do que a casa da mãe dela, e era longe, e...

— Lá é pra artistas de verdade — respondeu, dando de ombros.
— Tipo, eu sou boa... — Isso ela já tinha aceitado sobre si: ela se esforçava e não havia necessidade de se subestimar. — Mas não boa o suficiente pra Savannah. Só desenho *fanart* pro nosso RPG.

— Hollis, você tá falando sério?

Hollis ergueu os olhos. Aini, cujos dedos estavam brilhantes com cobertura de donut, parecia quase brava.

— Hã... sim, eu acho.

— Tipo, não quero diminuir nosso jogo, mas a gente não tem *fãs*. Então você não está só criando *fanarts*, está ilustrando nossas histórias colaborativas e originais.

Hollis sorriu.

— Falando desse jeito, parece algo sério.
— É sério!
— Sei lá, é só coisa de nerd.
— Se chamar o Umber Dawnfast de nerd mais uma vez, Hollis, ele vai te desafiar em combate.
— Mas você entendeu o que eu tô falando!
— Na verdade, não. — Aini agarrou o ombro de Hollis. — Estou falando muito sério, Hollis. Você deveria ir pra faculdade de arte. Você merece ir para um lugar que te prepare para os *verdadeiros* melhores dias da sua vida.

Hollis olhou para cima, os olhos castanhos encontrando os mais escuros de Aini. Ela piscou por alguns segundos. Mesmo com o cardigã, ela se sentia um pouco exposta, como se Aini estivesse enxergando uma parte dela que não era vista com frequência.

— Acha mesmo?
— Eu vou ficar brava se você não for.
— É que é tão longe...
— Tem outras mais perto. Eu te ajudo a achar. — Apertou o ombro de Hollis. — Quero te ajudar.

Da forma como Aini olhou para ela, Hollis não precisou questionar. Ela sentiu as bochechas corarem novamente, queimando em meio a noite de outubro.

— Ok, ok — cedeu, soando como Gloria e sentido-se empolgada, como se tivesse acabado de concordar em fazer parte de outra missão secreta. — Não quero te deixar brava.
— Sabe, se isso for te obrigar a se inscrever, eu topo.
— Ah, eu só pensei... — Hollis não terminou a frase e, de propósito, mordeu o donut.
— O quê?
— Você acha que em Savannah vai ter um fã-clube da Sabrina?
— Ah, qual é.
— Eu não topo se não tiver.
— Cheia de piadinhas, hein?

A ponte do parque foi inundada pelo som da gargalhada das duas.

— E as férias têm que coincidir com a convenção!

CAPÍTULO DEZESSEIS:
VALE A PENA LUTAR POR ISSO

Q uando Maggie enviou as fotos do cosplay de Halloween no Discord no final daquela semana, Hollis não acreditou em como estavam boas. Apesar de toda a tristeza que sentiu inicialmente pela vida dupla de Maggie como influenciadora *glam grunge* nas redes sociais durante o dia e nerd em segredo à noite, ela agora entendia o apelo. As fotos que Maggie tirou pareciam profissionais, editadas e retocadas sem alterar nenhuma delas fisicamente, mas fazia com que tudo, do cenário aos figurinos, parecesse mais vívido e real do que pessoalmente.

O segundo pensamento foi que ela, Hollis, estava bonita. Não, estava *ótima*. Por muito tempo, Hollis evitou fotos porque nunca gostava da aparência do seu corpo nelas. Enfim havia superado e, durante a sessão de fotos, tentou ficar à vontade. Nessas fotos, parecia uma garota gorda, sim, e também forte, confiante e bonita. Até mesmo sua franja recém-cortada parecia, como Aini dissera, muito fodona.

Mas, acima de tudo, o que mais impressionou Hollis foi como ela parecia feliz. Lá, vestida como uma personagem cuja coragem tomava emprestada todas as sextas-feiras para jogar e posando na ponte do parque, estava uma garota confiante. Entre suas amigas — perto de Fran e Iffy, fingindo curar a menina mais nova; se esgueirando ao redor de uma árvore com Maggie; recriando seu primeiro desenho de Steadfast, de mãos dadas com Aini, olhando uma para a outra por cima dos ombros —, não às margens do grupo ou só incluída nele, mas como parte essencial para sua existência. Em cada fotografia, Hollis sorria. Mesmo nas fotos sérias, seus olhos exibiam um certo brilho que ela tinha certeza que não fazia parte da edição.

Mas olhando para as fotos novamente, deitada sozinha na cama depois da escola, Hollis não sentiu alegria, mas culpa — uma culpa profunda e sombria que a esmagava, prendendo-a sob os lençóis.

Ela não conseguia se lembrar de quando isso tinha acontecido, mas tudo indicava que jogar Mistérios e Magias não era mais apenas uma forma de se relacionar com Chris. Claro, ainda compartilhava o que acontecia nas sessões com ele e os meninos, e era divertido conversar sobre o assunto — quando Landon não estava sendo péssimo, pelo menos —, mas não era mais o que a fazia querer jogar.

Talvez jogasse por causa das meninas que se tornaram suas amigas, mas essa também não era a verdadeira razão. Tinha uma leve suspeita de que estava jogando esse jogo nerd e incrível para ela mesma, o que só fez o peso da culpa pressioná-la com mais força.

De alguma forma, apesar de toda aquela pressão, Hollis se moveu. Seu estômago revirou. Ela rolou até a mesa de cabeceira e pegou o telefone. Por um bom tempo, hesitou, nervosa e desconfortável por motivos que não conseguia definir, e então digitou uma mensagem de texto.

oi.
pode me dar carona na sexta-feira?

A demora na resposta ameaçava a sanidade de Hollis, mas logo uma mensagem surgiu na tela.

christopher: **pq**
vc tem carona

Hollis franziu a testa.

> **essa semana não.**
> **o carro da iffy tá quebrado e a aini acha que não vai.**

Era tudo mentira, mas parecia importante trazer Chris de volta ao jogo dela — direcionar um pouco daquela felicidade em suas fotos para ele, com ele. Uma pequena mentira, bem-intencionada, não era tão ruim. Além disso, o que ela escreveu a seguir foi a verdade:

> **queria muito que você me levasse.**

Outra longa espera.

> christopher: **mas eu jogo na mesma noite, vc sabe**

Hollis suspirou. É óbvio que ela sabia; vinha lidando com a programação de sexta-feira à noite de Chris havia quatro anos. Talvez tenha sido besteira perguntar. Ela já sabia a resposta.

Hollis encarou a mensagem até a tela escurecer. Quando apertou o botão para desbloquear o aparelho, a tela de bloqueio brilhou intensamente com a foto de Honoria e Umber de mãos dadas. Como acontecia desde que a definira como plano de fundo, um sorriso involuntário ardeu nos lábios de Hollis, iluminando suas bochechas com um cor-de-rosa brilhante. E embora não tivesse certeza, suspeitava que isso trouxesse uma leveza aos seus olhos também: a mesma que havia na fotografia, enquanto olhava por cima do peitoral de papelão, não exatamente focada em Aini.

A culpa ressurgiu, com um gosto amargo. Ela desbloqueou o celular.

> **por favor chris?**
> **não precisa ficar.**
> **e vai conhecer as meninas.**

Os três pontinhos surgiram mais rápido dessa vez.

christopher: **blz**
te levo

⬢

Na sexta-feira, estavam atrasados.

Não um ou dois minutos, como quando Aini dirigia. Nem cinco ou dez, como Iffy às vezes, nas semanas mais ocupadas. Quando Chris deu ré para estacionar na rua em frente ao apartamento dos Castañeda, já estavam 23 minutos atrasados, e Hollis sabia, porque estava contando.

— Valeu — agradeceu ela, se retorcendo para alcançar a bolsa no banco de trás. — Te vejo mais tarde?

Chris ergueu a sobrancelha, confuso.

— Você não queria que eu entrasse?

— Ah. — Ela queria, mas isso tinha sido 23 minutos atrás. Hollis sentiu um enjoo. — Eu só pensei que…

Ela quase falou *estamos tão atrasados*, mas Chris estava — como ele bem a lembrou ao chegar atrasado na casa dela — fazendo um favor, então ela não queria provocar.

— Melhor dessa vez não — falou, por fim.

— Qual é, Hol — disse ele ao desligar o carro. — Vamos lá.

Antes que Hollis pudesse protestar, Chris já tinha descido do carro. A ansiedade girou dentro dela, agitando seu interior. A última coisa que queria acrescentar ao fato de estar provavelmente 24 minutos atrasada era uma briga com Chris. Hollis desceu.

— Elas devem estar me esperando — explicou ela ao contornar a roseira da srta. Virginia, abrir a porta do apartamento e dar passagem ao Chris. Ela acenou com a cabeça para a frente, para o corredor que levava à sala de jantar e a antiga mesa de madeira onde as meninas jogavam toda semana.

— Enquanto se aproximam do pântano, sentem um cheiro… estranho. — A voz de Gloria ecoava.

Não estavam esperando, afinal.

Ela devia ter se tocado antes, mas só lembrou agora, tirando de algum lugar no fundo da mente que haviam concordado em *esperar 15 minutos e então começar*. Só que até hoje ninguém havia acionado o uso dessa regra.

A ansiedade de Hollis aumentou, deixando-a enjoada outra vez. Engoliu em seco como se pudesse devorar o sentimento, esperando uma pausa na narração de Glória, mas...

— Um menino?! — gritou Fran.

De uma vez só, as meninas se viraram.

— Desculpa o atraso — disparou Hollis.

— Um *menino* — Fran acusou de novo.

Mas Gloria apenas sorriu, simpática, com os lábios vermelhos refletindo a luz.

— Ah, sim, a Aini avisou que você viria com outra carona hoje. Ainda bem que deu certo. Vem, vem, senta aí. E valeu por trazer a...?

Apenas um instante depois, quando Hollis estava a meio caminho de seu lugar ao lado de Aini, que entendeu se tratar de sua deixa para uma apresentação. Foi então também que Hollis percebeu que nunca havia mencionado Chris pelo nome. Suas palmas começaram a suar.

— Ah! — disse ela, virando-se desajeitada para o garoto sob o batente. — É o Chris, ele...

— Sou o namorado dela.

Havia um toque afiado na voz de Chris que não tinha aparecido no trajeto de carro. Ele cruzou os braços e se recostou no batente, ocupando mais espaço.

— Prazer em conhecer — cumprimentou Gloria, educada. — Valeu mesmo por trazer a Hollis.

— Achei que ele seria mais alto — comentou Fran, num sussurro não tão baixo, para Aini, que sorriu de leve, mas não falou nada.

O momento se prolongou, silencioso e desconfortável, antes de Chris falar:

— Não vai me apresentar pro grupo?

Por cima do ombro, Hollis lançou um olhar para Chris, mas ele encontrou o dela com um que combinava mais com Landon. Uma sobrancelha subiu em sua testa, tornando suas palavras tanto um desafio quanto uma pergunta.

— Sim, claro — confirmou Hollis, se virando para a mesa. — Já conhece a Iffy da escola, ela é nossa feiticeira. Essa é a Gloria, a Guardiã do Mistério, e a irmã mais nova dela, a Fran, nossa bárbara. Aí tem a Maggie, que...

— E aí, Maggie — disse Chris. — Ladina, certo?

Maggie assentiu.

— Já joguei com um ladino. Eles ficam superpoderosos depois do Nível Dez, então você vai curtir.

— Hum, legal — replicou Maggie, e se voltou para Fran, baixando a cabeça para ouvir o cochicho.

Fran olhou para Chris e meneou a cabeça.

— E essa é, hum — começou Hollis, mas hesitou. Ela não *queria* apresentar Aini para Chris. Se sentia insegura. Aini era um segredo bem guardado, como as primeiras músicas na playlist Steadfast ou como Hollis se sentiu ao segurar a mão dela. Ela pronunciou as palavras seguintes do modo mais rápido possível: — Essa é a Aini, o bardo.

Chris deu um passo à frente com um jeito que fez Hollis sibilar o nome dele baixinho — como se aquele gesto também fosse uma espécie de desafio. Ele estendeu a mão por cima da mesa, pairando sobre o ombro de Iffy, que precisou se abaixar para sair do caminho, e estendeu a mão para Aini apertar.

— E aí?

Hollis não tinha certeza do que esperava que acontecesse quando Chris conhecesse Aini. De alguma forma, era um cenário que jamais imaginara. Mas certamente não esperava por isso: Chris posando como um pai protetor de seriado de TV. Ela se virou para Aini, tentando mostrar um olhar tranquilizador, mas a própria Hollis estava tão insegura que deveria parecer prestes a vomitar.

— E aí, Chris? — respondeu Aini, cumprimentando-o, como se fosse algo que pessoas normais fazem. — Prazer, cara. Sua namorada é incrível. Que bom que ela se juntou ao nosso grupo.

O que quer que Chris esperasse, pelo jeito não era isso. Ele soltou a mão de Aini e depois voltou para a porta.

— Então, onde vocês estão? — perguntou, ignorando Hollis e olhando para Gloria.

— Nos pântanos no entorno da Lobisfloresta — respondeu Gloria, tranquila. — Mas se quiser saber mais sobre o jogo, pode perguntar mais tarde. Agora estamos no meio da sessão e nossa regra é checar com todas as jogadoras se visitantes são permitidos.

— Desculpa — sussurrou Hollis. Não sabia se para Gloria, Chris ou ambos.

— Na verdade, não posso pegar a Hollis mais tarde — avisou Chris. — Preciso ir pro meu jogo agora.

O estômago de Hollis afundou. Ela não tinha perguntado se ele iria buscá-la também, mas presumiu que sim. Ele sempre fazia isso por ela. Agora, além de atrasada, também estava presa o outro lado da cidade, sem carona para casa.

— Tudo bem — ofereceu Aini, depressa. — Eu levo a Hollis.

— É. — Iffy cruzou os braços. — A gente leva ela pra casa.

— Que seja. Até mais, Hollis.

E sem sequer acenar, Chris se virou e saiu pela porta, fechando-a com muita força.

Foi como se toda a mesa, inclusive Hollis, pudesse por fim respirar. Por um momento, ficaram quietas e então Gloria perguntou:

— Tá todo mundo bem?

Ao redor da mesa, elas assentiram ou encolheram os ombros. Quando os olhos castanhos da Guardiã do Mistério encontraram os de Hollis, ela tentou dizer com o olhar tudo o que não conseguia verbalizar: *desculpa* e *não foi minha intenção* e *aff*.

— Quem quer jogar M&M agora? — perguntou Gloria.

Todo mundo queria, e então jogaram.

Mas Hollis não conseguiu se concentrar de verdade.

Enquanto Honoria caminhava penosamente pelos pântanos escuros da Lobisfloresta, tudo em que Hollis conseguia pensar era na confusão que acabara de levar à mesa. Havia algo que pretendia sentir ao apresentar Chris às meninas, ela tinha certeza disso, mas não era aquilo. Tudo o que resultou daqueles minutos desconfortáveis foi uma profunda compreensão de que Chris e as meninas não tinham como se dar bem juntos — ou talvez, mais precisamente, que Chris não se dava bem com as meninas.

Se ele não conseguia ser legal com elas, quanto tempo demoraria até que ele não conseguisse ser legal com a própria Hollis? Sua mente voltou para a briga dos picles fritos, quando Chris a chamou de exagerada, como aquilo a fez se sentir de fato exagerada. Quando se sentava àquela mesa, nunca precisava se preocupar em ser outra coisa senão o suficiente. O contraste a incomodava tanto quanto pés sendo sugados por um lamaçal pantanoso.

— E aí, quanto deu? — perguntou Aini, cutucando Hollis.

— Hã? — murmurou, distraída.

— Precisamos checar a Navegação pra sair desse rolo.

Aini cutucou o d20 de Hollis.

— Ah. — Hollis olhou para Aini, que sorriu de volta com serenidade. Como sempre, ela era uma gentil guia de Navegação Emocional rolada com vantagem. Retribuindo o sorriso, Hollis se sentiu grata por Aini. Assentiu, e jogou o dado. — Doze.

⬢

Na segunda-feira depois da aula, Hollis contou sobre a última sessão.

— Acabamos encontrando um templo no pântano. De um culto de magia estranho que ninguém conhecia.

Em geral era naquele momento que Chris floreava a história, mas era a primeira vez que ele a ouvia, assim como Landon, Lacie e Marius, ali perto de seus carros estacionados. Depois da noite de sexta-feira, ela não quis mandar mensagem para ele contando do jogo que ele tinha atrapalhado tanto. Chris também não se preocupou em mandar mensagem para ela, então só ela contaria a história.

— Um ursomem estava lá — continuou —, então foi difícil entrar, mas a Tanwyn, nossa ladina...
— Essa é a Maggie. — Chris se virou para Landon e Marius. — Muito gostosa. Tipo influencer do Instagram.
Marius sorriu.
— Tá solteira?
Landon riu, um som anasalado, e depois perguntou:
— Mas ela é *hétero*?
Os três garotos olharam para Hollis, que encolheu os ombros. Para ser sincera, não sabia a sexualidade de Maggie. Nunca foi assunto nem questão.
— É tão injusto quando garotas gostosas não são hétero — disse Landon. — Né, gata?
— Ai, Lan... — Lacie deu risadinhas.
— Nem sei por que essa menina joga M&M — falou Chris. — Ela é gata demais pra isso.
— Como é que é?
Hollis olhou para Chris com uma expressão de advertência no rosto. Não conseguia acreditar nas palavras que saíam da boca dele. Por um lado, o que isso implicava sobre Hollis e as outras garotas não lhe agradava. Por outro lado, o que isso significava, no geral, "gata demais para M&M"?
Mas a careta de Hollis se desfez de leve. Era exatamente o que ela tinha pensado sobre Maggie, no início: bonita demais para um jogo tão nerd. Ouvir isso da boca de Chris a fez perceber o absurdo — e os absurdos que *ela* pensava quando começou a jogar. Talvez seus motivos para jogar não tenham sido a única coisa que mudou.
Hollis balançou a cabeça.
— A Maggie é muito inteligente e conhece o manual de cor, como todas as outras. — Mas Hollis não parou por aí. As outras palavras caíram como dados sendo rolados. — E não importa de quem ela gosta. Isso não é uma escolha. Apenas acontece. Então fica de boa, tá?
O grupo ficou em silêncio, sendo o maior silêncio o de Hollis. Então Chris continuou:

— Tá, beleza. E o ursomem?

Hollis recomeçou a história, desanimada. Queria terminar logo e ir para casa.

— Precisamos matá-lo, mas por baixo da alteração, a gente sabia que ele era uma pessoa. Ursomens geralmente têm bom alinhamento, quando não estão, tipo, todos zoados.

— Né? — Lacie olhou Hollis com empatia. — Lembrei daquela vez que a gente teve que lutar com aquele ursomem na arena de Firedin.

Landon lançou um olhar para Lacie que Hollis não deixou de notar.

— Ela quis dizer quando *a gente* lutou — corrigiu ele.

Marius fez uma cara estranha e, disfarçadamente, virou-se para sua caminhonete já com as chaves a postos.

Hollis olhava para Chris, não para Lacie, quando questionou a menina:

— Você tá jogando com eles?

— Dã! Claro que sim. É demais. Não sei por que você preferiu jogar com as meninas.

— Vamos pra casa, Lace — chamou Landon.

— Eu resolvo isso — declarou Chris com uma voz que ele devia achar muito diplomática.

Hollis bufou.

— Até amanhã! — disse Lacie com I-E. Para crédito dela, era muito sem noção.

Hollis esperou até que Lacie e Landon se afastassem, juntando-se à fila de carros que saíam do estacionamento, para falar novamente:

— Que coisa, né?

— Hollis, *por favor*, não é o que parece.

— Ah, que bom, porque o que parece é que o malvadão do Landon cedeu na regra de Garotas Não Jogam pra namorada *dele*.

Chris de repente pareceu muito preocupado em procurar a chave do carro dentre as duas presas ao seu chaveiro. Ele encolheu os ombros.

— Porque seria uma puta babaquice, né? Se isso acontecesse? — continuou Hollis.

— Tá, foi o que aconteceu, mas não é o que parece.

— Você por acaso sabe o significado de "não é o que parece"?

— Tá bom, então, mas isso não é nada demais.

— Chris, eu...

Ela não continuou a frase, olhando para ele encarando as chaves. Por causa da regra de proibição de meninas, ela passou quase um mês procurando um grupo para jogar. Então o que ela encontrou a expôs a tudo de errado com o jogo, como se fosse uma piada cósmica. Se o destino não a tivesse encontrado no quadro de avisos enquanto esperava por Chris, se as cores do pôr do sol no anúncio de Glória não tivessem chamado sua atenção, ela talvez nunca mais tivesse jogado Mistérios e Magias. Mas como ela queria se aproximar de Chris, Hollis arriscou no jogo e nas meninas. Ela tinha sido corajosa por ele.

Era *demais*, sim.

Só não para o *Chris*.

— Sabe, Chris, ainda bem que encontrei as meninas — acrescentou depois de um tempo em silêncio. Falou mais para si mesma.

— Ah, para, Hollis. Você não para de falar como aquelas vacas são legais.

— Como é que é? — Hollis levantou a mão. — Você chamou minhas amigas de *vacas*?

— Não, tá, sim, tecnicamente, mas o que eu quis dizer... é que você não para de falar nelas.

— Porque você me enche o saco por causa delas. — Hollis sacudiu a cabeça e cerrou os punhos, as unhas marcando suas mãos. — Mas você entende, não? Que eu literalmente não teria começado a jogar com elas se não fosse pela regra do Landon. Porque foi um inferno quando eu pedi pra jogar com vocês. Só queria ter algo em comum com você, Chris. Algo que não fosse *sua* música, *seus* videogames, *seus* amigos. Algo *nosso*. Mas isso era contra as regras. E agora deixam aquela... — Hollis quase falou *vaca* também, mas se interrompeu. Nenhuma menina, nem a Lacie, merecia esse xingamento. Não era culpa dela — ... *garota* jogar, sem problema nenhum.

— Não foi culpa minha! — Chris ergueu as mãos. As duas chaves bateram uma contra a outra. — O Landon fez questão!

— Ah, que bom pra Lacie, ter um namorado que faz questão dela.

Dentre latas de energético vazias e shorts de ginástica amassados, Hollis pegou a mochila e a bolsa do banco de trás do carro. Depois de pendurá-las sobre os ombros, ela bateu a porta.

— Hollis...
— Esquece.
— Se você...
— Pode ir, Chris. Vou andando.
— É muito longe, e você é...
— Gorda, eu sei. — Ela sabia que não era algo que Chris diria; ele nunca disse nada a respeito do corpo dela. Mas, vendo a maneira como ele agia nos últimos tempos, não sabia se aquele menino era o mesmo que conhecia desde sempre. — Você pode não me achar *gostosa* igual a Maggie ou digna de jogar como a Lacie, mas, Chris, eu sou fodona, e prefiro andar gorda e sozinha por quilômetros a entrar num carro com você.

Hollis se afastou, com a mochila já pesada demais nos ombros. Ela só ajeitou a mochila a um quarteirão de distância, para que Chris não visse.

Mais quilômetros gorda e sozinha a aguardavam.

As ruas de Covington se estendiam à sua frente, estreitas e, em sua maioria, de mão única e com calçadas irregulares repletas de grama morta. Alguns carros ainda saíam do estacionamento e de vez em quando um ônibus barulhento passava, mas, assim que saiu da rua Madison e entrou numa ruela, Hollis ficou subitamente sozinha. Ela sentiu um peso esmagador sobre ela, pressionando em lugares estranhos. À medida que a adrenalina começou a desaparecer do corpo, só piorou. Nada parecia confortável, desde o puxão da mochila sobre os ombros até a sensação de que tinha acabado de fazer algo que não conseguiria consertar.

Antes, Hollis poderia apenas ter se afundado naquele desconforto, aceitando-o como punição pela coisa ruim que seu cérebro lhe dizia que havia feito. Mas agora havia uma voz diferente em sua mente. Parecia um pouco com a de Gloria — constante, baixa e doce — e um pouco com a de Iffy — alegre, com sotaque sulista nas vogais —, mas principalmente soava como a dela mesma. Era baixinha, mas ficava mais alta a cada passo. Não tinha feito nada de errado. Além do mais, não precisava se sentir mal. Ela tinha com quem contar. Tudo o que precisava fazer era pedir.

Hollis pegou o celular na mochila.

beckwhat 15:44
preciso do seu número
por favor.

Antes que a tela escurecesse, Aini Amin-Shaw respondeu com o número.

Não foi muito educada, mas não se importou: fez uma chamada de vídeo sem pedir primeiro. Aini atendeu no segundo toque.

— Oi.
— Tá dirigindo?
— Encostei o carro, parecia urgente.
— Tem razão — confirmou Hollis, e riu. Não foi uma risada bonita. Foi longa, estranha e um pouco maluca.

E então Hollis contou a Aini tudo o que havia acontecido, de Lacie a Landon, até como Chris cuspiu a palavra *piranha* e nem se preocupou em se corrigir. Contou sobre Maggie, e a maneira nojenta como Chris disse *gostosa*, e como ela o repreendeu, ignorando a parte sobre jogar por causa dele porque parecia insignificante demais agora. Quando terminou, vários quarteirões depois, enxugou o suor da testa com as costas da mão. Fazia frio em Covington nessa época do ano, mas com toda aquela caminhada, a conversa e o calor da emoção em seu peito, Hollis não sentia frio.

— Não! — disse Aini, por fim.
— Pois é — respondeu Hollis.

— Hollis, isso é... — Aini nem conseguiu terminar, olhando não para a câmera, mas para Hollis, cujo rosto estava um pouco inclinado para baixo.

— Eu sei.

— Quer que eu saia na porrada com eles?

Hollis deu uma risada zombeteira.

— Tô falando sério — continuou Aini, ameaçadora.

— Eu sei que sim, por isso liguei pra você.

— Então, que merda, hein?

— Ligar pra você?

Ligar para Aini na verdade era muito bom. A garota ficou indignada com a regra, e era o que Hollis queria ter ouvido do namorado. Mas, vindo dela, era ainda mais satisfatório.

— Não, a história com aqueles babacas.

— Ah. — Hollis não estava acostumada com esse tipo de sentimento. Em geral, Chris lavava as mãos rapidinho. — É, tô me sentindo uma idiota.

— Posso ir te buscar — ofereceu Aini.

— Já vou estar em casa quando você cruzar a ponte.

— Mesmo assim, posso ir.

— Eu sei. — Hollis fez uma pausa, respirando fundo. Não era apenas Chris que não falava o que sentia; ela também não. Mas seu relacionamento com Aini era diferente. Talvez com Aini pudesse tentar algo novo. Hollis suspirou. — É que... tô me sentindo meio triste, sabe? Não, não é bem triste. Decepcionada? Um pouco envergonhada. Tipo, o que a Lacie com I-E tem que eu não tenho?

Era algo em que havia pensado desde o início da caminhada. Ela e Chris se conheciam havia mais tempo do que Chris e Landon. Quando se tratava dos meninos, ela fazia parte da gangue desde que a gangue começou. Por que valia a pena lutar por Lacie, e não por Hollis?

— Pode parar — Aini foi curta e grossa. — Não tem nada a ver com você, Hollis. Nem com a Lacie, pra falar a verdade. Tem a ver com aqueles caras. E por causa disso, estão perdendo uma fodona na mesa deles.

Aquele comentário era a cara da Aini.

— Não me *sinto* fodona — confessou Hollis. Não se sentia mesmo, apesar do que cuspiu na cara de Chris. Porém, percebeu, enquanto caminhava, que ter feito aquilo era uma coisa bem fodona. Ainda assim, parecia um gesto fútil. Hollis franziu a testa para o rosto de Aini na tela. — Só tô puta da vida.

— E triste. E envergonhada. E ainda assim muito forte, incrível e fofa.

A careta de Aini virou um leve sorriso.

— Aini...

— É sério. O que mais está sentindo?

Hollis, arfando enquanto andava, pensou por um momento. Do outro lado da tela, Aini esperava pacientemente, estacionada em algum lugar do outro lado do rio.

— Me sinto... contente. Se não fosse pela regra, nunca teria jogado na Games-a-Lot, e se não tivesse ido lá, não teria visto o panfleto da Gloria. Nunca teria começado a jogar com você... e as outras garotas. E vocês são minhas pessoas favoritas. — Hollis ficou quieta por um instante. O frio e o cansaço extremo em seu corpo forneciam coragem. — *Você* é minha pessoa favorita. Não consigo imaginar minha vida sem você, Aini.

Aini sorriu.

— Que bom, porque eu sinto a mesma coisa por você. Eu ainda daria um soco no babaca do seu namorado, mas fico feliz por ele ser um babaca, porque isso me levou até você.

Com Aini falando, parecia mais real. Hollis reproduziu a frase em sua mente, só para ouvir outra vez e se arrependeu de não ter aceitado a carona de Aini. As palavras que compartilhavam pareciam importantes, uma espécie de definição do relacionamento que ainda não tinham feito. Mais do que tudo naquele momento, Hollis queria segurar a mão de Aini. Em vez disso, falou para a tela:

— É isso. Exatamente.

— Sinto muito pelo namorado péssimo.

— Eu também. Valeu, Aini.

— Que bom que eu sou um namorado bem melhor, né?

Hollis sorriu.

— Valeu, Umber.

— Tem certeza que não quer que eu te busque? Tá frio.

Hollis quase aceitou, mas dava para ver o telhado manchado da sua casa na esquina. Já se sentia egoísta por tomar o tempo de Aini. Ela balançou a cabeça, a franja balançando sobre a testa suada.

— Tô quase chegando em casa. Obrigada pela companhia.

— Obrigada por me ligar. Devia fazer isso de novo.

— Pode deixar.

— Essa é minha garota. Nos falamos daqui a pouco?

O coração de Hollis se encheu de alegria.

— Até daqui a pouco. Tchau.

Aini acenou e então a tela escureceu. Hollis, por meio segundo, ficou apenas com a imagem de seu próprio rosto refletido no celular — bochechas vermelhas, nariz um pouco melequento e um sorriso.

Naquele momento, ficou muito grata pela regra Garotas Não Jogam.

CAPÍTULO DEZESSETE:
ESSA COISA QUE ESTÁ ROLANDO

Sempre era estranho quando uma delas faltava e, na sexta-feira seguinte, Aini tinha um casamento. Juntas, Iffy e Hollis copilotaram Umber, e foi muito melhor do que quando Aini e Hollis fizeram o mesmo por Iffy. Hollis sentiu uma pontada de culpa pela forma como Iffy leu atentamente os detalhes dos feitiços de Umber, especialmente porque tudo o que acabaram fazendo foi esfaquear coisas com seu florete ou arremessar punhais ou, uma vez, cantar uma versão M&M de "WAP" para tentar persuadir um adivinho a fazer a vidência de alto nível necessária, mas sem exigir um favor desconhecido do grupo em algum ponto indefinido no futuro.

Falhou, apesar da coreografia de Iffy.

— E juro por Deus — disse Iffy —, se ela reclamar por causa do favor, vou lembrar que da última vez as patetas levaram todo mundo pra *prisão* quando cuidaram da Nereida por mim.

Justo. Hollis assentiu.

— Que pena que a Aini não estava hoje — comentou com Iffy durante a carona de volta para casa. Os bancos não eram aquecidos como os de Aini, mas Hollis se sentia à vontade da mesma forma, observando a luz e o barulho da margem do rio borrados pela janela do passageiro. — Ela teria rido da nossa música horrível.

— Não se preocupe. Já mandei pra ela. Ela respondeu que somos terríveis e que nos ama.

Hollis sorriu, balançou a cabeça, revirou os olhos, mas gostou da ideia de ser amada por Aini. Como se Iffy pudesse ouvir seu pensamento, ela olhou para Hollis.

— Que bom que o Chris fica de boa com a Aini. Não esperava isso de um moleque branquelo como ele.

Hollis inclinou a cabeça.

— Como assim?

— Tipo, você e a Aini são muito próximas, mas ele não liga. Ele é bem desconstruído.

— Ele não é assim, não. — Hollis não teria admitido isso se o comportamento dele na outra reunião não tivesse deixado óbvio. — Ele acha que vocês me deixaram "exagerada".

— Mas ele fica de boa com a Aini? Estranho.

O estômago de Hollis se revirou.

— Como assim, ficar de boa com a Aini?

— Essa coisa que tá rolando entre vocês. — E correu para acrescentar: — Sem julgamentos, eu apoio pra caramba, você me conhece.

— Não tem coisa nenhuma rolando. — O sorriso de Hollis foi sumindo. — Somos amigas, igual você e eu

— Hum. Acho que nossa amizade é diferente. Tipo, eu te amo, mas não estou *apaixonada* por você.

Hollis bufou.

— Aini Amin-Shaw não está apaixonada por mim.

— Beleza. — Iffy deu de ombros. — Acho que é coisa da minha cabeça, então.

— Talvez. Vamos mudar de assunto?

— Sim, claro. E o favor pro Vidente? Acha que vai ser engraçado?

— Sei lá. Pode ser, literalmente, qualquer coisa.

E as duas começaram a especular sobre qual poderia ser o favor e quando ele iria pedir, mas Hollis não conseguiu mais se concentrar.

Quando chegou em casa, desligou o celular e não entrou no bate-papo em grupo pós-jogo como sempre fazia. Em vez disso, se deitou na cama, a colcha desbotada puxada até o queixo.

As palavras de Iffy não saíam de sua mente. *Essa coisa que tá rolando entre vocês.* Quanto mais pensava sobre isso, mais percebia que estava errada na forma como dispensou o que a amiga dizia.

Seus sentimentos por Aini eram complicados, indefinidos. Sempre pareciam ainda mais confusos quando estavam distantes. Mesmo assim, olhando para o teto de seu quarto, não conseguia identificá-los. Sempre que chegava perto, a voz de Landon surgia à espreita em sua mente, esperando para questioná-la sobre qualquer que fosse a resposta.

Talvez o que ela devesse ter dito a Iffy era que, sim, com certeza tinha alguma coisa rolando entre ela e Aini.

Mas Chris não estava de boa, porque ele não sabia de nada disso. Nem Hollis sabia, na verdade, até Iffy mencionar.

Mas agora que tinha mencionado, Hollis só conseguia pensar nisso. Sobre a proximidade que sentia com Aini. Sobre como isso era mais do que amizade. Sobre como Aini se tornou um pensamento constante, os rabiscos nas margens de seu cérebro, sempre fazendo Hollis sorrir ao se lembrar de algo da sexta-feira anterior, ou do bate-papo no Discord, ou de uma mensagem.

Hollis nunca se sentira assim em relação ao Chris. Hollis nunca se sentira assim por *ninguém*. Mas também nunca tinha jogado M&M com ninguém. Estava convencida de que tinha algo a ver com isso. Bardo ou não, simplesmente não havia como alguém se sentar na mesma mesa que Umber Dawnfast toda semana e não se sentir assim em relação à garota que o interpretava.

O estômago de Hollis se revirou de forma nada atraente dentro dela, a ansiedade dando as caras. Mas também havia algo novo, uma espécie de alegria que roubou sua respiração e a fez querer perguntar a Aini sobre isso, para ver se ela também se sentia assim.

Talvez tenha sido uma bênção, então, que na semana seguinte fosse o feriado de Ação de Graças. Com Aini e Maggie viajando, Gloria decidiu adiar o jogo. Iffy iria até a casa de Hollis para ajudá-la a preencher sua inscrição no vestibular — e descobrir qual das faculdades da lista que ela e Aini montaram seria a mais adequada —, mas fora isso, o grupo estava de folga. Isso daria a Hollis uma semana extra. Para quê, ela não tinha certeza. Não tinha muita certeza de nada.

Com um suspiro, Hollis tentou deixar o pensamento de lado, virando-se de bruços.

Mas demorou muito para adormecer naquela noite.

◆

Hollis pressionou as costas contra a porta fechada do carro.

Chris já deveria ter saído da aula. Era 12h08. Os dias de provas eram de meio-período e, mesmo que ele levasse mais tempo do que o normal para ir da sala até o estacionamento, ele estava, no mínimo, três minutos atrasado.

Hollis praguejou sob a luz fria do sol.

De todos os dias para ele se atrasar...

Em qualquer outro dia, ela poderia não ter se importado. No bolso de trás, seu celular vibrou — provavelmente notificações do Discord, que esteve cheio de conversas animadas durante toda a manhã sobre a próxima sessão. Mas Hollis não estava muito empolgada. Na verdade, se sentia nervosa, dispersa pelo ritmo raivoso dos pés.

Ela tinha certeza de que havia levado bomba na prova de história e estava a um passo de surtar por causa disso.

Assim que colocou a ponta do lápis no papel, todos os fatos, datas e figuras históricas que ela e Iffy enfiaram em sua cabeça foram substituídos por engrenagens cheias de gosma, grudadas, que faziam de tudo para prejudicá-la. Agora, a engrenagem voltava à vida com uma velocidade exagerada, os pensamentos perseguindo uns aos outros em círculos vergonhosos: *é claro* que tinha ido mal. Como poderia ter esperado algo diferente?

Mais uma vez, o celular vibrou no bolso, e Hollis estendeu a mão para pegá-lo. Talvez pudesse enviar uma mensagem para Aini; ela saberia o que fazer. Mas mesmo que seu relacionamento com Aini fosse o mesmo de quando estavam juntas, ainda parecia estranho, pelo menos para Hollis, quando estavam distantes. Além disso, Aini era amiga de Iffy, e Hollis não queria que Iffy soubesse que ela havia estragado tudo depois de todas as horas que desperdiçou com ela, sobretudo depois que finalmente enviaram as tão importantes inscrições para a faculdade juntas.

Sua cabeça se esticou mais uma vez para a entrada da escola. Talvez fosse a maneira como as árvores estéreis as emolduravam, fazendo-as parecer distantes, ou o fato de que a maioria dos estudantes já havia dado no pé, deixando Hollis praticamente sozinha, mas era insuportável esperar que aquelas portas se abrissem.

— Até que enfim — bufou quando Chris se aproximou do carro com as chaves em mão.

— Bom te ver também, Hols. — Parecia que ele estava prestes a acrescentar algo mais, mas então olhou para ela e sua expressão se suavizou. — Vem, vamos.

Hollis assentiu. Ela tentou abrir a porta do passageiro três vezes antes que de fato abrisse.

Se ela estivesse entrando no carro de outra pessoa — sua mãe, Iffy ou, certamente, Aini —, lhe perguntariam o que havia de errado. Então Hollis teria que pensar sobre o assunto: todas aquelas datas que lhe escaparam e o suor escorrendo por suas costas enquanto tentava se lembrar delas. Mas era Chris, e então ele colocou uma música alta o suficiente para que os pensamentos dela fossem embotados pelo contrabaixo e pelo zumbido dos alto-falantes estourados. Hollis passou as mãos pelo estofado colorido e manchado do banco do passageiro. Parecia tão familiar e confuso quanto a música.

— Sabe quando a sra. Grimes avisou que se encontrasse o Landon e a Lacie se pegando de novo eles ficariam de detenção até o fim do ano? — Ele saiu do estacionamento, apressado.

Ela fez que sim com a cabeça, depressa, os dedos enfiados naquele buraquinho de sempre do estofado. Chris manteve os olhos à frente enquanto manobrava.

— Sei.

— Bom. — Chris ainda não olhava para ela, mas sorria. Falava por cima da música: — Ela encontrou eles se pegando de novo.

— Sério?

— Sério. — Chris se distraiu contando a história.

Os problemas de Landon e Lacie não eram o tema preferido de conversa para Hollis. Mas a onda de ansiedade ainda pairava em seu peito, fazendo com que sua caixa torácica parecesse pequena demais. Sua respiração testou esses limites, chegando quente e rápida em seus pulmões. Ela estava desesperada por uma distração.

A história, como a música, era monótona e anestesiante. Foi fazendo efeito em seu corpo aos poucos. Os punhos cerrados relaxaram primeiro, depois os braços cruzados. O resto do corpo acompanhou até que finalmente a tensão se desfez. Um vazio entorpecente inundou onde a ansiedade antes havia passado.

Ainda sem parar de falar, Chris reduziu a marcha em um semáforo. A mão dele roçou a coxa de Hollis, e ela não teve o impulso de segurá-la, de pressionar as mãos uma contra a outra. Durante todo o tempo do semáforo, ela se permitiu pensar sobre isto: e se nunca tivesse sentido vontade desse toque? Agora sabia como era ficar atraída sem esforço por outra pessoa. E uma parte dela queria isso. Seus dedos foram até o câmbio, onde a mão dele descansava. Talvez, apenas talvez, suas mãos se encaixassem tão facilmente quanto as dela e de Aini se tentasse mais uma vez.

Então Chris acelerou no verde, e o momento passou.

Eles simplesmente não eram assim, Chris e Hollis.

Mas, de alguma forma, de uma forma egoísta, ainda era ali no carro dele, com ele e seu Nu Metal, que Hollis queria estar. Ali, com as janelas fechadas e o aquecedor alto demais para seu gosto, não precisava pensar em como se sentia ou no que queria sentir. Nem precisou ouvir a história que estava sendo contada ou a letra ressoando nos alto-falantes barulhentos. Bastava sentar ao lado de Chris para preencher o espaço em sua cabeça sem nenhum esforço.

Talvez não fossem bons um para o outro. Talvez nunca tivessem sido. Chris nunca fez seu coração disparar ou seu Spotify sugerir músicas românticas. Quando estava com Chris, Hollis não conseguia ser épica, mas também não precisava ser extraordinária. Não precisava ser nada.

Ela ainda não conseguia se lembrar de quando tinha acontecido o incêndio na fábrica da Triangle Shirtwaist, ou mesmo o que a fábrica produzia, mas conseguia se lembrar do dia em que chorou debaixo do escorregador durante o recreio do sétimo ano, depois que seus pais contaram para ela sobre o divórcio naquela manhã, e Chris encontrando seu esconderijo e falando alto e sem parar sobre ioiôs até que ela explodiu com ele. Ela se lembrava também do computador dele cheio de filmes piratas do *Mystery Science Theatre 3000* que ele levara, no nono ano, quando torceu gravemente o tornozelo na educação física e mal conseguia andar com as muletas, e como, no fim daquelas duas semanas, ela passou a gostar daqueles filmes tipo B antigos. Ela se lembrava do fim de semana em que Chris tirou a carteira de motorista, o que coincidiu com o fim de semana em que o pai de Hollis se casou novamente, e como ele sugeriu que viajassem para Chicago só porque podiam e porque era o lugar mais rebelde que qualquer um dos dois poderia imaginar, e como não importava que tivessem desistido no meio do caminho, em Indianápolis, porque tinham feito o que pretendiam fazer: fugir.

E embora ela provavelmente tenha reprovado em História dos Estados Unidos, talvez não precisasse ser reprovada na história *deles*. Devia isso ao Chris — e também a uma parte de si mesma.

— O que acha que a professora vai fazer? — perguntou Chris, virando em alta velocidade num quarteirão.

— Ah, sei lá — respondeu, porque não fazia ideia, e nem sabia quais eram as opções.

— Provavelmente o que der na telha dela, como sempre.

O ruído confortável da música ruim os levou para um momento de silêncio.

A música nos alto-falantes continuou enquanto Chris freava e estacionava em frente à casa de Hollis. Por fim, ele perguntou:

— Cê vai ficar bem, Hol?

Hollis não estava ótima, mas também não estava péssima. Naquele momento, era o que bastava.

— Sim. — O sorriso de Hollis atravessou o espaço entre eles. Não sentiu o puxão que sentia com Aini, aquele que a fez se inclinar

para mais perto, mas não se importou. A sensação sempre a deixava um pouco tonta, um pouco fora de controle. Ali, só sentia conforto, segurança e calma, o que também bastava. — Valeu, Chris.
— Beleza.
— Te vejo amanhã.
E quando fechou a porta e Chris saiu em disparada pela rua de mão única, ela tinha certeza, mais do que nunca, de que se veriam no dia seguinte.

CAPÍTULO DEZOITO:
FELIZ NATAL CRÍTICO

As notas das provas foram exatamente como Hollis esperava. Ela havia tirado nota máxima na prova de artes — uma natureza-morta que capturava tudo em sua mesa de cabeceira, incluindo seus novos dados laranja, espalhados para rolar um engenhoso Natural 20. Ela se saiu melhor na prova de álgebra do que esperava e de alguma forma conseguiu um B. Apesar do branco, tirou C na prova de história. Mandou uma mensagem para Aini com três emojis de confete assim que recebeu o boletim. Aini enviou de volta um toca-aqui e uma feiticeira de pele marrom e dois corações. Hollis ficou feliz por Aini não a ter visto surtar. A única prova em que realmente se saiu mal foi a de economia: D+.

— O "mais" conta, vai — tentara persuadir a mãe, que colocava seus materiais de aula no porta-malas por conta das férias de fim de ano. — É quase um C-!

— Ah, sim. — A mãe revirou os olhos. — Quase.

Mas, talvez como um milagre de final de semestre — ou porque sua mãe estava tão cansada de corrigir provas —, não houve muito mais discussão do que isso. Tentou não pensar que poderia ser porque a mãe desistira das perspectivas de Hollis para a faculdade. Não pelas próximas semanas, ao menos. As férias, com todas as suas possibilidades, estavam só começando.

O pontapé inicial era o Festival Genérico de Férias de Inverno de Mistérios e Magias, no apartamento Castañeda, sexta-feira.

Gloria havia planejado um evento divertido para o grupo, com competições e jogos entre os personagens. Então, em grande parte devido a muitos gritos em caps lock de Fran no Discord e à empolgação de todas por conta das férias, tudo se transformou em uma festa no mundo real.

Todas levariam lanches e ia rolar até um amigo secreto. Deveriam levar um presente de si para a amiga sorteada, mas também de seu personagem para o personagem da outra.

Hollis tirou Iffy e, por extensão, Honoria tirou Nereida.

Na sala de estar, na sexta-feira, Hollis embrulhou os presentes para ambas, o de Iffy em papel verde com glitter e um laço azul brilhante, e o de Nereida em um pedaço de tecido que sobrou da fantasia de Halloween, porque pensou que tecido era o tipo de coisa que Honoria teria acesso para embrulhar um presente. Sua mãe assistiu, bebendo chocolate quente com uma alegria natalina, o que significava uma dose de licor de hortelã-pimenta.

— Que ideia legal — elogiou, segurando a caneca do zoológico de Cincinnati. — Uma ótima ideia para meus alunos. É uma forma brilhante de estudar o personagem da peça.

— Bom, vou repassar o elogio pra Fran — disse Hollis, admirando seu trabalho.

— Qual é a Fran mesmo? Acho que não conheci essa.

— Ah, você se lembraria se tivesse conhecido. — Hollis sorriu para a mãe. — Ela é bem escandalosa. Tem 12 anos. O ego dela vai explodir quando eu contar que você curtiu a ideia.

— Espertinha essa menina, né? Todas são.

— Sim. Elas são muito, muito legais.

— Que bom que as encontrou — comentou a mãe com as bochechas rosadas. — Você fica diferente perto delas. Não, não é bem isso. Continua sendo minha mesma menina. Mas com essa galera você desabrochou.

— *Mãe.* — Hollis revirou os olhos. Mas só um pouquinho.

A campainha tocou.

— Ah, salva pelo gongo — disse a mãe. — Pode entrar — berrou.

— *Ai*, meus tímpanos.

— Só quero dar um oi!

A porta foi aberta e por ela entrou Aini, o cabelo num verde intenso, cor de pinheiro.

— Aini! — A mãe de Hollis se animou. — Entra, senta, fala oi.

— Oi, sra. Merritt. Nossa, *uau*, olha essa árvore!

A árvore de Natal Merritt-Beckwith era, na opinião de Hollis, o que as árvores de Natal deveriam ser. Nenhum dos enfeites combinava. Foram acumulados ao longo dos anos em projetos escolares, visitas ao zoológico e colheitas de pinhas quando Hollis era criança. Aini se aproximou, examinando. Se Hollis tivesse que adivinhar pela expressão em seu rosto, Aini também pensava que essa, sim, era uma verdadeira árvore de Natal.

— Espera. — Aini pegou um dos ornamentos em forma de estrela. — É a bebê Beckwith?

— Qual? — A mãe semicerrou os olhos para enxergar melhor.

Aini mostrou o enfeite.

— Ah, sim, essa é a minha Hollis. No nosso terceiro Natal juntas. A família do pai dela sempre fazia uma superfesta de Natal, e a estrela principal era o bolo *red velvet* da tia Patricia. A Hollis não conseguiu esperar pela sobremesa e subiu na mesa escondido. Fez a maior birra e estraçalhou o bolo quando a gente pegou ela no flagra. Bom, dá pra ver a massa vermelha espalhada em *tudo*. Patricia ficou furiosa, mas foi a melhor festa de Natal de todas.

— Caramba, Hollis. Você sempre foi fodona... Opa, desculpa.

— Tá tudo bem. Ela é mesmo.

— Se vocês não vão parar de falar besteira, vou lá me trocar — avisou Hollis. — Antes que eu morra de vergonha.

— Qual é, BeckBeck, você é tão fofa.

— O cocô dela ficou vermelho por *dias*, Aini — contou a mãe.

E com o rosto também vermelho, Hollis se levantou e foi para o quarto.

A maioria das roupas de Hollis estavam espalhadas na cama. Tentou, sem sucesso, escolher uma. Em geral não se preocupava com roupas, mas a Festa de Natal Crítico, como foi apelidada no

Discord, parecia uma ocasião especial, e Hollis queria se vestir de acordo.

Pela terceira vez naquela tarde, ela considerou suas opções: os mesmos jeans pretos de sempre, um vestido florido azul-marinho que não resistiria ao frio do Vale do Rio Ohio e uma legging mais adequada para dormir do que para matar dragões. Nada disso era bom o suficiente. Com um suspiro, voltou para o guarda-roupa praticamente vazio, com apenas alguns últimos itens desesperados. Suas mãos roçaram calças jeans muito pequenas e suéteres velhos e ásperos até que pousaram em algo elegante: uma saia prateada, com fio metálico suficiente para dar um brilho. Ela tinha comprado na última vez em que sua loja *plus size* favorita fez liquidação, mas nunca tinha tido coragem de usar.

Hollis puxou a saia do cabide, cortou a etiqueta, depois a vestiu. Moveu-se como metal líquido em seu corpo, suave e fresco contra a pele. Mas o que combinar com uma peça tão marcante? Hollis não soube o que fazer até se lembrar de uma foto que viu no Instagram de Gloria. Nela, a amiga usava uma camiseta amarrada com nozinho, expondo um pequeno triângulo de pele acima do cós da saia — uma muito mais simples do que essa prata.

— Ué, por que não? — disse Hollis em voz alta consigo mesma e pegou uma camiseta azul-marinho com gola em V.

Observando-se no espelho de corpo inteiro que ela tinha apoiado ao lado do armário, foram necessárias — sem exagero — 14 tentativas até fazer o nó parecer certo e, mesmo assim, não tinha certeza se ficava bem *nela*. Olhando para o reflexo, Hollis franziu a testa para o pedaço pálido de pele acima da saia cintilante.

Achou esquisito e fofo ao mesmo tempo.

— Bem — disse ela de volta à sala, onde a mãe agora mostrava todos os enfeites com fotos para Aini, que os fotografava —, espero que não tenha morrido de tédio com a minha mãe.

— Ah, qual é, só estou contando um pouco da sua história, Hollis.

— É. A gente te acha legal. E sua mãe nunca é entediante.

— Ah, você só está sendo gentil — disse a mãe, que, no entanto, ficou enrubescida.
— Ok, outra hora vocês continuam a me matar de vergonha. Não quero me atrasar.
— Claro. Foi um prazer, sra. Merritt.
— Divirtam-se, garotas. Falem pra Fran que a ideia foi demais!
— Ela faz parte do fã-clube da Fran agora — informou Hollis a caminho da porta.
— Acho que o certo é Fran-clube — corrigiu Aini.
A mãe de Hollis riu alto.
— Pelo menos uma de vocês aprecia meus trocadilhos — comentou Aini.
— Ai, meu Deus. Ok, Umber.
— Ok, Honoria — disse Aini, enfim na porta. — Inclusive, que roupa linda. Muito paladina moderna. Agora bora pra festa. Espero que tenha bolo!

◊

Na verdade, Hollis tinha feito o bolo. Ela se sentou com uma fatia generosa de um lado da ficha de personagem e uma caneca de chocolate quente colombiano do outro. No início, Hollis foi cética em relação à bebida — adorava chocolate e adorava queijo, mas parecia incomum combiná-los —, mas ficou feliz por ter experimentado. Pegou uma segunda caneca quando a mãe de Gloria, em uma rara noite de folga no hospital, ofereceu-lhes a bebida.
— Ok, ok — disse Gloria, com um bigode de chocolate. — Joguem o dado pra competição de dança. Só uma checagem de Performance. E, não, Mercy, não pode usar Intimidação.
Os dados ressoaram pelo apartamento.
O grupo passou a primeira parte da noite comprando roupas elegantes para usar no Baile do Solstício. Com todos vestidos com esmero — Honoria em um vestido azul-profundo e sem o peitoral —, participaram dos eventos planejados. Umber e Tanwyn tinham feito a limpa em um jogo de cartas chamado Night Knock, seme-

lhante ao Blackjack. Mercy Grace tinha ganhado de três homens adultos em um concurso de vinho quente. Agora, o grupo formou pares, Tanwyn com Nereida, Umber com Honoria e Mercy com um NPC terrivelmente nervoso chamado Renald, para dançar a noite toda pelo título de Realeza do Solstício do evento.

— Beleza — disse Gloria, pegando outro enroladinho de salsicha que Iffy levara —, o que deu?

— Beeeeeem — começou Fran —, eu tirei um grande 2, menos 2 de Destreza, então... zero.

— Ai — lamentou Maggie. — O meu deu 14 no total.

— Eu tirei um... — Aini começou e pausou para fazer um floreio com as mãos para Hollis — ... Natural 20.

— Legal! — Hollis retribuiu o gesto e pegou a mão de Aini, e as mãos ficaram suavemente entrelaçadas, como se fossem elas, e não Umber e Honoria, quem dançaria. — Eu tirei 19!

— Tirei 8 — disse Iffy. — Desculpa, Tanwyn.

— Está desculpada, se me passar a bolinha de queijo vegana.

— Então vamos começar com a Mercy — avisou Gloria.

Mercy Grace, do outro lado do salão, estava em apuros.

Ela conduziu — não, *conduzir* não era suficiente para descrever o que Mercy estava fazendo. Ela marchou com o pobre e desavisado Renald pela pista de dança. Primeiro, rápido demais, os pés batendo forte, fazendo os outros casais se esquivarem de seu caminho. Depois, lento demais, alguns casais se amontoando nos fundos. Então não houve ritmo algum quando suas bebidas começaram a fazer efeito; Mercy Grace caiu, uma pilha de tafetá roxo chocantemente brilhante, desmaiada. Foram necessários quatro guardas do palácio para tirá-la da pista de dança. Eles não tiveram ajuda de Renald, que parecia claramente perturbado com a experiência.

Perto dali, Tanwyn e Nereida giravam juntas com graça surpreendente. Nereida, encantadora em um vestido dourado discreto, estava um pouco tensa nos braços da fauna. Tanwyn agia sem pensar, claramente conduzindo a dupla. Os cascos, polidos em um vermelho-brilhante para combinar com o terno extravagante, batiam no ritmo da música.

Depois havia Umber, as mãos segurando de leve a cintura de Honoria. Era como se o destino os guiasse, os movimentos impecáveis, os passos longos e encantadores. Umber conduziu Honoria sem esforço em uma série de giros dramáticos e bem executados, que arrancou *oohs* e *ahhs* da multidão reunida.

— Ok, Tan e Nereida e Umber e Honoria ainda estão na competição — informou Gloria. — Mais uma rodada para ver o resultado.

— Dezessete? — informou Maggie, incerta.

— Dezessete — acrescentou Aini, olhando nervosa para Hollis.

— Ah, maldita matemática — reclamou ela. — Também 17.

— Marmelada — bufou Fran.

Iffy declarou:

— Cumprimentem os vencedores: Steadfast. Tirei 4.

E na pista de dança, em um lugar muito distante da mesa dos Castañeda, Tanwyn e Nereida giraram graciosamente para sair da pista de dança. As danças dos outros casais também chegavam ao fim, e a música desacelerou, tornando-se suave.

Ainda no centro, Honoria girou nos braços de Umber.

— Não sabia que você dançava assim. — A voz dela estava baixa como suas pálpebras ao olhá-lo.

— Digo o mesmo, mas eu já aprendi há muito tempo que você sempre me surpreende.

— Não quero que a música termine — confessou Honoria, ciente de que todo o salão os observava.

— É, nem eu.

Eles trocaram um olhar que dizia o que não podiam confessar: *preciso disso. Preciso de você.*

Mas talvez não precisassem dizer. Talvez ali, com os braços de Umber ao redor dela, com o corpo do bardo pressionado levemente contra o dela, com o rosto da paladina ainda quente onde o dele havia descansado enquanto dançavam, houvesse outro jeito.

Sob as luzes cintilantes, Honoria se inclinou, perto o suficiente para ver a luz refletida nos olhos de Umber.

— Umber, eu... — começou ela.

Mas então a voz do anfitrião, Lorde Brighton, ecoou pelo salão, bem parecida com a de Gloria Castañeda.

— Caros e honrados convidados — disse ele —, é com muito prazer que lhes apresento a Realeza do Solstício: Honoria Steadmore e Umber Dawnfast!

Ao redor da mesa, as meninas explodiram em aplausos — Hollis se juntou, meio atrasada e com os pulmões ofegantes. Ela olhou para Aini, que retribuiu o sorriso com outro radiante. A luz permeada pelo vidro colorido do lustre refletia em seus olhos. Hollis respirou fundo. Ao expirar, buscou a mão de Aini.

Aini ergueu as mãos num gesto vitorioso.

— Ok, ok. Com quem vamos começar? — perguntou Gloria.

Já era tarde, e as meninas foram para a aconchegante sala de estar com a barriga cheia e os presentes a postos. Aini, sentada no tapete, apoiou a cabeça no joelho de Hollis, que estava sentada no sofá cor de creme.

— Bom, com você, é claro — respondeu Aini, sem pensar muito.

— Que tal deixar o melhor para o final? — sugeriu Iffy.

— Claro! Então eu vou por último — gabou-se Fran.

— Você é tão modesta, Francesca — ironizou Gloria.

— Então você, como a pior, deveria ir primeiro. — Fran deu um sorriso diabólico para a irmã.

Gloria ergueu uma sobrancelha, entrando no modo irmã mais velha.

— Se liga, Franny.

— Mas, não, sério, vai você primeiro — insistiu Fran, apressada e impaciente, balançando as mãos. — Fiquei escondendo esse segredo por semanas e se eu esperar mais acho que vou enlouquecer.

Iffy, a mais próxima de Fran, olhou para ela em advertência.

Houve uma agitação e todas se mexeram, deslizando e empurrando seus presentes para a Guardiã do Mistério.

— Quanta coisa! — disse Gloria. — Não comprei nada pra vocês.

— Você nos conta histórias épicas toda sexta-feira — explicou Hollis. — Isso é um presente. Da nossa parte, isso nem chega aos pés.
— Ai, meu *Deus* — reclamou Fran. — Abre logo o grandão antes que eu morra.
Gloria revirou os olhos, mas obedeceu, desembrulhando o presente. Todas as meninas, inclusive Fran, tinham feito uma vaquinha, e Iffy e Hollis foram até a Games-a-Lot buscar.
— Não — disse Gloria, ao abrir. — Mentira.
Verdade! Empilhados juntos, em uma tentativa frustrada de disfarçar o formato, havia dois livros: as edições de colecionador do *Manual do Jogador de Mistérios e Magias* e o *Depositório do Guardião do Mistério*. A lombada dourada brilhava à luz das velas perfumadas na mesa de centro.
— VERDADE — confirmou Fran, tão alto quanto um caps lock da vida real. — São tão lindos! Olha quanto brilho!
— Não estamos mais no personagem, Mercy — avisou Maggie.
— Meninas — falou Gloria —, isso foi demais. Não sei nem como agradecer.
— Abre os outros, abre os outros — incentivou Fran, já agarrando os livros.
E então elas formaram um círculo. Gloria ganhou alguns conjuntos de dados, um broche esmaltado de Guardiã do Mistério e uma pintura do grupo, do tamanho de uma mesa, feita por Hollis.
— Bem, acabou com a surpresa do seu, Ifs — comentou enquanto Iffy desembrulhava.
Um retrato de Nereida em uma moldura reaproveitada de brechó, pintada em prata e cerúleo para combinar com o uniforme da guarda.
— Que incrível! — Iffy se aproximou de Hollis para um abraço.
— E fala pra Honoria que a Nereida agradece pela poção de cura também.
Nas horas vagas na sala de artes, Hollis fez uma poção de cura com resina colorida, purpurina e um frasco que pegou *emprestado* — para sempre — de um dos laboratórios de ciências.
Ela não foi a única cujos presentes para o personagem fizeram sucesso. Mercy Grace, num golpe de gênio — talvez sua mãe esti-

vesse certa sobre Fran, afinal —, deu a Umber uma garrafa de tripa de gato para usar no encordoamento do alaúde, que ela alegou ter guardado durante todo esse tempo desde a primeira batalha deles com o nimyr. Na verdade, eram balas de alcaçuz, esticadas e armazenadas em um frasco de vidro. Nereida deu a Tanwyn um Pó da Escuridão, item mágico que criava pequenas rajadas de escuridão quando lançado. Maggie abriu a caixa de madeira pintada de dourado do tamanho da palma da mão, tirou uma pitada de seu conteúdo e jogou glitter preto no cabelo de Fran.

— É a vez da Hollis. — Aini estava se esforçando muito para ficar de boa, mas falhou espetacularmente. Ela entregou dois presentes para Hollis: um marcado com *para H, de A*, e outro com *para H, de U*. Ambos embrulhados em papel pardo comum, dobrado com esmero para formar envelopes, amarrados com fita de cetim azul.

— Acho que o ego do Umber não aguenta se não abrir o dele primeiro, Honoria.

Ela abriu, puxando a ponta da fita azul.

Uma pedra caiu em sua mão: lisa, brilhante e de um azul profundo e escuro. Era mais ou menos do tamanho de uma moeda de cinco centavos, um pouquinho redonda, e havia sido amarrada com cuidado em um cordão de veludo, que a envolvia como uma rede.

Era Umber em forma de colar: pequeno, brilhante e perfeito.

— Aini... — começou Hollis.

— Hum, não fui eu, foi o Umber.

— Bom, então fala pro *Umber* que esse colar é perfeito.

— Eu aviso, pode deixar. Posso colocar em você?

— Sim, claro.

Ela afastou o cabelo de Hollis para cima, enrolando-o primeiro. Aini deslizou o colar sobre a cabeça e depois o ajustou no peito. Ficou um pouco engolido pelos seios, como todos os colares ficavam, mas Hollis não se importou nem um pouco.

— Ficou bonito — elogiou Aini.

— Posso encomendar um, por favor? — Maggie se inclinou, admirada. — Quero um cristal azul igualzinho.

— Precisa pedir pro Umber. *Eu* não sei fazer.

— Dá pra abrir o outro presente? — pediu Fran, agitada.

O segundo presente, da Aini de verdade, era pequeno e com o mesmo peso do colar. Ao abrir o pacote, revelou-se uma bolsinha de veludo azul.

— O que é? — perguntou Hollis.

— Abre! — Fran quase berrou.

— Pelo jeito não é tão legal ser a última, hein? — murmurou Gloria.

Hollis abriu a bolsinha. Lá dentro, algo brilhava sombriamente. Olhou para Aini, que olhou para cima, angelical, e ergueu uma sobrancelha. Ela despejou o conteúdo na mão aberta.

Ali, na palma da mão, estava o conjunto de dados mais lindo que já tinha visto. Eram azul-celeste, com o interior salpicado de vários tipos de brilhos iridescentes. As faces numeradas eram pintadas exatamente da mesma cor que Hollis usava para o cobaltril.

— Aaaaah — falou Fran, suspirando.

Revirou os dados na mão, refletindo a luz do teto. Conforme o glitter brilhava, apareciam tons de vermelho e azul-marinho.

Eram Honoria em forma de dados, leves e frios sobre sua palma.

— Aini — repetiu Hollis. — Eles são...

Não havia uma palavra para definir o quão perfeitos os dados eram. Não importava; deve ter ficado claro no rosto de Hollis, porque Aini disse:

— Valeu. Conheço muito bem minha namorada de jogo. Que bom que gostou.

Um calor radiante preencheu o peito de Hollis e coloriu suas bochechas.

— Eu *amei* — corrigiu ela.

— Boa, Ai — disse Maggie e fez um movimento para dar um soquinho.

— Bom, é minha vez, né? — perguntou Fran — Já que o melhor ficou pro final e vocês demoraram *um século*.

— Sim, *por favor* — confirmou Aini. Os olhos dela permaneceram em Hollis mais um momento antes de ela se virar para assistir.

— Tô doida pra ver o que você vai achar do presente da Maggie.

Aini já havia contado a Hollis que era uma capa de celular com um martelo de plástico preso. Ele só ficava alguns centímetros acima da capa, mas nas mãos de Fran tinha certeza de que poderia causar algum dano. Hollis, particularmente, estava mais interessada em ver o que Gloria e a mãe delas achariam do presente.

Porém, mais do que observar Fran, Hollis observava Aini. Quando riu da exuberância de Fran, seus cachos verdes saltaram, o que fez Hollis sorrir.

Aini tinha feito tudo perfeitamente certo. Era como se conhecesse Hollis desde sempre, ou talvez apenas com uma atenção especial durante os poucos meses que de fato se conheciam. Pela primeira vez, Hollis sabia como Honoria se sentia tendo alguém que a conquistou do mesmo jeito que Umber: viu, entendeu e teve a mesma sorte que tirar um Natural 20.

— Jesus, Maria e José! — exclamou Gloria. — Por que em nome de Jesus vocês deram um *martelo* pra essa menina?

Fran interrompeu os pensamentos de Hollis com um grito prolongado de alegria.

— Bem, eles precisam dançar sempre juntos agora — disse Aini do banco de motorista.

Durante todo o caminho de volta para a casa de Hollis, elas não pararam de acrescentar itens ao cânone dos personagens. O colar de Umber agora era um verdadeiro cânone, decidiram, porque era bonito demais para não ser. Isso fez Aini sorrir de uma forma que Hollis estava certa de ter muito pouco a ver com o colar e muito mais com o sucesso do presente. Hollis zombou de sua arrogância, mas um sorriso também se espalhou por seus lábios enquanto olhava pela janela, para onde Aini não conseguia ver.

Agora falavam de dança.

— É verdade — concordou Hollis. — São os campeões. E precisam preservar o título. Então, bora treinar.

— Acho que pro Umber é algo mais — observou Aini ao virar na rua de Hollis. — Ele vai querer dançar nas tocaias noturnas, quando todo mundo estiver dormindo. Ainda mais depois de um longo dia de trabalho. Vai ser um segredinho deles.

— Gostei. Tipo, quando estão juntos, o resto do mundo desaparece. Nenhuma preocupação, nenhuma dificuldade. Só os dois.

Isso não era uma fantasia, não era algo que Hollis teria que interpretar. Sempre que ela e Aini estavam juntas, ela se sentia exatamente assim: tranquila, sem necessidade de se esforçar.

— É. — Aini estacionou atrás do carro da mãe de Hollis. A traseira ainda ficou para a rua e teria atrapalhado o trânsito, se houvesse trânsito àquela hora. — É isso mesmo.

— Eles são tão perfeitos juntos, né?

— Aham.

Hollis encostou o rosto no couro macio do assento. Tinha um toque agradável. Ela se perguntou se seria parecido com o rosto de Umber no de Honoria enquanto giravam juntos na pista de dança.

— Às vezes, eu tenho ciúmes da Honoria, sabia?

— Ah, é? — Aini inclinou a cabeça. — Por quê?

— Por ter alguém que a entende, igual ao Umber. Que é quem ela precisa, quando ela precisa, mesmo antes de saber disso.

— Bom, eu tenho inveja do Umber porque ele tem alguém pra guiá-lo sempre na direção certa, mesmo que não seja para onde ele esperava.

Hollis assentiu, esfregando o rosto contra o banco, o que aqueceu sua bochecha.

— E adoro como as mãos deles se encaixam.

— Como assim?

— Eu imagino como elas se encaixam. — Embora não fosse intencional, a voz de Hollis ficou suave, quase um sussurro, enquanto o cover de "Maps" tocava na playlist Steadfast ao fundo. — Quando eles dão as mãos.

Para demonstrar, Hollis estendeu a mão para onde a mão de Aini descansava e a pegou como já havia feito tantas vezes antes.

Onde suas palmas se tocavam, elas se encaixavam. O olhar de Aini baixou para as mãos. Hollis observou a amiga as fitando.

— Ah, sim — disse Aini, com a voz baixa também. Hollis se aproximou para ouvir. — Dá pra entender por que tem ciúme.

Hollis assentiu, inclinando-se de leve para mais perto. Ali, sozinha no carro com Aini a centímetros de distância, imaginou que deveria ter sido assim que Honoria se sentiu no Baile do Solstício. No momento, não precisava ter ciúme de sua personagem. Ela estava bem ali com Aini, com seu cheiro floral e seus cabelos verdes cacheados.

Então, sem nenhum pensamento além de que talvez fosse gostoso, Hollis se inclinou mais para a frente e, após uma inspiração curta e rápida, beijou os lábios de Aini Amin-Shaw. Assim como suas mãos, os lábios também se encaixaram.

Uma eternidade e nem mesmo um segundo se passaram antes que Hollis se afastasse.

Aini encarou o pequeno espaço entre elas.

— Quero falar uma coisa, Hollis. Me ouve, tá?

Soltando a mão de Aini, os dedos de Hollis flutuaram até seu peito. Seu coração estava disparado. Ela engoliu em seco e assentiu.

— Só vou dizer: fala *logo*, Aini.

Ela balançou a cabeça uma vez, com força, e depois olhou para Hollis.

— Eu gosto de você — revelou Aini, devagar, articulando cada palavra. — Tipo, eu gosto *mesmo*. Acho você brilhante, Hollis Beckwith. É atrevida, hilária e talentosa, além de linda. Tipo, eu gosto *muito, muito* de você. Gosto no nível *penso em você antes de dormir. Escrevo nossos nomes dentro de um coração. Sorrio quando falam seu nome.* Eu gosto de você! Gosto, gosto, gosto. Eu sei que você...

Aini respirou fundo e soltou o ar devagar. Desviou o olhar, como se estivesse procurando por algo que não conseguia ver, até encontrar os olhos de Hollis de novo. Quando falou, suas mãos se agitaram na frente dela, no espaço onde os corpos de ambas estiveram, como se estivesse tentando conjurar as palavras.

— Sabe, nem sei como falar disso, porque a gente nunca conversou sobre isso... Sei que você tem namorado. E nunca nem pensei no assunto porque é mais fácil assim, mas nem sei se você gosta de... pessoas como eu. Sabe, meninas. Lésbicas. Eu sou lésbica! Mas você também sente isso, né, Hollis? Que rola algo entre *a gente*? Quero falar em voz alta porque não consigo mais *não* falar: eu gosto de você, Hollis. Muito. Demais. Tenho até vergonha do tanto. E sei que falar em voz alta significa que algo vai mudar, mas acho que pode ser uma mudança ótima pra gente.

Hollis ficou muito quieta. Até parou de respirar. A sensação de ser pega em flagrante invadiu seu corpo, como se um frio percorresse as veias.

— Aini.

Hollis não conseguia desviar o olhar do rosto dela. Os olhos de Aini estavam arregalados, intensos e vulneráveis. A luz azul do painel refletia em sua pele marrom, destacando o ângulo agudo de suas sobrancelhas, onde se juntavam acima do nariz. Como num delírio, Hollis achou que, sob aquela luz, Aini também parecia meio fada.

Parecia *muito*. Mas só podia ser um truque causado pela iluminação.

— Acho que... — Hollis parou assim que começou. Por que a voz estava trêmula? Ela tentou engolir o tremor, mas percebeu que não era apenas sua voz, era tudo: suas mãos, suas coxas, até mesmo seus lábios. Ela os lambeu sem perceber e provou o gosto do hortelã do batom de Aini. Uma nova onda de pânico dominou suas entranhas. — Acho que talvez a gente esteja confusa — balbuciou ela. — Acho que parte dos seus sentimentos são, na verdade, sentimentos do Umber.

As palavras murcharam a expressão animada no rosto de Aini. Todo o frio nas veias de Hollis se alojou em seu estômago ao vê-la daquele jeito.

— Acho que nós duas sabemos que isso não é verdade.

— Pensa um pouco. — Hollis precisou virar o rosto. Sentiu um temor dentro si, passeando por suas veias a cada piscar de olhos.

— A gente estava falando deles. De quando estavam dançando, e a Honoria quase... — Hollis parou, engolindo em seco. — É normal surgir essa confusão.

— Não era a mão do Umber que você estava segurando, Hollis.

— Aini...

— Nem foi a boca do Umber que beijou.

— Por favor, só...

— Foi a minha boca. E foi... bom. Foi *muito bom*, Hollis. Não sei, será que sou idiota? Será que estou... desesperada? É tudo uma fantasia?

Algo se quebrou na voz de Aini no final, e Hollis ergueu os olhos. Aini, que sempre sorria e fazia piadas, estava à beira das lágrimas. Hollis percebeu, de um jeito fugaz e dilacerante, que poderia estar partindo o coração dela.

O que era ainda pior, já que a verdade é que não era uma fantasia de Aini.

Hollis percebeu com clareza repentina: beijar Aini foi a primeira vez que beijar alguém pareceu certo. Respirar seu perfume e ser atravessada por um sentimento que não conseguia nomear a fazia querer mais. Ao mesmo tempo, dava vontade de sair correndo, dissolver-se no assento e nunca mais ser vista, assim como a transbordava de uma alegria tão pura e inocente que Hollis piscou, com a visão turva pelas lágrimas.

Não havia nada de errado com ela. Ela *podia* se sentir assim. Ela *sentia*, sem dúvida.

— Aini, não — confessou Hollis —, não é uma fantasia.

As palavras surtiram efeito no rosto de Aini, que sorriu de um jeito tão iluminado que poderia chamar a atenção dos vizinhos.

— Lindo, Beckinha. Você não tem ideia de como estou me sentindo bem.

— Eu só não acho... — Tudo ia rápido e devagar demais. Hollis engoliu em seco e olhou para baixo. — Não acho que dá pra mudar nada.

Um momento se passou antes de Aini falar, séria:

— O que isso significa?

Um frio tomou conta de seu peito, espalhando o gelo da ansiedade por seu coração. Ela vinha evitando isso desde o momento em que Aini Amin-Shaw tocou o ukulele pela primeira vez. Não, isso não era bem verdade. Ela vinha evitando esse momento desde a primeira foto que viu do sorriso fácil de Aini, dos grandes olhos castanhos e do carisma tão vibrante que saltou, avassalador, da tela do celular de Hollis. Embora não tivesse certeza naquela época, tinha certeza agora: Hollis Beckwith queria fazer parte de tudo que envolvesse Aini Amin-Shaw.

— Hollis, podemos ir no seu tempo. É muita coisa...

Era muita coisa, e tudo estava desmoronando sobre ela no banco aquecido de um carro chique cuja marca não conhecia. Enquanto para Aini era tão natural quanto o ar em seus pulmões, para Hollis, a congelava como se estivesse respirando gelo. Mais do que tudo no mundo naquele momento, ela queria pegar a mão de Aini. Queria pressionar os lábios contra os dela de novo para não ter que responder.

No colo, suas mãos se fecharam.

— Não é isso, tá? — Hollis não queria aumentar a voz, mas foi inevitável. — Não preciso de tempo. *Não*. Não sou... Eu tenho namorado.

Hollis ainda não conseguia encarar Aini. Não queria ver o efeito de suas palavras.

— Beleza, Hollis. — A voz de Aini soou distante, como nunca antes. — Eu só precisava falar a minha verdade. E agora sei a sua.

Não, ela não sabia. Nem Hollis sabia. Ela riu, uma risada alta e aguda. Tentou abafar o riso, que queimou como bile em sua garganta.

Isso estava errado. Ela estava *completamente errada*.

— Preciso ir. — Ela pegou a bolsa do chão. — Valeu pelos presentes, e pela carona e... Preciso ir.

— Tá bom — respondeu Aini. — Até mais?

Antes, as despedidas não soavam como perguntas.

— Sim, claro — disse Hollis e abriu a porta.

— Eu não queria... — começou Aini, mas seja lá o que queria dizer, Hollis nunca saberia.

Ela fechou a porta com um pouco de força demais e caminhou até sua casa. A saia prateada balançava contra as coxas, não mais de metal líquido, mas pesada como chumbo, arrastando-a para baixo. Quando chegou ao quarto, Hollis sufocou um soluço estrangulado, puxou os lençóis e rastejou para baixo deles ainda com as roupas de sair.

CAPÍTULO DEZENOVE:
FÉRIAS FALHAS

De certa forma, Hollis estava grata pela pausa do RPG durante as férias de inverno. Tornou mais fácil não pensar nas meninas, o que tornou mais fácil não pensar em certa pessoa. Desativou as notificações do Discord em seu telefone. Exceto por Iffy, uma das duas pessoas que tinham seu número de celular e que havia enviado uma mensagem naquela manhã para lhe desejar Feliz Natal, as meninas a deixaram em paz.

Ou talvez ela as deixou em paz.

Mas, por outro lado, a pausa no jogo foi desorientadora. Ele tinha se tornado uma parte tão importante de sua rotina que, sem o compromisso, ela se atrapalhou.

Até seus desenhos não estavam indo bem. Todos os seus modelos, e um em especial, a deixavam desconfortável.

E então Hollis se sentou no sofá da sala. Na cozinha, os pratos tilintavam na pia enquanto a mãe lavava os restos do banquete da manhã de Natal, que era comida da Waffle House na porcelana boa: uma tradição que começaram no primeiro ano após o divórcio, quando a mãe estava cansada demais para cozinhar e toda a comida típica de Natal não fazia sentido. Na mesinha de centro à sua frente, o pequeno pacote de presentes: novas aquarelas metálicas de sua mãe observadora, que havia notado o azul e o bronze quase acabando; um kit de dados que seria perfeito há poucos dias, enviado pela tia Rita; sua própria edição de colecionador do *Manual do Jogador de Mistérios e Magias*, de seu pai, com cartão assinado sem uma palavra carinhosa e também com as assinaturas de sua nova esposa e sua filha. Chris nunca foi do tipo que dá presentes, então dele havia apenas uma mensagem de *feliz natal* e uma foto de seu novo sistema de jogo para o bate-papo em grupo, que Hollis, apesar do zumbido incessante de seu celular, com reações ansiosas de Marius, Landon, e a recém-adicionada Lacie, ignorava.

Enquanto esperava a mãe terminar a limpeza, Hollis ficou à mercê dos próprios pensamentos. Por mais que tentasse acalmá-los, eles se agitavam como as nuvens carregadas de neve do lado de fora da janela, deixando-a com frio. Ela andava meio trêmula desde aquela noite no carro de Aini. Era um segredo que carregava consigo, os braços segurando-o firmemente contra o peito, para que ninguém — nem mesmo a própria Hollis — pudesse ver. Sempre que relaxava um pouquinho, entrava em pânico, pensando no que seus amigos poderiam dizer.

Mas quem ainda era seu amigo? Com o Discord silenciado e o bate-papo em grupo com os meninos desanimado enquanto Lacie e Landon estavam ao cinema, Hollis não tinha certeza de como responder à pergunta. Independentemente de quem preenchia o vazio — exceto talvez Iffy, a quem ela prometeu a si mesma que responderia mais tarde —, não tinha certeza se eram as pessoas certas para ela.

Para ser honesta, ela nem tinha certeza se era a pessoa certa para si mesma.

Hollis não conseguia mais determinar quem ela era ou se gostava daquela pessoa. Nunca tinha feito isso antes; nunca pareceu importante ou possível. Esteve sempre muito mais preocupada em se misturar e controlar a ansiedade para não se tornar problema de outra pessoa. Mas, nos últimos meses, algo havia mudado dentro dela. A pessoa que era quando jogava Mistérios e Magias era alguém que gostava de ser. Honoria teve um papel nisso; era muito mais fácil se sentir durona quando podia fingir que era. Mas Gloria também tinha um papel naquilo, com seus sorrisos encorajadores e a maneira como sempre fez Hollis sentir que valia a pena incluí-la. Assim como Iffy, e o tempo que passavam juntas na sala de estudos ou na cozinha dos pais dela ou no banco da frente do carro. E ainda Aini, com seus olhos castanhos e coração grande, fazendo Hollis acreditar que era corajosa e bonita o suficiente para fazer algo como beijá-la. Um fio de raiva se entrelaçou com tristeza e saudade e embrulhou o estômago de Hollis.

— Quase acabando aqui, Hollis — gritou a mãe, da cozinha. — Pode trazer as xícaras?

— Com certeza — disse Hollis, embora nunca tivesse se sentido tão distante dessas palavras. E, então, levantou-se do sofá.

Seus planos originais para o Ano-Novo tinham sido grandiosos.

O que Hollis havia planejado era convidar Aini Amin-Shaw para o Festival das Luzes no Zoológico e Jardim Botânico de Cincinnati. Com toda aquela iluminação, sons e cores, era o tipo certo de diversão para Aini, então era o tipo certo de diversão para Hollis. Ela chegou ao ponto de começar a economizar alguns trocados — sobras do almoço ou da máquina de Coca-Cola — para poder pagar não apenas sua própria entrada, mas também a de Aini.

Mas, ao contrário da última pergunta que fez, Aini não se encontrou com Hollis depois. Por um breve momento, talvez um longo suspiro, Hollis se permitiu sentir isto: não falar com Aini Amin-Shaw. E por um instante, ela sentiu um desejo intenso e pungente em seu peito. Sentia saudades de Aini.

Mas ela depressa o substituiu pelo pensamento que usava como uma armadura em volta do peito: Aini havia arruinado tudo. Hollis estava com raiva.

Ela ficou tão chateada que ligou para Chris para perguntar quais eram seus planos de Ano-Novo. Sem surpreender ninguém, ele passaria jogando M&M com os meninos — na verdade, com os meninos e Lacie.

— Bom — disse ela, ao celular, soltando um suspiro —, divirta-se.

— Tem certeza que não quer vir, Hol? — Do outro lado da linha, a voz de Chris estava fraca. — Falei com o Landon. Ele deixa você preencher um personagem no grupo. Pode ficar à vontade com a história, só não pode atrapalhar a dinâmica do grupo.

Houve um tempo em que a oferta era exatamente o que Hollis queria: um lugar à mesa, na vida dele. Mas em sua mente, a voz de Gloria lhe dizia que não precisava tapar nenhum buraco, a voz de Iffy, que estava orgulhosa de fazer parte da história dela, e a voz de Aini, azul como o brilho de seu painel, dizia que a mudança poderia ser boa.

— Não, tá tudo bem. Manda um oi pro pessoal.

E, assim, horas depois, à meia-noite da véspera do Ano-Novo, Hollis se sentou sozinha na cama. Pensou em fazer uma promessa. Muitas vezes fazia e, com a mesma frequência, não cumpria. Às vezes, era sobre emagrecer, ou sobre não se importar com isso, ou sobre ter um relacionamento melhor com o pai, ou ir bem na escola — algum tipo de versão da nova Hollis para o novo ano.

No entanto, de alguma forma, ao longo dos últimos meses, ela tinha se tornado uma nova Hollis, mesmo sem querer. Uma Hollis um pouco corajosa, um pouco confiante e muito feliz. Uma que usava roupas de que gostava, fazia coisas sozinha e tinha amigas que gostavam dela. Uma Hollis que estava começando a questionar se seus velhos amigos valiam a pena, e a amar as novas amizades, e a se apaixonar por alguém incrível e aterrorizante, uma pessoa nova, perfeita e totalmente errada. Hollis passou os dedos pelos retalhos de sua velha colcha, a sensação contra sua pele era muito mais confortável do que os pensamentos que giravam em sua mente.

Estar apaixonada por uma garota era algo novo para Hollis. Ou talvez não. A razão pela qual começou a desenhar foi porque viu uma foto da Sailor Neptune, de *Sailor Moon*. Ela nunca tinha visto uma garota tão bonita, e então Hollis, quando era um ano mais nova que Fran e o oposto dela em todos os sentidos, pegou um lápis para tentar capturar um pouco daquela beleza. E agora que pensava sobre isso, havia algo diferente no modo como se sentia em relação à sua melhor amiga na escola primária, Courtney, e em como não queria que Courtney fosse amiga de mais ninguém, apenas de Hollis. Havia algo diferente também na maneira como chorou, deitada de bruços no chão da sala e absolutamente inconsolável, quando Courtney teve que se mudar antes do ensino médio.

Havia uma pessoa a quem poderia fazer todas as perguntas que ela mesma não conseguia fazer; ela sabia disso.

Hollis pegou o celular e pensou em enviar uma mensagem para Aini, desejando feliz Ano-Novo. Só que ela não fez isso.

Aini também não mandou mensagem, embora Hollis tenha esperado dez minutos antes de finalmente decidir que não mandaria.

Então se jogou na cama, torcendo para que o ano não acabasse pior que o anterior.

CAPÍTULO VINTE:
HOLLIS FALTA

ei, não precisa vir me buscar! tô doente.

O polegar de Hollis ficou passeando sobre o botão de enviar por algumas horas. Eram quase 17h30, o horário que ela e Iffy haviam combinado no dia anterior, quando Hollis finalmente mandou uma mensagem pedindo carona. Havia sido mais fácil enviar aquela mensagem quando não faltava apenas meia hora para o primeiro jogo de Mistérios e Magias pós-festas de fim de ano.

Quando já eram 17h20, ela ainda não tinha enviado. Presa pela indecisão ao sofá rebaixado da sala de estar, seu polegar estava pesado demais para se mexer. Também não conseguiu movê-lo às 17h32, quando ouviu a buzina do carro na frente de sua casa.

Já era.

Descalça, andou pela calçada gelada.

— Ei. — Hollis fez o gesto de baixar o vidro, e se debruçou sobre a janela. — Não posso ir, tô doente.

Depressa, Iffy se afastou da janela.

— É contagioso?

— Quê? Ah, não. Não é doença física, é só... Sabe...

Ansiosa. Hollis estava ansiosa. E não era aquela ansiedade costumeira espreitando no fundinho da sua mente. Era o tipo de ansiedade que a fazia tomar uma de suas pílulas grandes, aquelas que o psiquiatra disse serem somente para crises agudas, e não o que tomava todos os dias. Dessa vez ela repuxava os recônditos de sua mente, deixando-a lenta e entorpecida.

— Entendi. Já avisou a Gloria?

— Hum... Não.

— Consegue entrar no Discord e avisar?

— Bom. — Hollis ainda não tinha voltado para o Discord desde *aquela* noite. Seus pés congelavam. — Acho que também não.

— Eu falo com ela. Posso levar sua ficha? Aí eu comando a Honoria.

— Bem pensado.

Hollis voltou para dentro e pegou o caderno de M&M da bolsa. Quando retornou para entregá-lo, estava pelo menos calçada.

— Valeu. Sério.

— Imagina, mulher. Por favor, se cuida. Faz uma máscara facial ou sei lá o que meninas brancas fazem como autocuidado.

Hollis sorriu.

— Ok. Divirta-se. Fala pra... todo mundo que eu tô com saudade.

Iffy ouviu a hesitação. Havia alguma espécie de segredo no ar.

— Tá bom. Eu aviso todo mundo.

Hollis voltou para dentro. A mãe dela estava no sofá, assistindo aos resquícios de filmes natalinos na TV. Ficar ao lado dela parecia uma ideia melhor do que ficar sozinha, imaginando Iffy aparecendo sem ela na casa de Gloria e Fran, então se sentou nas almofadas meio murchas.

— Não tem RPG hoje?

— Não, pelo menos não pra mim.

— Elas vão jogar?

— Sim. — Hollis puxou a manga do moletom. Dava uma sensação esquisita entre os dedos. — É uma sessão meio que importante. Estamos chegando no final.

— E por que você não foi?

Hollis deu de ombros.

— Não quero falar disso agora.

A mãe fez uma pausa, olhando para ela como sempre fazia: com interesse, mas sem bisbilhotar. Depois de alguns segundos, ela assentiu.

— Quer assistir filmes de Natal comigo?
Isso, ela conseguia fazer.

Enquanto o grupo se aventurava em direção a um destino incerto, Hollis se afundou ainda mais no sofá e na névoa do remédio, viajando de volta para casa, para uma cidade sem nome do Meio-Oeste, cuja fábrica local de biscoitos de Natal estava sob ameaça de fechar. Ela não se sentiu muito melhor, mas também não se sentiu pior. Na verdade, Hollis não sentiu muita coisa.

⬢

Na segunda-feira, Iffy devolveu o caderno de M&M de Hollis nos corredores da escola. Havia duas adições notáveis: a primeira, Iffy colocou abas coloridas para rotular as diferentes seções da ficha de personagem, feitiços, equipamentos, saques e anotações de Honoria; a segunda, uma carta estava enfiada no bolso da frente.

Hollis reconheceu o garrancho do folheto da Games-a-Lot. Era um bilhete de Gloria, que resumia o que havia perdido, bem como informações importantes que o grupo havia obtido sobre a Vacuidade. Seguindo uma dica, eles se dirigiram para o norte gelado, uma região mortal chamada Cristas do Pico Alto.

Ficou triste por terem decidido algo tão importante sem ela. Se estivesse lá, teria pedido que reconsiderassem ou pelo menos se certificassem de que estavam devidamente preparados antes de partir.

Mas Hollis não estava lá, e então Cristas do Pico Alto era o destino. Não havia nada que ela ou Honoria pudessem fazer agora.

Embora a maior parte dela soubesse que era irracional, seu cérebro ansioso ainda pensava nisso e disparava descontroladamente: talvez não tivesse feito diferença. Talvez, se o grupo pudesse fazer uma escolha tão importante sem ela, Hollis não fosse tão necessária para o jogo — para elas — quanto pensava.

Queria mandar uma mensagem para Aini e perguntar se havia algo que não estava entendendo, alguma coisa que Gloria não tivesse incluído nas anotações e que pudesse acalmar sua mente acelerada. Em vez disso, olhou para o celular e desejou, pela milésima vez naquele dia, que Aini não tivesse complicado as coisas.

CAPÍTULO VINTE E UM:
CONTE ATÉ DEZ

Da mesma forma que parara, voltou ao que era antes: sem ter que perguntar ou falar sobre a carona, Iffy sabia que deveria ir buscá-la na sexta-feira.

— Você tá bem? — perguntou assim que Hollis se sentou.

— Acho que sim.

Ela não achava que estivesse bem. Na verdade, duvidava, e muito. Mas o arco da história estava chegando ao fim e não podia perder outro jogo. Se Honoria iria liderar o grupo rumo à morte certa, então pelo menos seria Hollis liderando Honoria.

Contudo, no final das contas, decidir sobre o destino sombrio de seu grupo foi a parte mais fácil da noite. Assim que ela e Iffy chegaram ao apartamento da família Castañeda, tudo que Hollis pôde ver foi Aini. Aini, sentada em seu carro e esperando Hollis e Iffy entrarem. Aini, permanecendo na varanda e conversando com Maggie até às 18h05. Aini, sentada à sua direita, cabisbaixa e silenciosa de uma forma que Hollis nunca tinha visto antes. Sobre seu colo, a mão de Hollis ansiava por se estender e segurar a de Aini, passar o polegar pela palma dela, acalmá-la.

Em vez disso, ela a cerrou em punho.

Quando Gloria começou o jogo, foi um alívio mergulhar nas temidas cristas.

Tudo estava indo tão bem quanto Hollis esperava: ou seja, mal.

— Eita, tirei 9 — avisou Fran.

— Mesmo com o bônus de Fortitude? — perguntou Maggie.

— Sim.
— Mas é, tipo, mais um milhão — estranhou Iffy.
— *Sim* — repetiu Fran.
— Ok — disse Gloria, sombria, sem acrescentar seu característico segundo *ok*. — Mercy, você tá se esforçando pra aguentar a chuva gelada, mas mesmo com sua resistência de troll está sendo difícil suportar. Então... — Ela fez uma pausa e rolou o dado atrás do escudo de guardiã. — Merda. Seis mais dano de Congelamento.
— *Merda* — repetiu Fran, e Gloria não a censurou.
— No total, dá quanto de dano?
— Hã... 16?
Gloria suspirou lentamente.
— Tá bom, então. Quando você olha pra baixo, vê que seus dedos viraram gelo. Pela forma como brilham azulados, parece magia. Acha que se não resolver esse problema logo, vai perder a ponta dos dedos.
— *Merda* — disse Fran mais uma vez, sem reprimendas de Gloria de novo.
— Tá tudo bem — declarou Aini, com sua voz normal, e não no sotaque britânico afetado de Umber. — A Honoria vai te curar, Merc.
— Na verdade, a Honoria está tentando poupar magia — cortou Hollis, sem olhar para a direita. — Porque vai saber o que vamos encontrar?
— Ah, tudo bem, são só dedos — comentou Fran. — Quem precisa deles?
— Tá vendo, é por isso que a Honoria não teria feito isso — reclamou Hollis.
Ao lado de Aini, tudo parecia apressado, corrido, e ela ficando para trás.
— Bem — disse Iffy, sem olhar para sua direita, para Hollis, também —, a Honoria não estava se sentindo bem semana passada. Ela fez seu melhor, então dá um crédito.
A expressão no rosto de Iffy trouxe Hollis de volta à realidade. Ela não sabia o que a estava deixando mais nervosa: Aini a seu lado, o cabelo laranja-neon escuro novamente e os cantos dos lá-

bios virados para baixo; as Cristas do Pico Alto; o fato de que Mercy provavelmente perderia as pontas dos dedos, a menos que ela gastasse um feitiço de Nível Quatro para salvá-los; ou a tensão aumentando na narrativa de Gloria. Ela balançou a cabeça como se quisesse pensar melhor.

— É, você tem razão — admitiu Hollis. — "Aqui, Mercy. Pegue minhas Luvas de Aquecimento. Vão ajudar."

— "Valeu" — agradeceu Fran em nome de Mercy. — "Vou colocar o mais rápido possível."

Com os dedos de Mercy a salvo, por enquanto, elas avançaram pelo deserto congelado.

— Não é uma trilha fácil — avisou Gloria. — Mas os pés de Tanwyn sabem por onde ir. Ela escolhe o caminho mais estável para todas, em meio aos penhascos congelados e traiçoeiros. Vocês alcançam o primeiro pico.

— Isso! — gritou Fran.

— *E...* — Gloria sorriu.

— Merda — sibilou Maggie.

— Abaixo, enxergam a paisagem mais linda que já viram.

— *O quê?* — disparou Hollis.

— Não, a gente sabia — disse Iffy. — Estamos olhando... — Mas foi interrompida pelo olhar bravo de Gloria.

— A poucos metros, uma floresta verdejante — disse Gloria. — Algumas partes são familiares, como se fossem nativas dos reinos do sul. Outras são conhecidas por conta das viagens. Reconhecem os carvalhos chorões de Lobisfloresta. Vocês veem os deslumbrantes arbustos escuros de Crepusculeo. Muitas das árvores parecem de outro mundo: estranhas e brilhantes com troncos que desaparecem em nuvens em vez de folhas."

— "Isso é..." — disse Aini na voz de Umber — "... deslumbrante."

— "É o que estamos procurando" — declarou Iffy na voz estoica de Nereida.

Hollis não falou nada, mas registrou o suor das mãos e o coração acelerado.

Nada tão bonito assim deveria existir nas Cristas do Pico Alto.

— "Vamos descer?" — perguntou Umber.

Todo mundo, em silêncio determinado e potencial nervosismo, assentiu.

— A temperatura sobe à medida que avançam sobre a grama colorida — narrou Gloria —, a qual notam que não deveria estar crescendo sob uma copa tão densa de árvores. Mas não é isso que chama a atenção por estar tão deslocado. Conforme avançam, veem a superfície esverdeada e brilhante de um lago. Em sua margem, uma silhueta. Quando se aproximam, percebem que é humano. Alto, magro. Bem-vestido em cerúleo e verde.

Hollis balançou a cabeça.

— Fecho a mão no cabo do martelo — informou Mercy.

— Vou deixar um Raio Nível Três pronto — avisou Nereida.

— Conforme se aproximam ainda mais, percebem os detalhes. O humano é loiro, de cabelos cacheados, nariz comprido e maçãs do rosto pronunciadas. Ele parece...

Hollis apertou as mãos, as unhas deixando marcas nas palmas suadas.

— ... alguém conhecido.

Ela não tinha previsto isso até este exato momento.

Agora era tudo o que conseguia ver. A mente de artista preencheu as lacunas, aumentou as cores — um homem, ainda um menino, na verdade, parado ao lado da água cintilante, com o olhar abatido, seguro de si como só aqueles que nasceram para uma grandeza imerecida podem ser.

— "Estou tão feliz em ver você, Honoria", diz o rapaz.

Gloria firmou o olhar sobre Hollis.

Hollis deu uma risada aguda e alta. Pareceu sair da garganta de outra pessoa.

— "Oi, Wick" — cumprimentou ela com a voz de Honoria.

— NÃÃÃÃÃÃO — berrou Fran.

— *Sério?* — indagou Iffy.

Maggie apenas balançou a cabeça e deixou cair o lápis sobre a mesa.

Hollis engoliu o nó na garganta. Sua boca estava seca. Suas mãos, suadas.

— "Pensei que viria mais cedo", continuou Wick.

Tudo em Gloria se alterou: ela se sentou mais ereta, a inclinação da cabeça ousada e arrogante. A voz macia, não como seda, mas como óleo.

Hollis continuava engolindo em seco, mas não adiantava nada.

— Bem, sim — respondeu Honoria. — Cheguei. *Chegamos*. Vamos levar você para casa, Wick.

— Ora, minha querida Honoria. Não seja boba. A Vacuidade me escolheu, e eu... eu escolhi você. Venha — chamou Wick, apontando para o lago. — Beba dessa água. Ela me lembra tanto de você. Linda, porém mortal. Que combinação! Prometo que será rápido.

— O que será rápido?

— Ora, a morte, é claro — respondeu Wick, como se morrer fosse algo tão corriqueiro quanto respirar. — Como se unirá a mim na Vacuidade, na gloriosa desmorte?

De repente, Hollis não estava mais no peitoral de cobaltril de Honoria. Ela nem estava em sua própria camiseta listrada. Sua mente vagou em algum lugar fora de si, onde pairava e observava à distância. Seus pulmões, secos esse tempo todo, ficaram subitamente sedentos — de ar, *ah Deus*, de ar.

Houve um breve momento, um lampejo de algo, quando percebeu o que estava por vir e disse a si mesma que era irracional, que nada, realmente, estava acontecendo com ela — ou mesmo com Honoria. Elas salvariam o dia, sempre salvavam, e Wick seria punido — não por fugir, mas por correr em direção à Vacuidade, acolhendo-se em seus braços lindos e vazios.

Mas esse é o problema com as crises de ansiedade. Nunca ouvem a razão.

Ao redor dela, a sala ficou embaçada, os tons de creme, a madeira e a iluminação dos vitrais não pareciam mais uma visão agradável, mas sim uma que a sufocava. A respiração de Hollis estava entrecortada e fraca. Ela sentia frio, mas também calor, e seu corpo se encharcava de suor na tentativa de controlar aquelas sensações contrárias. Seus olhos ardiam, afogando-se na sensação febril. Em sua mente, sua própria voz gritava, sem parar: *você está em perigo, você está em perigo, você está em perigo.*

— Lá fora, por favor — pediu uma voz, suave o suficiente para atravessar toda aquela gritaria dentro da cabeça de Hollis.

Hollis estava ciente de que as pessoas se moviam, que as cadeiras se arrastavam no chão de madeira, que uma porta se abria, soprando um ar gelado que a fez balançar no lugar. Também estava ciente de que alguém se aproximava, mas não sabia quem até ver a pele marrom.

Claro que era Aini, com as mãos firmes segurando as de Hollis. Ela queria que seu primeiro impulso fosse afastar as mãos, mas, em vez disso, os dedos de Hollis se fecharam involuntariamente nos de Aini com força. De alguma forma, de uma forma impossível, a respiração de Hollis ficou mais rápida.

— Vou pegar seu remédio na bolsa — avisou ela.

Não foi uma pergunta, ainda bem, porque Hollis não seria capaz de responder. Seus pulmões estavam vazios, sem ar.

Ouviu um revirar na bolsa e depois um palavrão. Então, mais rápido e mais devagar do que era possível, Aini moveu a mão, usando os próprios dedos para abrir os de Hollis. Na palma da mão encharcada e trêmula, colocou o comprimido branco.

O fato de Aini estar sendo tão gentil de alguma forma tornou as coisas tão mais... *intensas*. Hollis registrou vagamente que, em sua terrível tentativa de inspirar, estava ofegante. Essa constatação também piorou a situação.

Na outra mão, Aini colocou um copo de água.

— Aqui, Hollis. — A voz era calma e estável. Tão incomum quanto a grama colorida na floresta. — Toma o remédio. Eu te ajudo.

Sem ter alternativa, Hollis obedeceu. Demorou muito para engolir. O comprimido começou a se dissolver em sua língua, amargo.

Aini se sentou ao lado dela — perto, mas não muito, então seus joelhos estavam alinhados, porém sem se tocar. Hollis, com um repentino desejo por proximidade seguido logo por uma onda de culpa, recostou-se na cadeira para criar espaço. Aini não a impediu. Em vez disso, perguntou:

— Quanto tempo demora pra fazer efeito?

Hollis balançou a cabeça; ela não sabia, ela não sabia, ela não sabia. Seus pulmões estavam tão secos que pegavam fogo. Ela estava queimando.

— Você sabe, sim, garota esperta. Trinta minutos? Dez?

— Dez — respondeu Hollis, arfando.

Estava zonza. A parte lógica do seu cérebro sabia que era por causa da hiperventilação. O peso da ansiedade sobre o peito não permitia que os pulmões se recuperassem.

Dez minutos era tempo demais.

— A gente aguenta dez minutos. — Aini pareceu tão confiante que Hollis quase questionou a voz berrando o oposto em sua mente. — Do que você precisa, Hollis?

Ela negou com a cabeça. E então suspirou:

— Respirar.

— Boa. Bom trabalho. Com isso, eu posso ajudar. — Aini se endireitou na frente de Hollis. — Vou contar até dez. Sincroniza a respiração comigo. Um, inspira, dois, expira.

A respiração de Hollis continuou apressada, muito mais rápida do que a contagem lenta e comedida de Aini.

— Três, quatro.

Mas ela tentou. Por Aini, ela tentou.

— Cinco, seis.

Inspira. Expira.

— Sete, oito.

A voz de Aini era tão suave, alta e doce. Hollis percebeu o quanto sentia falta disso, mesmo em meio à cacofonia ardente em seu cérebro.

Mas ao perceber que sentia falta disso, que sentia falta de Aini...

— Nove, dez.

Hollis balançou a cabeça novamente, os pulmões redobraram o ritmo, fazendo hora extra mais uma vez. Estava desesperada por ar. Respirou três vezes no espaço de uma.

— Tá tudo bem — tranquilizou Aini. — Você tá indo bem. Um, dois.

Hollis tentou de novo.

— Três, quatro.

E de novo.

Depois de mais contagens até dez, seus pulmões começaram a se acalmar. Foi lento apagar aquele fogo. Sonolenta, olhou para o osso saliente do joelho de Aini. Hollis o observou, os olhos fixos no formato dele por baixo da calça jeans, como se tudo dependesse daquele joelho.

— Sete, oito — disse Aini.

Ao expirar, a respiração de Hollis falhou, mas depois relaxou, como um animal ferido finalmente deitando para descansar.

— Nove, dez. Bom trabalho. Tô orgulhosa de você. *Muito* orgulhosa.

Ela parou de contar. Em voz alta, pelo menos. Aini ainda respirava no mesmo ritmo, os sons sibilantes de seus pulmões tomando o lugar dos números. Hollis tentou copiar. A tontura diminuiu lentamente, substituída pela inundação difusa de medicamentos.

Não sabia quanto tempo tinha se passado antes de falar:

— Quero ir pra casa.

— Boa ideia — falou Aini entre respirações.

Aini fez um movimento com a mão que Hollis só viu como um borrão. A porta da varanda se abriu com um rangido, seguida por uma rajada do ar gelado de janeiro. Embora Hollis pudesse ouvir os passos das outras garotas, ninguém falou, como se o frio tivesse roubado suas vozes.

— Hollis quer ir pra casa — avisou Aini. — Podemos pausar por hoje?

— Sim, claro. — Gloria surgiu atrás dela. — Eu dou um jeito. Não esquenta com isso, Hollis.

O peito de Hollis doía demais para responder.

— Ela tá bem? — perguntou Fran, também por perto.

— Sim, ela é fodona, como sempre. — Aini começou a recolher as coisas de Hollis depressa, juntando os dados, o caderno e o lápis. — Ela só precisa ir pra casa. Iffy, você leva?

— Claro que sim. — Iffy era a mais próxima. Pegou a bolsa de Hollis e colocou sobre o ombro. — Vamos te levar pro lado certo do rio, mulher.

Hollis assentiu. Devagar, ela se levantou. Era como se seu corpo estivesse se movendo submerso em mel ou água. Se era por causa do remédio ou de toda aquela respiração, não saberia dizer.

— Avisem quando chegar, por favor — pediu Gloria.

— Pode deixar — garantiu Iffy.

— Valeu — agradeceu Aini com uma voz honesta e fervorosa.

Se Hollis não estivesse tão cansada, isso poderia tê-la feito chorar. Em vez disso, ela apenas estendeu a mão para Iffy. Seus braços magros e fortes se estenderam para trás, serpenteando em volta de sua cintura, sustentando-a.

— Desculpa.

Era uma palavra pequena demais.

— Imagina. — Iffy guiou as duas porta afora. Maggie segurou a porta aberta para elas. — Vamos te levar pra casa pra descansar.

Mas Hollis não esperou chegar em casa. Mal conseguiu chegar ao banco da frente de Iffy. Com a cabeça apoiada no vidro gelado, Hollis deixou os olhos se fecharem.

CAPÍTULO VINTE E DOIS:
SOBRE HONRA

Depois de um fim de semana coletando todas as partes de si que sua crise de ansiedade espalhou até sentir-se inteira novamente, Hollis presumiu que a próxima semana escolar seria tão normal quanto qualquer outra. As coisas haviam melhorado com Chris desde o Ano Novo, voltando à mesma rotina confortável de sempre. E depois da ajuda que recebeu na sexta-feira, Hollis tinha certeza de que também estava em bons termos com Aini, ou pelo menos neutros.

Mas a realidade foi muito diferente. Chris no corredor da escola não era o mesmo Chris de quando ele e Hollis estavam sozinhos, e ela não podia ignorar como os olhos dele olhavam para outro lugar sempre que possível. No Discord, a cada mensagem divertida que ela e Aini trocavam no bate-papo em grupo, Hollis também tinha a leve suspeita de que elas nunca mais poderiam ser neutras — que elas nunca haviam sido neutras.

Havia uma maneira, ela tinha certeza, de fazer todas as peças se encaixarem, e quando conseguisse completar esse quebra-cabeça, o enjoo em seu estômago desapareceria como um nimyr na Vacuidade. Até então, estava presa à desagradável consciência de que tudo, principalmente ela mesma, estava errado.

Algo tinha que mudar. Então, na quinta-feira, quando a mãe foi fazer compras em uma loja de artigos para teatro em Cincinnati, Hollis pegou uma carona até o outro lado do rio.

Embora tivesse caminhado da rua até a porta dos Castañeda inúmeras vezes, dessa vez foi diferente. Mais silencioso. Hollis estava tão acostumada com aquela calçada cheia de barulho e risadas pós-RPG que andar sozinha por ela agora, com rachaduras e tudo, era inquietante. Ao se esquivar da roseira cultivada pela srta. Virginia, ela não precisou se esquivar de Iffy de um lado e de Aini do outro. Ela mal precisou se esquivar da planta. As flores já haviam desaparecido há muito tempo, e suas folhas estavam enroladas e morrendo devido ao longo inverno do Meio-Oeste.

Pelo menos ela estava ali, para conversar cara a cara. Gloria aceitou a visita. Era impossível decifrar seu tom por uma mensagem do Discord, mas Hollis tinha certeza de que ela já esperava por isso. O que não ajudou em nada.

Bateu à porta. Sem o burburinho pré-jogo, parecia vazio lá dentro.

Foi a mãe das meninas quem atendeu.

— Hollis. — Era estranho vê-la sem o uniforme de hospital. Naquela tarde, ela estava de leggings, suéter macio e sorriso no rosto. — Entra.

Seguiram até a sala de estar. O que parecia ser o dever de casa de matemática de uma semana jazia espalhado como se um tornado tivesse passado ali. Fran se remexeu, sentada de pernas cruzadas à mesa de centro. Hollis levantou a mão para cumprimentá-la, mas depois lembrou que Fran precisava terminar todos os trabalhos escolares antes de jogarem M&M às sextas-feiras e pensou melhor.

— Eu, hum — murmurou Hollis, por algum motivo —, vim ver a Gloria.

— É, ela avisou — disse a sra. Castañeda. — Ela tá no quarto. É a porta sem glitter. Pode ir.

— Obrigada — respondeu, seguindo para os fundos. Bateu à porta de Gloria.

— Entra — gritou a voz conhecida.

Parecia algo tão concreto, a única coisa normal até agora, que Hollis pensou que iria chorar. Em vez disso, ela abriu a porta do pequeno quarto de Gloria e logo ficou impressionada com o quão perfeitamente ele combinava com a Guardiã do Mistério: a mistura exata de superdescolado e totalmente nerd. Cartazes de Mistérios & Magias da edição mais recente colados ao lado de pôsteres de bandas alternativas. Guirlandas de flores penduradas no topo da janela, na cabeceira da cama, os botões do mesmo vermelho do batom que Gloria sempre usava. Uma flâmula da Universidade de Cincinnati pendurada ao lado de uma bandeira do orgulho que Hollis não reconheceu imediatamente, mas cujas cores gostou: magenta, amarelo e azul-claro.

No meio disso tudo, sobre o edredom listrado de preto e branco, estava Gloria.

— Pode entrar. Não precisa ficar na porta.
— Quê? Ah, desculpa. Posso me sentar?
— Claro, claro. Onde quiser.

Depois de um leve pânico (*a cadeira da escrivaninha, o pufe perto da janela ou a cama?*), ela se acomodou na beira da cama, próxima da porta.

— Seu quarto é bem legal.
— Valeu, mas espero que não tenha vindo aqui só pra elogiar meu quarto.
— Bem, hum — Hollis respirou fundo —, não.
— Então vamos conversar. Travesseiro? — Gloria pegou um atrás de si.
— Sim, valeu. — Hollis afofou o travesseiro no colo. Instantaneamente, suas mãos começaram a mexer na fronha, esfregando a costura na ponta dos dedos. — Gloria, eu preciso sair do jogo.

Gloria riu, uma risada intensa e retumbante. Foi meio longa demais, mas se interrompeu de repente. Ela ergueu uma sobrancelha.

— Tá falando sério?

Essa era a questão: ela ainda não tinha certeza. Sentiu vontade de fugir o dia todo, de se esconder em algum lugar onde ninguém pudesse encontrá-la. Os joelhos de Hollis se agitaram.

— Tô sim. Desculpa. Não dá mais pra mim.

Gloria a encarou por um tempo, mantendo a expressão de Guardiã: inescrutável e analítica.

— Pode me explicar por quê?

A resposta curta era: não, não podia. Falar com alguém sobre o que ela tinha feito — sobre o que Aini tinha dito — naquela noite depois da festa de Natal Crítico tornaria tudo real demais. Hollis tentou não pensar naquilo, muito menos mencionar o assunto em voz alta. Ela só sabia que parecia certo desistir, ou talvez que parecesse errado continuar jogando — como se remover a si mesma e Honoria dos Oito Reinos e afastá-la de Umber fosse uma peça a menos para encaixar. Mas Gloria passou meses contando uma história com Hollis, então poderia pelo menos tentar explicar.

— Bom, pra começar, fui pega de surpresa com o Wick.

— É, você ficou bem chateada.

— Sim, fiquei me sentindo patética. Não queria estragar o jogo. Me desculpa.

— Você não é patética, Hollis, você tem ansiedade. E pra estragar um jogo meu é necessário bem mais do que uma crise de pânico.

Era verdade. Gloria era uma grande contadora de histórias. A campanha não ia sair dos eixos por causa disso. Mas esperava que pelo menos sobrevivesse à saída de um membro do grupo.

— Bom, valeu, então. — As palavras estavam saindo num ritmo esquisito. — Eu só estou... — O quê? Frustrada. O sentimento a invadiu com um rubor nas bochechas e os olhos marejados. Era a primeira vez que tentava tocar no assunto. — Tô precisando de um tempo pra pensar numas coisas. Coisas importantes. E acho que o que está rolando nos Oito Reinos só vai dificultar.

— Pode ser. — Gloria levantou os ombros. — Pode ser, sim. Mas também pode ajudar.

— Como assim?

— Uma das coisas que eu adoro no RPG é que ele pega todos os mesmos problemas que enfrentamos na vida, essas coisas sobre o mundo ou sobre nós mesmos que nos mantêm acordados à noite, e os coloca em nossas mãos. Para segurá-los, com confiança, por um tempo. Trabalhar neles. Passar tempo com eles, sabe? E há essa outra camada, a do personagem, então nem mesmo são *suas* mãos que estão segurando essas coisas grandes e terríveis. Assim, você se distancia um pouco deles, talvez consiga enxergá-los de outra perspectiva. O RPG acrescenta uma camada de segurança a algo que pode ser assustador de encarar por muito tempo. Como quando a gente era criança e usava aqueles projetores de papel para olhar um eclipse solar, então dava para observar sem machucar os olhos. Entende?

Hollis concordou com a cabeça. Ser corajosa e ousada sempre foi mais fácil à mesa, como Honoria — quando Aini era Umber. Mas ela também ouviu a voz de Aini em sua cabeça.

Não era a mão do Umber que você estava segurando, Hollis.

Gloria prosseguiu:

— Quando temos a oportunidade de olhar as situações por um viés diferente, às vezes coisas sobre nós mesmos que em geral nos assustariam parecem um pouco menos assustadoras. O jogo pode nos dar um espaço seguro, com pessoas que confiamos, para explorar partes de nós mesmos que talvez não sejam confortáveis no mundo real. Às vezes, é mais fácil encontrar a verdade quando você apenas a experimenta nesse universo, sem a pressão de ter que fazer uma grande mudança na vida real.

E não quero você seja mais uma delas, Hollis, a voz de Chris ecoou em sua mente.

Acho que pode ser uma mudança ótima pra gente, a voz de Aini retrucou.

— Já falou com as outras meninas?

Hollis balançou a cabeça. A ideia de ter que contar a Aini, Iffy, até mesmo Fran ou Maggie sobre deixar o grupo fez seu estômago embrulhar. Ficou sem palavras.

— Parece que tá rolando muita coisa na sua vida. — De forma elegante, Gloria desviou do que claramente se tratava de Aini. — Eu acho que elas seriam compreensivas. Talvez até mais do que podemos imaginar. Não posso falar por elas, mas vejo a diferença em Francesca desde que começou a jogar. Ela disfarça bem com todo aquele barulho, mas andava com dificuldades fazia muito tempo. Porém, quando se torna Mercy Grace uma vez por semana, se torna barulhenta, impulsiva, criativa, avassaladora e, no final das contas, muito amada por um grupo de aventureiros maltrapilhos, e posso ver um pouco da confiança de Mercy influenciando a Fran. Ela voltou a fazer amigos na escola. Às vezes ainda leva duas horas para fazer o dever de matemática, mas sempre termina antes da partida de sexta-feira. Então acho que nosso RPG não é um projetor de papel para observar eclipses só para você, mas para as outras também... Mesmo que às vezes seja grande e em forma de troll.

Algo estava preso na garganta de Hollis, e ela não ousava se mover por medo de soltá-lo. Mas Gloria estava certa; Hollis tinha visto tudo isso acontecendo na sala de estar logo que chegou. Uma pequena parte dela sentiu uma onda de orgulho por ter participado disso.

Mas, para Hollis, mudança sempre foi algo que poderia acontecer com outras pessoas. Maggie, que estava meio tensa no começo, ficou à vontade e teve muito mais facilidade em ser quem ela era — e defender aquela pessoa, mesmo entre elas. Com o apoio do grupo, Iffy conseguiu enviar sua inscrição para a Howard com duas semanas de antecedência. Ela não receberia a resposta por alguns meses, mas já havia pedido a Hollis e Aini para ajudá-la a lidar com o estresse da espera com um passeio semanal na Uncommon Grounds e passar algum tempo juntas além do RPG. Suas amigas faziam essas mudanças parecerem fáceis, tão fáceis quanto colocar sua fé no lançamento de um dado.

Para Hollis, era um luxo que ela não tinha certeza se poderia pagar. Ela engoliu em seco.

Gloria continuou:

— Você pode sair quando quiser, é óbvio. Mas eu torço para que não saia. Você e a Honoria são importantes para mim, Hollis.

Por algum tempo, Hollis ficou quieta. Gloria ficou em silêncio, mas não foi desconfortável. Gloria já a tinha visto quieta antes. Só que dessa vez estava procurando suas próprias palavras em vez das de Honoria.

— Acho que vou ficar — disse ela, rouca e com lágrimas nos olhos. — Não quero decepcionar o grupo. Não é algo que Honoria faria.

— E acho que também não é algo que Hollis faria. Não dê tanto crédito para a Honoria quando os méritos são seus, ok?

E, por um momento, ela se permitiu seguir esse novo fio que Glória tecia diante dela. Pensou na primeira vez que falou na mesa e no Discord, e naquele primeiro e-mail quando teve certeza de que era tarde demais. Pensou naquela dança na Games-a-Lot, no seu desenho como tela de bloqueio das amigas e na pintura do grupo que tinha feito. Por algumas respirações profundas e trêmulas, Hollis pensou em quando cortou a franja, quando deixou um pouco da barriga nua ao usar a saia prateada e quando estendeu a mão para Aini segurar, na festa do pijama.

Honoria esteve presente em todos esses momentos, de certa forma. Mas foi Hollis, na verdade, quem fez todas essas coisas.

Ela encolheu os ombros. Nunca esteve menos certa do que a Verdadeira Hollis deveria fazer.

— Posso te dar um abraço? — perguntou Gloria.

— Por favor. — Então atravessaram o edredom listrado até que Gloria pudesse abraçar Hollis, o travesseiro pressionado entre suas barrigas. Quando se afastaram momentos depois, os olhos e os ombros de Glória estavam úmidos. — Obrigada pela conversa, Gloria.

— Sou sua Guardiã do Mistério, Hollis. É o que eu faço.

Hollis tentou convencer a si mesma de que os eventos daquela sexta-feira não tinham sido por causa dela.

O que aconteceu foi isto:

Wick, ao ver o grupo e não ouvir um acordo de Honoria, fugiu para as profundezas da Vacuidade.

E isso aconteceu por causa de:

Bom, provavelmente de Hollis, na verdade.

Ela deveria ter se sentido um pouco culpada, mas foi impossível. Gloria lhe fez uma gentileza. Isso fez com que voltar à mesa fosse menos assustador. Não que alguém tenha feito com que parecesse assustador; todas, até mesmo Fran, foram muito tranquilas com o que tinha acontecido na semana anterior. Elas não fugiram do assunto como Chris fazia. Em vez disso, o validaram. *Que bom que já está melhor da sua crise*, dissera Fran. *Me avise se precisarmos fazer uma pausa*, falara Gloria. Aini não dissera nada, mas trouxera um brownie extra para Hollis. Ela poderia estar imaginando, mas estava quase certa de que tinha mais caramelo do que os outros.

Não foi apenas uma gentileza para com Hollis. Também proporcionou um momento de trégua ao grupo ferido. Passaram a primeira metade do jogo coletando ervas e se reagrupando, o que provou ser muito simples na Vacuidade, já que era um local repleto de vida oriunda de todos os Oito Reinos. Através de uma complicada série de testes auxiliados por Mercy e Tanwyn, Honoria e Nereida trabalharam durante a maior parte do dia para transformar as ervas em um cataplasma curativo. Com a substância verde pegajosa sobre as partes de seus corpos que mais lhes doíam, montaram um acampamento o mais seguro possível para passar a noite, na entrada de uma caverna rasa nas margens do que parecia muito ser o rio Trelethian, um lendário rio da Floresta Verdejante no Sétimo Reino.

Mas, para Hollis, importava menos o que aconteceu na sessão e mais *como* aconteceu. Embora ainda à mesa, a vibração da noite parecia mais a da festa do pijama. Fran apoiou os pés na mesa, pintando as unhas com um tom de verde digno de Mercy Grace. Gloria protestou a princípio, mas, cansada de um longo dia com a srta. Virginia, acabou permitindo. Com sua coleção de miniaturas finalmente pintada — por um profissional em uma loja de jogos em Newport —, Maggie interpretou cenas da festa e tirou uma série de fotos. Até Aini parecia mais relaxada, em vez de tensa e quieta como da última vez. Isso também ajudou Hollis a se reestabelecer. Ela estava concentrada em seu copo de água e de vez em quando se inclinava para descansar a cabeça no ombro de Iffy, que também recostava a própria cabeça sobre a de Hollis. O peso era agradável.

Nem tinha passado pela cabeça de Hollis o quanto estava sentindo falta daquilo: apenas as meninas sendo meninas, juntas. E agora que estava com elas novamente, com a pressão do jogo aliviada e a pressão do mundo real porta afora, Hollis não conseguia entender por que havia pensado em largar tudo. Talvez ainda não tivesse conseguido encaixar as peças do quebra-cabeça e talvez não se encaixasse em nenhum outro lugar, mas seu lugar era ali, com Gloria e Fran, com Iffy e Maggie, com Aini.

— E conforme cada uma vai adormecendo... — começou Aini, encaixando os dedos nas cordas do ukelele. Uma melodia suave flutuou ao redor delas, para finalizar a noite. — ... vou tocar a "Canção do Torpor", para que nosso sono seja restaurativo.

— E *assim* — declarou Gloria — vamos encerrar por hoje.

— Ah, *cara* — reclamou Fran. — Sem luta?

— Francesca, são quase 11 da noite — disse Gloria. — Tive que aturar seu chulé a noite inteira e o cheiro de hospital da dona Virginia o dia todo. Sua Guardiã está cansada.

— E sua Feiticeira tem plantão na TransKentucky de manhã. Lá em Lexington — informou Iffy.

— É *longe* — falou Maggie.

— É, então preciso vazar. Pronta, Hollis?

Hollis, que estava guardando os dados em silêncio, comprimiu os lábios.

— Na verdade, preciso conversar umas coisas do Steadfast com a Aini. Posso ir com você?

Com cuidado, olhou para a direita, encarando Aini e seus olhos castanhos.

— Tá, claro — respondeu, tranquila, mas não sorriu.

— Bendita seja, Aini! — disse Iffy, que sorriu também. — Posso ir direto pra cama. Queria ter um pouco desse cataplasma na vida real.

E, sozinhas ou em duplas, elas se foram lentamente: Iffy, para seu carro velho e de volta para o outro lado do rio; Maggie, para o carro chique e um encontro animado com suas cartas de tarô; Fran, a contragosto, até a sala, onde ligou a Netflix; Aini e Hollis, depois de ajudarem Gloria a limpar a mesa e lavar a louça, foram para o elegante sedã de Aini.

— Então, o que você quer falar sobre Steadfast? — perguntou Aini ao fechar a porta com força.

O que Hollis queria dizer era que não tinha nada para falar sobre Steadfast, porque era a verdade. Para ser sincera, ela queria dizer que sentia falta de Aini com uma ferocidade terrível, que agora que ela estava de volta em sua vida, não queria deixá-la ir embora nunca mais. Ela abriu a boca para liberar a tempestade de sentimentos confusos que assolavam seu cérebro em silêncio, mas as palavras ficaram presas na garganta. Hollis engoliu em seco e voltou a se concentrar.

— Estava pensando no que poderia acontecer... Depois. Se sobreviverem.

— Quer dizer depois *de* sobreviverem. Você dá muito pouco crédito pra nossa trupe. Eles vão conseguir.

Hollis não tinha tanta certeza disso. Esta noite pareceu bastante definitiva para Honoria: um último momento para se lembrar do que importava. A próxima semana de espera pela batalha com Wick provavelmente seria uma longa marcha da morte. Ela encolheu os ombros.

— Ok, depois de sobreviverem. O que acha que vai acontecer? Acha que depois de tudo isso eles serão... felizes?

Houve uma pausa antes de Aini assentir.

— Com certeza. Sei que nem sempre as coisas deram certo para eles, mas vão perseverar.

Havia tanta certeza em sua voz. Ecoava a confiança de Umber, ou talvez fosse natural dela. Hollis não sabia mais diferenciar. Talvez ela nunca mais pudesse.

— Mas e se tudo der errado? E se não conseguirem?

Aini inclinou a cabeça.

— O que você acha que vai acontecer?

Ela parecia insegura agora.

— Sei lá, vamos depender dos dados, não? — disse Hollis.

Aini deu de ombros.

— Mais ou menos.

— Mas você sabe que eu acho que sair pra ver o mundo mudou a Honoria. E acho que boa parte é por causa do Umber.

— E eu acho a mesma coisa pro Umber. Não tem mais volta. Estão juntos nessa.

— Mas... — Hollis não sabia como continuar. Era mais fácil assim, falar sobre Honoria. Como Gloria tinha dito mesmo? O RPG era como um projetor para o eclipse solar. Ela observou as mãos aninhadas no colo. Pareciam solitárias, com Aini tão perto e tão distante. — Acha que estão destinados a serem infelizes, então?
— Talvez. Mas acho esse final muito triste.
— Eu também. — Os lábios de Hollis formavam uma linha reta.
— Eu tenho esperança pra eles — acrescentou Aini. — E o Umber é bom em esperar pra ver.
— Honoria pode fazer com que ele espere demais. — Nem Hollis sabia mais de quem estava falando. Falava na direção do painel, com aquela luz azul familiar. — Ela parece esperta e confiante, mas, debaixo daquela armadura, ela está confusa, sabe?
Houve um momento de silêncio em que Hollis se perguntou quando a playlist Steadfast havia parado de tocar e se Aini entendia suas palavras confusas. A mão de Aini encontrou a de Hollis. Seus dedos não se entrelaçaram, mas a palma quente da mão dela descansou em cima da de Hollis.
— Eu sei. O Umber também sabe. E ele será amigo dela. Para sempre.
— Para sempre?
— Para sempre.
Hollis gostou de ouvir aquilo.

CAPÍTULO VINTE E TRÊS:
OBJETOS FRÁGEIS

Voltar a ser amiga de Aini não tornou as coisas mais fáceis. Tornou-as mais legais; Hollis podia voltar a enviar memes de bardos no meio da aula, algo de que sentira muita falta. Foi bom saber que poderia voltar a fazer isso sempre. Essa era a palavra que usavam. Sempre.

Sempre um monte de memes.

Mas a reconciliação com Aini não tornou a rotina de Hollis muito diferente de antes — pelo menos na escola. As coisas com os amigos antigos ainda estavam estranhas. Tensas. Parte disso foi o abismo que se abriu entre ela e Chris. A primeira fissura veio da regra de que garotas não jogam, antes mesmo de Hollis perceber. Agora, era mais fácil ver as outras rachaduras que surgiram a partir daquilo — o que e quem ele priorizava, a maneira como ele falava e quando escolhia se pronunciar, o que ele queria ou não mudar. Mas o que ela não podia mais ignorar era a mesma fragmentação dentro de si mesma: o quanto fazia para evitá-lo nos corredores, a culpa que pairava nos cantos dos seus lábios quando sorria para ele, o modo como o conforto que sentia sempre que ele estava por perto estava menos apaziguador e muito mais parecido com um recipiente no qual ela não cabia mais.

Mas isso tudo não mudou as manhãs de sexta-feira, que eram os dias em que sua mãe saía mais cedo para liderar a Sociedade dos Dramaturgos Mortos da escola, sua versão de um clube inspirado em um filme antigo. Era o centro social da galera do teatro. Era o dia em que Hollis sempre tinha que ir para a escola com Chris, ou então pegar o ônibus, o que evitava a todo custo desde o quarto ano, quando Lakelyn Picford a chamava de gorducha só porque suas pernas se tocavam quando tinha que sentar ao lado dela.

Como toda sexta-feira de manhã, Chris buzinou uma vez e Hollis entrou no carro.

Por algum tempo, ficaram em silêncio, o que significava sem falar, mas com a música de Chris — Nu Metal; o que não era a primeira escolha de Hollis, nem a segunda, nem a terceira — tocando nos alto-falantes.

O que antes era confortável agora parecia estranho. Como o barulho do silenciador do carro, todas as peças do quebra-cabeça que ela tentava encaixar se espalharam pelo seu cérebro ruidoso. Talvez tanta coisa tivesse mudado entre eles que nunca conseguiriam encaixar as peças sem que algo vital faltasse.

A música mudou e Hollis caiu em si.

Talvez esse algo vital fosse ela.

À medida que se aproximavam da escola, Chris finalmente falou:

— A Lacie e o Landon estão fazendo uma vaquinha pra um cruzeiro na formatura. Que tal a gente participar?

— Na verdade... — Sem aviso, Hollis sentiu a ansiedade invadir seu corpo. Trouxe consigo os sintomas de sempre: coração acelerado, suor na nuca, desejo de se esconder em algum lugar confortável. Mas dessa vez havia um sentimento desconhecido: um tipo de energia que não sentia havia muito tempo, algo que não estava sob seu controle, e uma profunda sensação de segurança que florescia no espaço logo abaixo de sua garganta e irradiava de lá. Hollis engoliu em seco, como se isso fosse impedir que as palavras saíssem. Elas fervilhavam, indisciplinadas e insistentes. Ela as cuspiu, depressa: — Acho que a gente devia terminar.

Chris deu risada. O som era tão familiar que fez parte de Hollis se despedaçar. Ela não riu de volta.

— Qual é! — Ele tentou olhar para ela. — Para com isso. — Os olhos foram e voltaram algumas vezes entre ela e a rua. — Tá falando sério?

Ela não queria estar falando sério. Na verdade, não queria dizer nada. A Hollis do início do ano teria ficado quieta. A Hollis de alguns meses antes teria forçado uma risada e usado isso como desculpa para mudar de assunto e sair daquele climão. Mas a Hollis que estava sentada no banco da frente naquele instante era muito diferente das Hollis antigas.

— Sim — respondeu. — Tô falando sério. Desculpa.

Chris riu de novo, mas dessa vez foi mais uma zombaria. Derramou-se de sua boca e ameaçou levar junto o coração de Hollis. Mas o coração dela também estava mudado.

Ela achou que Chris poderia perguntar por quê, ou gritar, ou fazer qualquer coisa. Mas ele nunca foi disso. Eles nunca chegavam ao fundo do poço. E também nunca subiam até as nuvens. Chris continuou dirigindo, com os ombros caídos do mesmo jeito de antes, uma espécie de desleixo.

— Você... concorda?

Ela esperou quatro minutos em silêncio. Darke Complex tocava nos alto-falantes, a linha do baixo abafando tudo. Por hábito, Hollis estendeu a mão para a lateral do assento, onde seus dedos, ao longo dos anos, haviam desgastado o estofamento, mas assim que roçaram as fibras puídas, percebeu que estavam sólidas e firmes. Ela cruzou as mãos no colo.

— Acho que já faz um tempinho que não tá dando certo — continuou ela, hesitante.

— Por causa das suas amigas, né?

Chris não parecia ele mesmo. Soava distante e ao mesmo tempo próximo demais. Ele diminuiu a marcha no semáforo.

Uma onda de culpa inundou o peito de Hollis. Ela queria dizer que não, não tinha nada a ver com elas, mas aquela palavra — *amigas* — fez seu peito tremer atrás do cinto de segurança. Sem dúvida, encontrar seu grupo de RPG tinha algo a ver com a decisão. Mas dita por Chris, que ecoava as tantas horas de almoço com Landon, a palavra ganhava outro peso. Hollis tinha certeza de que, se ela negasse, se tornaria uma mentirosa.

Hollis negou com a cabeça e tentou uma versão da verdade:

— Sempre fomos amigos melhores do que namorados.
— Cara, nada a ver.
— Chris, isso não é justo.
— Não, o que não é justo é você escolher as meninas em vez de mim.

Hollis balançou a cabeça outra vez.

— Não estou escolhendo ninguém.

Mas isso também não era justo. Ela havia tentado — e muito — escolher Chris. Embora parecesse quase absurdo agora, ela só tinha conhecido as meninas *por causa* dele — porque queria tanto ser o suficiente para ele que tentou se transformar em alguém para quem ele pudesse dedicar suas noites de sexta-feira. O que encontrou ao longo do caminho foi algo muito melhor: um jogo que adorava, um grupo de garotas que a amavam e uma versão de si mesma que ela gostava tanto no mundo de fantasia quanto no real.

Mas quando Hollis tentou pensar em uma maneira de explicar tudo isso para Chris, as palavras se dissolveram em sua boca. Deveria ter ensaiado antes. O normal dela era imaginar conversas inteiras na cabeça antes que acontecessem, para se preparar. Desse jeito, ela tornava tudo muito mais difícil.

De certa forma, ela tornou tudo muito mais fácil. Hollis começou a falar:

— As coisas estão mudando. — Talvez ela não devesse ter usado essa palavra, pois mudança era o que ele temia acontecer com Hollis. Mas a usou mesmo assim: — Tudo está mudando. *Nós* estamos mudando. E acho que isso é uma coisa boa. Acho que a mudança vai trazer coisas boas para nós dois, e ainda podemos continuar os amigos que somos desde sempre.

— Acho que não posso continuar seu amigo, Hollis — disse Chris. Ficaram quietos até o refrão da música, e ele acrescentou, com certo esforço: — Não por enquanto, pelo menos.

— Justo. Sei que foi um choque. Pra mim também.

Ele deu uma risada forçada e caíram no silêncio outra vez.

— É, claro. — Depois de um tempo, ele acrescentou: — Ok.

Hollis continuou olhando para a frente e desejou que a música fosse mais apropriada para o momento. O barulho pesado da guitarra não combinava com o clima. Ela também desejou que Chris insistisse um pouco, ou pelo menos protestasse de alguma forma. Seis anos era muito tempo. Mas ele mostrara havia um tempo que não achava que valia a pena lutar por ela, e agora que Hollis tinha amigas que sabiam seu valor, a diferença era gritante.

Ela engoliu em seco.

— Ok o quê?

— Ok, podemos terminar.

Hollis pressionou os lábios.

— Me desculpa, *de verdade*.

— É, que seja — retrucou ele e estacionou ao lado do carro de Landon, como sempre. — A gente se vê.

— Ok — concordou ela, e como se fosse mais um dia como outro qualquer, saiu do carro e fechou a porta atrás de si.

◈

Durante todo o dia, foi como se Hollis tivesse esquecido de calçar um sapato ou talvez tivesse com os calçados trocados. Parecia errado, desorientador. Ela ficava indo até os mesmos lugares que frequentara nos últimos quatro anos e depois lembrava que não era mais bem-vinda, porque estava usando os sapatos errados.

Ela já estava triste por perder Chris. Não podia evitar, porque foram próximos por muito tempo. Mas mesmo isso não parecia adequado. A Hollis que era próxima dele não existia mais. A Hollis que agora andava pelos corredores da escola, com sapatos trocados, era uma Hollis diferente.

Essa alteração em sua rotina ficou mais difícil no almoço. A mãe conseguira um professor substituto para o período da tarde, já que tinha uma consulta no dentista marcada havia muito tempo e não dava para cancelar sem taxas e multas, as quais elas não podiam pagar. E então, mesmo tendo enviado uma mensagem para contar o ocorrido — *Ai, querida*, a mãe respondeu na mesma hora, *sinto muito*, e então enviou o emoji feliz em vez do emoji de choro, que Hollis presumiu ser um erro de Geração X —, foi para o refeitório que ela se dirigiu, em vez da sala de aula de sua mãe, com o lanche na mão. Ela estava a meio caminho da antiga mesa, com Lacie, Landon, Marius e Chris, quando se lembrou de que aquela não era mais a mesa dela. Não por enquanto, pelo menos. Não fora isso que Chris dissera? Não por enquanto.

Não por enquanto eram muitos almoços.

Em vez disso, mudou de rumo, com os pés e a cabeça pesados, indo direto para uma mesa vazia do outro lado do refeitório lotado. Tinha acabado de se sentar e pegar o misto-quente quando ouviu um grito vindo de algumas mesas adiante.

— Ô, MULHEEEEER — cantarolou a voz ao esticar a vogal.

Hollis sabia quem era.

— Chega mais — disse Iffy Elliston.

Ela obedeceu.

Todas as cadeiras da mesa de Iffy, exceto duas, estavam ocupadas com o grupo de pessoas mais coloridas que ela tinha visto durante todo o dia. Hollis foi até a lateral da mesa onde Iffy estava sentada próxima a um grupo de outras três pessoas. Reconheceu uma delas — Emily Tran, uma garota do Leste Asiático que participava dos vários clubes de teatro de sua mãe.

— Mulher, *por favor*, não vai me dizer que ia mesmo se sentar sozinha quando EU estava bem AQUI! — reclamou Iffy quase gritando. Deslizou uma cadeira ao lado dela e deu um tapinha no assento.

— Desculpa, hoje o dia tá meio esquisito.

— Por quê? — Iffy empurrou a cadeira com a bunda para dar mais espaço para Hollis terminar de pegar o almoço. — Finalmente deu um pé na bunda daquele seu namorado?

O estômago de Hollis se revirou. Como a Iffy sabia? Ela estava tão diferente assim?

— Hã... na verdade, sim.

— Já gostei dela — disse a pessoa ao lado de Iffy.

Era um cara alto, loiro e tão musculoso que parecia capaz de quebrar alguém ao meio com um simples abraço. Iffy demorou a comentar, parando um momento para trocar um olhar com Hollis. Avaliando. Então falou:

— Bom, bem-vinda à melhor mesa da escola. Este é... — Ela cutucou o menino — ... é

— Me chamo Peter King — disse o cara que podia quebrar alguém com um abraço. — Pronomes ele/dele ou ela/dela. Sou muito fã de dar um pé na bunda de namorados inúteis.

— Ela deu um pé no namorado também — explicou Iffy —, então tá nessa vibe girl power.

— Sou Rian — disse a pessoa ao lado de Peter. — Elu/delu. Gosta de Twizzlers?

— Vermelho ou preto? — perguntou Hollis.

— Vermelho, não tenho oitenta anos.

— Então, aceito. — E pegou os três que elu oferecia.

— Sou a Emily — falou a garota de cabelo preto e encaracolado. — Ela/dela. Já te falaram que você é a cara da sra. Merritt?

— É porque ela é minha mãe.

— Ah! — exclamou Peter. — Você é a Hollis!

— Sim — confirmou. — E uso ela/dela também.

— Ah, legal. Você joga RPG com a Iffy, né? — quis saber Ryan. — Ela mostrou seus desenhos. São bem legais.

— Qual seu personagem mesmo? — perguntou Emily.

— A paladina — respondeu Hollis, cobrindo a boca enquanto mastigava.

— Com a armadura irada — relembrou Emily.

— Sim, estamos diante da rainha com armadura, gente — falou Peter.

— Eu sempre falo pra ele participar da Sociedade dos Dramaturgos Mortos — disse Emily a Hollis. — Ele é perfeito pro grupo!

Hollis sorriu, e a conversa animada continuou. Ainda se sentia estranha, como se tivesse perdido o equilíbrio, mas, sentada à mesa de Iffy, talvez estivesse diante de um novo par de sapatos.

Pela primeira vez depois de muito tempo, Hollis Beckwith voltou para casa de ônibus.

Não foi tão ruim quanto no quarto ano. Era uma estranha mistura desconfortável de frio e calor ao mesmo tempo. O ônibus não tinha aquecimento, mas transportava um bando de adolescentes amontoados e suados, cheirando a desodorante barato e cecê. O ar azedo grudava em Hollis da mesma forma que os assentos de plástico desbotados.

Hollis se sentou na frente, sozinha: uma pequena bênção. Sua parada era uma das últimas e, ao descer na calçada, sorriu para o motorista do ônibus.

Não foi tão ruim, na verdade. Nada a ver com o que lembrava através das lentes da ansiedade. Se soubesse, teria escolhido isso em vez de Darke Complex, sem pestanejar.

Quando, no meio do caminho até a porta da frente, Hollis começou a chorar, não fazia muito sentido. Ela não conseguia entender o porquê de jeito nenhum. Foi tudo bem no ônibus. O dia até que tinha sido bom. Talvez fosse só o excesso de coisas acontecendo.

Procurou as chaves de casa, mas mesmo no fundo da bolsa elas lhe escaparam. As lágrimas caíram com mais força e mais rápido. Não foi um choro silencioso: escapava um soluço suave ao expirar, como se mesmo o som não tivesse certeza do motivo das lágrimas.

Encontrou a chave e a forçou na fechadura de latão. Ela se abriu, revelando o corredor escuro. A mãe ainda estava na consulta, então.

Hollis estava sozinha. Mais do que nunca.

A constatação caiu sobre ela do mesmo jeito que ela caiu na cama: pesada e sem saber como. Por um tempo indescritível, isso foi tudo que existiu para ela: a queda persistente de lágrimas, a colcha de retalhos macia e o espaço frio e úmido onde as duas coisas colidiam. Sem elegância, Hollis chorou. E não parou.

Com um aperto no peito, ela ia compreendendo a razão pela qual estava assim. Havia terminado com Chris. Agora que estava sozinha, não se arrependia, mas entendia todo o peso da situação.

Ele não vinha sendo muito bom para ela nos últimos tempos, mas nem sempre tinha sido ruim. Chris a ensinou como ser Hollis

Beckwith, filha de mãe solo e com o sobrenome do pai divorciado. Fora uma fonte de conforto quando ela não se sentia confortável em sua própria pele, em sua própria mente. E mesmo que ele a tivesse feito duvidar tanto de si mesma nos últimos meses, mesmo que se sentisse estranhamente livre na ausência dele, Hollis ainda se importava com ele.

Mas Chris não era mais quem ela precisava.

Quem Hollis Beckwith precisava agora era dela mesma.

Uma risada distorcida se misturou ao choro. Quem era Hollis Beckwith, afinal? A verdade se abriu para ela como se estivesse à espera, lá no fundo, esse tempo todo.

Hollis Beckwith estava mudando.

E embora tenha sido fácil convencer Chris de que era algo positivo para ambos, embora tenha sido emocionante pelos corredores, quando ainda estava tudo na teoria, agora era algo completamente diferente. Sozinha em seu quarto, a mudança era solitária e desconfortável, e era tão alta quanto os soluços de Hollis e o silêncio da casa vazia.

Seu cérebro disparou até o início do ano, o início do RPG, quando Landon chamou Iffy de esquisita. Ela não defendeu Iffy como deveria. Hollis tentou dizer a si mesma que foi porque não conhecia a garota naquela época, ou porque não valia a pena desperdiçar palavras com Landon, ou por causa de sua ansiedade, mas não era verdade.

A verdade era esta: Hollis sempre suspeitou que havia algo de esquisito nela também, e tinha medo de que, se falasse demais, Landon percebesse. Landon *soubesse*.

Mas o que havia de tão esquisito em Iffy Elliston? O que havia de tão estranho em amar quem você é e dizer isso em voz alta? Iffy era uma das pessoas mais incríveis que Hollis já conhecera. Era trans e *queer*, e isso era tão natural quanto os cachos de seu cabelo ou o sorriso em seus lábios. Ninguém — ninguém que preste — poderia conhecer Iffy e não se sentir sortudo por isso.

Além disso, o que havia de tão estranho em ser estranho? Já havia muitas coisas estranhas em Hollis, pelos padrões de alguém como Landon. Ela era gorda e não se odiava por isso. Tinha ansiedade e não se sentia envergonhada por isso. Era uma artista que passava a maior parte do tempo desenhando mulheres poderosas com armaduras e não se desculpava por isso. Ela gostava de todas essas coisas em si mesma. Até amava, ou tinha aprendido a amar nas últimas semanas e meses. E se fosse honesta consigo mesma, nem eram coisas tão estranhas assim. Todas as suas melhores amigas, as garotas em sua mesa de RPG, tinham nuances das mesmas coisas, e ela as amava do mesmo jeito.

Talvez, apenas talvez, elas pudessem amar cada pedacinho de Hollis.

Talvez, apenas talvez, ela, Hollis, pudesse amar tudo isso também.

Lágrimas grossas ainda caíam por seu rosto. Ela não conseguia pensar nas palavras, que pareciam não pertencer a ela ainda, mas se permitiu isto: pensar em Aini. Sobre estar com Aini, de verdade, sem o projetor de eclipse — o RPG — entre elas. Pensou em segurar a mão dela com os dedos entrelaçados e em caminhar juntas pelo parque desse jeito, e em como seria a sensação do sol em seus ombros quando estivessem livres do fardo do que as outras pessoas poderiam pensar sobre elas, sobre *ela*. E, então, ela pôde ver um futuro assim, no qual era exatamente quem ela era no fundo do coração, nada mais e nada menos. Em sua imaginação, Aini olhava para ela por cima do ombro, sorridente e radiante, orgulhosa de estar ao lado dela, e Hollis também estava orgulhosa.

As lágrimas caíram com mais força. Não por tristeza, pelo menos não totalmente; era pela beleza e pelo desejo. Mais do que tudo, Hollis queria isso. Mas também eram de tristeza, pelo menos em parte; havia todo um mundo entre aquele que imaginava e aquele em que habitava, emaranhada em seus próprios lençóis e chorando às 16h47 de uma tarde de sexta-feira. Ela estava mais perto do que nunca de uni-los, mas ainda havia um longo caminho.

Ouviu um barulho e depois um rangido quando a porta da cozinha se abriu. Escutou um baque, como uma bolsa caindo sobre um balcão, e uma voz grossa de anestesia falou:

— Hols, querida? Você está em casa? Todas as luzes estão apagadas.

Hollis respirou fundo e enxugou o rosto com as costas da mão. Tão silenciosamente quanto pôde, pigarreou.

— Tô, mãe — gritou em resposta, se ajeitando na cama. — Desculpa. Eu estava me arrumando pro RPG. Acho que estamos quase no final da campanha.

CAPÍTULO VINTE E QUATRO:
MAIS VALIOSO DO QUE OURO

Eles o encontraram novamente em uma clareira, a menos de doze horas de viagem da caverna onde passaram a noite. Era a campina mais linda que Honoria Steadmore já tinha visto, mas não havia como ser diferente. Era uma composição feita a partir de todas as partes mais bonitas dos Oito Reinos.

— Não há necessidade disso, ladra — alertou Wick ao ver Tanwyn se esgueirando pelo capim alto. — Sinto seu fedor de bode daqui.

— Ei, isso foi racista — declarou Mercy Grace, ou talvez, Fran mesmo.

— A gente sabia que ele era um babaca, mas *caramba*... — disse Maggie entredentes, então falou com o sibilar afetado de Tanwyn: — ... que palavras finas despejadas pela boca do rapaz.

O restante do grupo se apresentou. Mercy, antes agachada, agora estava de pé. Umber se fundiu à clareira a partir da linha das árvores que cercavam o espaço aberto, com Honoria logo em seu encalço. Apenas Nereida ficou para trás, quase escondida entre os galhos macios e esvoaçantes de um canteiro de amoras silvestres. À luz do meio-dia, toda a cena parecia uma pintura.

— Não tenho palavras para você, bode — disse Wick. — Não tenho nada a tratar com nenhum de vocês. — Um sorriso cruel, devastador e cheio de charme torceu seus lábios. — Me diga uma coisa, minha querida Honoria: já considerou minha oferta?

Tudo isso estava acontecendo muito rápido. Embora tivesse ganhado tempo extra devido a alguma estranha mudança na trama do destino, Honoria ainda não se sentia preparada para isso. Ela deu vários passos ousados à frente, colocando-se mais perto de Wick do que os outros.

— Ambos sabemos a resposta, Wick. — A voz dela estava triste, porém firme. — Para onde quer que planeje ir, não posso e não irei segui-lo.

— Ah, que pena — lamentou Wick. — Mas acho que está certa. Essa é a resposta que eu esperava da honrada Honoria.

Devagar, Wick avançou. Atrás dela, os membros do grupo se preparavam: o martelo de Mercy subiu com uma mudança sutil de vento, os dedos de Umber pressionaram as cordas contra o braço do alaúde, as mãos hábeis de Nereida deslocou componentes de uma bolsa na lateral do quadril. Ela não ouviu Tanwyn, mas nunca ouvia; era o que a tornava tão fatal. Honoria ficou imóvel, despreparada, e esperou.

— Parece que chegamos a um impasse — observou ele, ainda se movendo lentamente. — Sinto muito pelo que acontecerá a seguir. Vou matar seus companheiros primeiro, aí lhe darei tempo para mudar de ideia. Eu sempre...

— Enquanto ele faz o monólogo — começou Hollis, sentada na ponta da mesa. — Vou lançar o *Punho Flamejante*, Nível Cinco, em sua direção.

— *Caramba* — disse Iffy a seu lado.

Gloria assentiu, o rosto da Guardiã do Mistério impassível.

— Por favor, jogue o dado para o ataque, Honoria.

Uma quietude tomou conta da mesa quando Hollis estendeu a mão, pairando sobre os dados. De sua pequena coleção, ela pegou um d20: seus dados de Honoria, o presente de Aini. Na palma da mão, parecia adequado, como se tivesse sido criado para aquele exato momento.

Seis meninas respiraram em uníssono, e Hollis lançou o dado.

— Dezoito! — Ela se alegrou. — Vinte e três no total com meus modificadores.

A mesa explodiu em aplausos como se já tivessem reivindicado a vitória. Iffy deu um tapinha forte nas costas de Hollis. Percebeu pela expressão no rosto da amiga que estava pensando o mesmo que ela: um lançamento inicial tão alto era um bom presságio para a batalha.

— Acertou! — declarou Gloria, a máscara de Guardiã caindo um pouco para revelar um sorrisinho no canto da boca.

Hollis rolou seu d8 em formato de diamante cinco vezes para o dano.

— Trinta e dois de dano de Fogo — disse ela por fim. — Hum, ele foi empurrado três metros para trás.

Na Vacuidade, escondido no que deveriam ser os desertos gélidos das Cristas do Pico Alto, um punho flamejante de energia arcana apareceu no espaço entre Honoria Steadmore e Wick Culpepper do Porto de Fallon. Ele só teve tempo para um sorriso curioso se formar em seus lábios antes de ser atingido no peito e arremessado pela campina com tanta força que suas botas de couro deixaram marcas no lodo fino do solo.

Seguiu-se um momento de extraordinário silêncio e então a campina mais bonita de todos os Oito Reinos explodiu em ação.

Mercy, à direita de Honoria, gritou e avançou em alta velocidade, o martelo balançando bem acima de sua cabeça e formando um arco para baixo. Wick saiu do caminho no último segundo — ou melhor, ele estava lá, a um fio de cabelo da ponta do martelo de Mercy, e então, em menos de um piscar de olhos, desapareceu, surgindo do outro lado de Umber. Sua mão se estendeu e acariciou o rosto de Umber com algo próximo à ternura. Onde seus dedos se arrastavam, faixas escuras de decomposição floresciam.

— Umber! — berrou Honoria.

O grito se perdeu no repentino sopro do vento que agitava as árvores atrás dela. As mãos de Nereida se moviam, tecendo símbolos complicados e precisos no ar. Eles se solidificaram em runas brilhantes diante dela. As runas circularam em um vórtice, seus cachos despenteados pelo vento furioso que surgiu de sua criação até que ela empurrou as palmas das mãos para a frente. Como uma tempestade, atingiu as costas de Wick.

— Umber, abaixe-se!

A voz de Nereida ecoou pelo campo de batalha, mas o bardo não teve tempo de obedecer. Assim como o vento atingiu a seda fina da camisa de Wick, também atingiu Umber, rasgando sua bochecha.

— Tá tudo bem — gritou para Nereida, e o fez valsando ao redor de Wick, colocando espaço entre ele e Honoria. Ele começou a dedilhar o alaúde com notas agradáveis. Falou diretamente para Wick: — Já ouviu a piada sobre aquele cara, Wick? A única coisa menor que o cérebro dele é seu...

O final da piada foi interrompido por uma gargalhada estridente. Explodiu de Wick com violência, dobrando-o. Ele agarrou os lados do corpo como se quisesse arrancar o som de seus pulmões. Ao fazer isso, Tanwyn saiu de um arbusto de grama alta e disparou uma saraivada de adagas de cobre contra ele, cruzando o ar, brilhantes como fogos de artifício.

Com a espada erguida, Honoria partiu para a briga.

Na primeira parte da luta, parecia que ele estava em grande desvantagem. Honoria jamais soubera que Wick era usuário de magia e poderia dizer que as novas habilidades pareciam desajeitadas em suas mãos. Ele errou mais alvos do que acertou, e havia cinco do grupo delas atacando-o de todos os ângulos. Honoria ficou ao lado, atacando seus pontos fracos quando ele os expunha. Claro que ele fez o mesmo, quase arrancando um pedaço do braço dela com Magia da Morte que cortava feito adagas. Para cada golpe que ele desferia, ela tinha certeza de que o grupo devolvia mais.

Atribuía isso a Umber. Ele estava por todo o campo de batalha, dançando dentro e fora da grama de cores incomuns da campina como se fosse sua terra natal.

Contudo, à medida que avançavam, Wick, encontrava seu equilíbrio — e sua confiança na própria magia. Raios de luz escura, do mesmo vermelho doentio do relâmpago na praça do Porto de Fallon havia tanto tempo, voaram das pontas dos seus dedos. Por um momento assustador, ela teve certeza de que todos estavam a um passo de sucumbir ao mesmo destino de muitas das criaturas alteradas que ela tinha visto ao longo da jornada até ali.

— Aguentem firme — gritou no campo de batalha. — Ele pode ser forte, mas estamos em maior número e temos o poder da Senhora Justa e Temível ao nosso lado.

Uma luz brilhante, tão brilhante quanto a de Wick era escura, brilhou no peitoral de cobaltril de Honoria, centrada em seu coração. Ela atravessou a campina, encontrando os centros cardíacos de cada um dos membros do grupo, que brilharam com a mesma luz antes de parecerem se dissolver no peito.

— E todas se curam de 15 pontos de dano — informou Hollis, de um lugar distante. — E têm Vantagem em qualquer Defesa contra magia Necromântica para os próximos cinco turnos.

— Tá vindo com tudo, hein, paladina? — disse Aini no sotaque afetado de Umber.

Ele ainda preservava o espaço entre Honoria e Wick, e nos poucos segundos que Mercy levou para girar seu martelo de batalha, conectando-se solidamente com o ombro do homem, ele por acaso olhou para ela e lhe deu uma piscadela.

Honoria retribuiu — ou tentou. Nunca soube muito bem como fazê-lo. Em vez disso, ambos se alargaram à medida que o mundo parecia desacelerar o seu movimento.

Do outro lado do rosto ainda atrevido de Umber, ela pôde distinguir o movimento da mão de Wick. Foi simples, na verdade; ele não fez nada além de apontar um dedo para as costas de Umber. Sua boca se moveu, pronunciou uma palavra que Honoria não pôde ouvir por causa do barulho da batalha e então uma bola de luz negra apareceu na frente do peito de Umber.

— Umber — disse Gloria —, você precisa jogar o dado de Defesa Mágica.

— É magia Necromântica? — perguntou Aini.

— É. Use a Vantagem do feitiço da Honoria.

Bom, pensou Hollis. *Luz Curativa de Proteção*, que ela acabara de lançar, era seu feitiço de nível mais alto. Estava valendo a pena agora, mesmo que isso significasse restar só mais um feitiço de Nível Seis para o resto do dia.

No silêncio da sala de jantar dos Castañeda, Aini rolou dois d20s. Ela soltou um som estranho, meio entre risada e suspiro.

— Doze.

— Tá com vantagem — explicou Fran. — Pega o número *mais alto* dos dois.

— Esse é mais alto, Franny — avisou Aini.

O silêncio na mesa ficou ensurdecedor.

— Então — disse Gloria depois de respirar fundo —, a bola de luz negra penetra no peito de Umber. Você sente a energia sugando sua força vital, tentando atraí-la para o centro do seu corpo, para o seu coração, e detê-la. Você sofre... — Do outro lado do escudo da Guardiã, Gloria lançou mais dados de dano do que Hollis gostaria.

— ... 28 de dano.

A voz de Aini era baixa quando falou, e a cabeça de Hollis se levantou instantaneamente ao ouvir o som desconhecido:

— E é... dano Necromântico — acrescentou Aini, parecendo distante.

Gloria fez que sim.

Silêncio total imperou na sala. Por quanto tempo, Hollis não tinha certeza. Foi tempo suficiente para que uma estranha calma tomasse conta do rosto de Aini Amin-Shaw, tempo suficiente para que seus lábios se retorcessem para o lado, tempo suficiente para que desse um pequeno e doloroso sorriso com o canto esquerdo da boca.

— Ainda estou sorrindo — disse ela, com o sotaque de Umber, que lhe saía naturalmente. — Mesmo quando a luz negra entra em meu peito, ainda estou sorrindo. E mantenho meus olhos abertos e os mantenho em você, Honoria. — Aini manteve os olhos em Hollis, que sentiu um vazio crescendo atrás de sua caixa torácica no mesmo espaço em que o feitiço atingiu Umber. — Respiro fundo, meus pulmões se enchem e penso em como o ar tem o gosto da grama no pátio da casa da minha mãe, lá em Crepusculeo. E penso em como ela teria gostado de você, Honoria, por sua bravura, e por sua bondade, e por sua honra. E penso no quanto elas brilham agora, como o cobaltril no seu peito. E penso em como deveria ter elogiado tudo isso com mais frequência. E então não penso em nada. — Aini colocou o lápis sobre a ficha de personagem. Uma lágrima caiu na página ao lado. — Umber cai morto na grama da campina, com seu último sorriso congelado no rosto.

— Não — protestou Fran.

— Ele só está ferido — rebateu Maggie. — A Honoria tá bem ali, ela vai ajudar e ele vai ficar bem.

— NÃO — repetiu Fran, mais alto dessa vez.

Iffy balançou a cabeça, respirando rápido e com dificuldade, as narinas dilatadas.

Aini parecia querer dizer alguma coisa, mas estava chorando. Foi silencioso e lindo, como os últimos momentos de Umber.

Hollis compreendeu.

— Não posso ajudá-lo — falou. A voz parecia vir de longe, dos Oito Reinos, de outra encarnação. Hollis engoliu em seco, tentando usar sua própria voz. — Se for reduzido a 0 pontos pela magia Necromântica, você...

— Ele não tá morto! — insistiu Fran. — Não tá!

— Sinto muito — começou Iffy —, mas ele...

— Não! Cura ele! — gritou Fran, mas soava tão forte vindo da garganta de uma menina de 12 anos que ficou claro se tratar de Mercy Grace do outro lado do campo de batalha. — Vai! Vai logo!

Não podiam parar de lutar. A batalha ainda não tinha acabado.

Honoria se permitiu um momento, um espaço de três segundos, para olhar o rosto de Umber. Como era lindo, mesmo na morte. Lágrimas, quentes e intermináveis, escorreram por seu rosto, misturando-se com suor e sangue. Honoria passou por cima do corpo, tomando cuidado para não pisar no fio dourado bordado em seu gibão, e gritou:

— POR UMBER!

— Por Umber! — gritou Tanwyn, e jogou uma garrafa de Melaço Segura-Pés nos pés de Wick. Preparando-se para atacar Mercy, ele não percebeu e ficou preso ao chão, imóvel.

— Por Umber! — berrou Mercy, e deitou o martelo nos joelhos dele, que se desequilibrou e caiu de um jeito muito torto.

— Por Umber! — foi a vez de Nereida, e do céu límpido acima, ela invocou raios e trovões, que se solidificaram em algo forte para segurar Wick no chão.

Ele, por sua vez, tentou atacar Mercy, mas seus dedos pareciam em dissonância, endurecidos pelo feitiço de Nereida. Ele girou o melhor que pôde, mãos inúteis agarrando o chão para ajudá-lo a se virar e encarar Honoria, que se aproximava.

— Não precisava ser assim — disse ela com uma voz suave e interrompida por lágrimas. — Eu teria te levado para casa.

— Este é meu lar — retrucou ele, ainda desafiador. — Seu amigo morto me fará companhia. Ele vai se levantar logo. Não há magia que impeça.

— Você já não me conhece, Wick. Meus amigos e eu descobrimos algo mais poderoso, algo que você jamais compreenderá.

— E o que é, Honoria? O que pode ser mais poderoso do que a desmorte? Ainda posso te levar, sabia? Podemos deixar esse povo para trás. Podemos até levar esse meio fada com a gente. Notei como ele te olha. Olhava, quero dizer. É só concordar e...

— Enquanto ele fala — os olhos de Hollis estavam semicerrados como os de Honoria, ambos marejados —, cravo minha espada em seu coração.

Aconteceu muito rapidamente e sem alarde. O corpo de Wick relaxou, caído nas costas da mão com a qual ela havia enfiado a espada até o punho. Na morte, ele se parecia mais com o Wick que ela conhecera na juventude. A morte tirou toda a amargura de suas feições, toda a crueldade de seus olhos abertos.

Ela o deixou lá, caído, apunhalado. Havia assuntos mais urgentes a tratar.

Todos se moviam como um só: Tanwyn saindo das sombras, deixando suas adagas de cobre onde pousaram; Mercy, contornando Wick, deixando seu martelo ensanguentado cair ao lado; Nereida, com as pontas dos dedos ainda vivas com a energia da tempestade, terminando seu percurso até o centro da campina, que não havia parado desde que ela deixou a cobertura das árvores. Honoria chegou primeiro e se ajoelhou ao lado dele.

Umber ainda parecia tanto ele mesmo que Honoria teve que colocar a mão em seu rosto, as costas da mão sem luva apoiada abaixo das narinas imóveis, para verificar que ele não estava mais entre os vivos.

— Honoria — chamou Mercy, a raiva e as lágrimas silenciosas deixavam sua voz trêmula. — Ajuda ele.

Todos os olhos se viraram para ela.

— Não sei se consigo. — Apesar de todo o peso sobre seus ombros, eles ainda tremiam. — Posso tentar o *Chamado dos Combalidos*, mas essa magia ainda é nova para mim. Não sei se consigo.

— Precisamos tentar — disse Nereida. — Ele tentaria por nós.

— Ele tentaria, mesmo com o risco de fracasso — acrescentou Tanwyn.

— Vai dar certo — insistiu Mercy. — Ele vai ficar bem.

— Tá bom — concordou Honoria. — Mas preciso da ajuda de vocês.

E então começaram a trabalhar, tanto no jogo quanto na mesa. Iffy examinou suas anotações em busca de qualquer menção aos componentes do feitiço, negociando com Gloria por Vantagem nas jogadas em troca de qualquer coisa sobre a qual ela tivesse informações. Maggie usou seu conhecimento de bruxa da vida real para mencionar a fase lunar, argumentando que, como seguidora de uma divindade baseada na água, o poder de Honoria deveria ser mais forte como a maré na lua cheia. Fran se concentrou bastante, descrevendo com mais detalhes do que Hollis jamais a ouvira usar fora da batalha, como e onde procurava as diversas ervas e flores necessárias para a magia. O tempo todo, Aini ficou quieta, com lágrimas silenciosas escorrendo pelo rosto.

Quando todos os membros do grupo se reuniram com Honoria ao lado de Umber — ela não podia deixá-lo, não ali com Wick —, eles a ajudaram a desenhar o intrincado símbolo em flores: o símbolo da Senhora Justa e Temível, um par de ondas quebrando sobre si mesmas, com Umber no centro.

— Essa magia também exige sacrifício — falou ela enquanto o crepúsculo surgia no horizonte, exibindo milhares de estrelas no céu. — Deve ser algo mais precioso do que ouro. Acho que cada uma de nós deveria oferecer algo. Deve ser mais fácil chamá-lo de volta se fizermos todas juntas.

Embora ela tivesse previsto algumas reclamações, especialmente de Mercy Grace, não houve nenhuma. Na verdade, foi Mercy quem contribuiu primeiro.

— Ele sempre falava que gostava disto aqui — comentou ela ao pegar uma pedra da bolsa. Era um diamante e, mesmo sem ser lapidado, reluzia as luzes da campina, expelindo arco-íris nas bochechas ainda sorridentes de Umber. — É dele agora.

Tanwyn foi a seguinte. Em vez de oferecer um objeto, ela se inclinou perto do corpo de Umber e sussurrou algo em seu ouvido surdo.

— O segredo do meu *Passo de Sombra* — explicou. — Talvez o ajude a dar um passo para fora das sombras.

— Eu prometo — afirmou Nereida, segurando o ombro rígido de Umber — que quando você voltar, vou aprender cada uma das suas canções idiotas, e vou cantá-las por toda a parte.

Para a feiticeira séria que nunca tinha cantado no coral do jantar, Honoria sabia o quanto isto significava.

E então restou ela. O que tinha a oferecer que Umber já não tivesse? Uma pedra, um segredo, uma canção. Era tudo de que ele precisava na vida.

Mas era da morte que ela tentava chamá-lo de volta.

Tremendo, ela estendeu a mão para trás, desamarrando as tiras de couro. Seus dedos doíam e as unhas ainda estavam manchadas de sangue — parte era sangue dele. Com um raspar metálico, ela removeu o peitoral de cobaltril, o grande tesouro do legado de Steadmore.

Por um momento, pensou em colocá-lo sobre o peito dele, pois era certamente mais precioso que o ouro por si só. Em vez disso, apenas colocou-o ao seu lado. O que restou onde ela se ajoelhou ao lado dele foi isto: só Honoria, despojada de suas defesas e exposta ao mundo, seu coração aberto para ele.

Inclinando-se para a frente, ela deu um beijo suave em seus lábios.

E então, sussurrando algumas palavras bem escolhidas, a mão dela flutuou e pressionou contra o coração dele. Um novo soluço, algo profundo e sagrado, borbulhou de sua garganta ao ver como estava imóvel sob seus dedos.

— Hoje não — murmurou ela contra a pele fria da testa dele. — Ainda não chegou sua hora.

E lançou *Chamado dos Combalidos* sobre Umber.

Gloria lançou um olhar peculiar para Hollis.

— Gostaria que rolasse um d20 e adicionasse seu modificador de Carisma. Não diga o número em voz alta, apenas me mande por mensagem, por favor.

Longe da campina sagrada na Vacuidade, Hollis soltou um lamento, mas assentiu. Tudo se resumia a isso, então. Com seus dados de Honoria, ela fez o lançamento, fez as contas e mandou uma mensagem para a Guardiã do Segredo. Ela não tinha certeza do resultado, mesmo quando estendeu a mão trêmula para Aini Amin-Shaw.

Pura luz escorria dos dedos de Honoria como água e se derramava no mesmo lugar onde a luz negra de Wick havia desaparecido. O momento se estendia infinitamente adiante, enquanto a ideia de continuar sem ele se estendia em sua mente. Sem elegância, Honoria chorou, suas lágrimas molhando o rosto de Umber abaixo dela.

E então sentiu uma batida sob seus dedos. Era solitária, mas firme.

— Ah.

Honoria ficou sem fôlego entre os espasmos de choro.

E então outra, e mais outra, e depois veio o calor. Ele se espalhava pelo corpo a cada batida do coração. A luz da magia se espalhou por suas veias, deixando rastros brilhantes sob a pele por onde passava. Ela aumentou para um brilho tão intenso e feroz que todo o corpo de Umber foi iluminado, e então se condensou novamente, desaparecendo de volta ao peito.

— Funcionou? — perguntou Mercy, agitada no lugar.

O peito de Umber subiu com uma respiração profunda e seus olhos brilhantes se abriram, despertos. Ele levou apenas meio segundo para avaliar a situação, e então o sorriso congelado em seus lábios voltou à vida também. Sua ancestralidade feérica brilhou em suas bochechas sob a escuridão que caía. Ele se apoiou nos cotovelos, aproximando-se da paladina como nunca antes.

— Honoria Steadmore, posso te beijar agora?

Ela estava cheia de lágrimas e ranho, mas nem ligou.

— Pode, por favor.

E Umber colocou a mão na bochecha molhada de Honoria e a beijou com vontade, como sempre quisera ao longo de toda a campanha.

— E por hoje é só — avisou Gloria.

Toda a mesa, Hollis inclusive, se lançou sobre Aini, enterrando-a em um abraço coletivo. Elas ficaram assim até que todas as lágrimas secassem.

CAPÍTULO VINTE E CINCO:
A PONTE OUTRA VEZ

Na manhã seguinte à quase morte de Umber Dawnfast, Hollis Beckwith acordou com uma imagem na mente e sabia que não ficaria em paz até que a colocasse no papel. Ainda assim, tentou evitá-la por mais um tempo, rolando e virando o travesseiro. Então, fechou os olhos. Afinal, ainda era muito cedo para um sábado.

Mas mesmo no escuro das pálpebras, ela podia vê-la. Hollis franziu os lábios, um lado pressionando o algodão fresco da fronha.

E se levantou.

Embora devesse ter ido tomar o café da manhã, ou pelo menos tomar um copo de água, foi para sua mesa bagunçada. Da bolsa ao lado da cadeira, tirou o caderno.

Com seu lápis 2B favorito, sua mão trabalhava depressa, quase tão rápido quanto sua mente conseguia transmitir a informação, de modo que havia muito pouco atraso entre o que ela via em sua imaginação e o que colocava no papel. De vez em quando, pegava um lápis de cor da caixa em sua gaveta de cima, trabalhando na grama colorida feito algodão-doce ou nas árvores em tons pastel de outro mundo. A paisagem era bonita, mas Hollis não estava desenhando um cenário.

A figura central era Umber, é claro, com Honoria ao lado.

O que a marcou durante toda a noite passada foi o momento da morte de Umber. Como foi lindo, sereno e trágico. Mas o que a despertou do sono à luz do dia foi o momento logo após ele ter sido trazido de volta à vida. Não foi algo que falaram em voz alta, mas ela pensou que Aini concordaria com a forma como Hollis desenhou: o olhar de compreensão repentina e sagrada nos rostos de Umber e Honoria de que a ressurreição havia funcionado. Sob sua mão, ela o aplicou como luz em seus olhos, como cor em suas bochechas.

Porém, mesmo após finalizar, algo estava faltando. Não combinava com a sensação que a empurrara para fora da cama. Hollis apagou tudo até Umber e Honoria ficarem sem seus traços característicos.

No rosto de Umber, desenhou um nariz de ponta arredondada, olhos castanhos profundos sob espirais de cachos cor de laranja. Nos de Honoria, crescia um par de olhos não azuis, mas castanhos, lábios carnudos e uma papada visível. Hollis trabalhou enquanto o sol nascia até que não eram mais Umber e Honoria gratos pela vida um do outro, mas Aini e Hollis.

Quando ela fez um último retoque em seus olhos, Hollis percebeu que o sentimento que ela estava tentando capturar finalmente estava lá.

Ela pegou o celular.

beckwhat 10:01
oi.
quero ir no parque.
você quer ir tb?

Aini 10:02
É o que eu mais quero fazer num sábado.
Te pego meio-dia?

beckwhat 10:02
na verdade...
que tal agora?

Aini 10:02
Te pego agora.

A viagem até o parque foi surpreendentemente silenciosa e barulhenta. Silenciosa, pois as duas meninas não conversaram muito. Alta, pois elas cantaram em vez disso. Hollis colocou a playlist Steadfast no bluetooth do rádio do carro assim que conseguiu se conectar. Desde então, não parou de cantar seus maiores sucessos. Aini não fez perguntas, apenas cantou junto com sua doce voz de soprano. O contralto de Hollis era fraco em comparação, mas isso não a impediu.

O volume de sua própria voz refletia sua coragem. Oscilou, estremeceu e tamborilou a letra de "Cut Your Bangs" pelo parque, e se manteve firme até chegarem à ponte onde, meses antes, tinham tirado fotos no Halloween, vestidas como Honoria e Umber. Sem parar, sua mente girava entre a letra e o momento em que vestiu a armadura de papelão de Honoria. Nessas fotos, ela viu pela primeira vez o brilho em seus olhos. O mesmo brilho crescia nela então, empurrando-se contra seu peito, precisando ser libertado.

— Ok. — A voz da Hollis estava estranhamente firme, apesar de um pouco rouca depois da cantoria, o que a surpreendeu. — Vou falar algumas coisas e queria que só ouvisse por enquanto, ok?

Aini assentiu, já sem palavras, e deu um pulinho para subir até a grade da ponte.

— Então... — começou Hollis.

E foi nesse exato momento que ela percebeu que não tinha ideia de como falar sobre nada daquilo. A Hollis que ela era antes de começar a jogar RPG teria desistido bem ali. Mas agora ela tinha prática de falar sobre as coisas, pegando emprestada a coragem de Honoria. Agora poderia reivindicar sua própria voz.

— Aini — recomeçou, as mãos abertas à sua frente como se estivesse segurando algo enorme e invisível entre elas —, eu vou precisar falar *muito*.

Um sorriso ameaçou despontar no canto dos lábios de Aini, como se ela fosse rir. No entanto, apenas assentiu.

Durante muito tempo, Hollis usou Honoria como armadura. Era hora de *ela* ser corajosa. Parecia uma tarefa impossível ficar na frente de Aini, gesticulando em vão. Mas Honoria ganhou a batalha quando Hollis teve certeza de que estaria perdida. Ela poderia sair vitoriosa também. Hollis engoliu em seco.

— Eu... gosto de você.

Por muito tempo, teve tanto medo de dizer isso. Como a maioria das coisas com Aini, era muito mais fácil fazer do que pensar. Hollis riu de si mesma, sacudindo as mãos em um movimento muito parecido com os de Aini. Essas quatro palavras, ditas em voz alta, tiraram todo o peso de seu peito. Todo o corpo de Hollis estava mais leve — as mãos, a cabeça, o coração.

— Eu gosto de você — repetiu as palavras mágicas — e fiquei um tempão sem pensar nisso, porque é tão fácil não pensar nisso quando estou perto de você. Calma, isso saiu meio estranho. Deixa eu explicar. É que... quando estou com você, não preciso pensar em nada. É fácil. Tudo fica fácil. Nós simplesmente... *somos*.

Hollis apertou os lábios. Ela não estava fazendo aquilo direito. Tentou outro ponto de vista.

— Quando eu estava com o Chris — arriscou ela —, eu precisava pensar nisso de ser um *casal*, sabe? Eu nem curtia essas coisas. Tipo, quando a gente se beijava, era normal, mas... dava trabalho. E aí...

As palavras seguintes pararam em sua língua, hesitantes. Mas tinham sido suprimidas por tanto tempo que Hollis não conseguiu mais contê-las. Seus dedos subiram até o rosto, traçando a linha do lábio inferior.

— E então eu beijei *você*, Aini, e foi a melhor coisa, a coisa mais fácil, que já fiz na vida. Por um momento, parecia que você era o Umber, sabe? Porque era algo tão bom, certo e perfeito que parecia pertencer a uma história inventada e não ao mundo real. Parecia que, dã, é óbvio que esta é a mão que eu deveria segurar. Estes são os lábios que eu deveria beijar.

Mesmo ali, na frente da garota, o corpo de Hollis ansiava por estar ainda mais perto de Aini. Talvez se estivesse — se colocasse uma mão perto da de Aini, colocasse a outra contra sua bochecha, se inclinasse um pouco —, isso acalmaria a confusão em sua cabeça e ela não teria que dizer nada em voz alta.

Mas valia a pena dizer, para Aini, em voz alta, e ainda havia muitas palavras.

— Eu também gosto de você — falou, de repente. — E é isso, fim da primeira parte. Tô fazendo algum sentido?

Aini não conseguiu reprimir o sorriso dessa vez, mas ainda assim fez pouco mais do que acenar com a cabeça, os cachos balançando, brilhantes. Ela estava dando espaço para Hollis. Deixava Hollis falar, como já tinha feito inúmeras vezes no Discord, ou no telefone, ou no carro.

Aini Amin-Shaw era realmente incrível.

— Mas o resto não é muito legal, acho. Porque não sei como gostar de você, Aini. Calma, não é bem isso. Acho que vou ser boa nisso, a não ser que eu seja uma tremenda babaca, igual fui no Natal...

— É — cortou Aini —, você foi meio péssima.

— Eu sei, eu sei. — As mãos de Hollis gesticularam no ar outra vez. — Me desculpa. Eu devia ter falado *essas* coisas naquele dia, Aini. Acho que eu já sabia as partes importantes. Mas é que... Eu só... Não sei se... — As palavras estavam relutantes em sair, teimosas. — Não sei... se sou lésbica? — Ela se impediu de continuar, balançando a cabeça. Parecia estar em queda livre. — Não sei se sou lésbica, *queer*... Tá vendo, eu sou ruim nisso. Não tenho nem vocabulário. E pensei por muito tempo que talvez houvesse algo errado comigo, algo *esquisito*, porque eu realmente não me importava com nada disso quando se tratava de Chris, mas de repente pareceu importante. Tipo, eu gostaria de beijar você de novo. E segurar sua mão. E talvez ser sua namorada. Mas não sei o que isso faz de mim, além de uma grande não hétero, e isso é... bem assustador.

Quando ela segurava a mão de Aini, quando se sentavam com os quadris se tocando, quando simplesmente ficavam perto, Hollis não poderia ser quem ela pensava que era desde que se deu por gente: Hollis, provavelmente hétero, uma péssima namorada. Quando estava com Aini, ela era algo muito melhor. Ela era Hollis, provavelmente apaixonada, muito feliz com uma garota.

Era tudo, todas as coisas que ela sabia que deveria priorizar, que pareciam tão grandes que seus dedos não conseguiam envolver.

— Faz sentido? — perguntou, baixinho.

Desta vez, Aini estendeu a mão, os dedos finos procurando os dedos grossos de Hollis. Ela se esticou para pegá-los. Seus dedos se entrelaçaram até que as palmas pudessem pressionar uma contra a outra.

— Tá vendo isso? — Com a mão livre, Hollis apontou para as mãos unidas. — Eu gosto muito, muito dessa parte. É todo o resto que me assusta. Mas esta parte? — Apertou a mão de Aini. — Esta parte é muito, *muito* fácil.

Ficaram quietas por um momento. Os olhos de Aini estavam nela; Hollis podia senti-los tanto quanto sentia o calor na palma da garota. Ela não conseguia encará-la e, em vez disso, acariciou a mão de Aini com o polegar. Havia uma cicatriz ali, um tom mais escuro que a pele. Hollis se perguntou o que teria acontecido.

Finalmente, Hollis ergueu os olhos.

— Hum, então. É isso. Sua vez... sua vez de falar.

— Certeza?

— Sim.

— É que você fica muito fofa quando sacode as mãos assim.

Hollis deu uma risadinha.

— Tá, Aini, tenho certeza.

— Ok, porque eu tenho duas coisas pra falar. Um: eu provavelmente estou me sentindo a garota mais feliz de Ohio, e talvez do mundo. E dois: e daí?

Hollis sorriu na primeira parte, mas seu sorriso desapareceu abruptamente na segunda.

— Como assim?

— A primeira parte é óbvia. Tô muito feliz que você gosta de mim e quer me beijar, segurar minha mão e talvez ser minha namorada porque eu quero isso tudo também.

O sorriso voltou aos lábios de Hollis. Seu coração ficou quentinho da mesma forma que naquela noite, depois da festa do Natal Crítico, batendo forte.

— Quanto à segunda parte... E daí? Todo o resto. Tô nem aí.

— Quê?

Não fazia sentido. Aini era *tão* assumida e *tão* orgulhosa disso e, em suas próprias palavras, lésbica pra caramba. Não parecia justo gostar dela enquanto ela mesma, Hollis, não sabia em qual letra se encaixaria na sigla LGBTQIA+.

Mas... Aini não estava nem aí?

— Não me importo se você ainda não sabe definir o que é agora — explicou. — Ou nunca, na verdade. Você tem tempo pra descobrir isso, ou não. É com a parte de você *gostar de mim* que me importo. O resto é apenas vocabulário.

Hollis não fazia ideia de que isso poderia ser tão simples.

— Sério?

Aini apertou a mão dela.

— Sério.

— Bom, mas uma hora eu vou descobrir.

— Se você quiser.

— Acho que eu quero.

— Tudo bem, então. E posso ajudar. Sei que deve ser muito difícil de acreditar, mas nem sempre eu fui essa superestrela lésbica fodona aqui. Já fui uma lésbica confusa e esquisita dentro do armário.

— Olha, você ainda é esquisita.

— Ah, tá bom então... Pensei que você gostasse de mim, Beckie.

— Eu gosto. — O coração dela batia mais rápido em intenso contraste diante da calma que tomava conta do seu corpo. — Gosto muito. Mas é que eu gosto de gente esquisita. — Deu de ombros.

Aini riu, e o som se espalhou pelo parque.

— Se é assim que você gosta, então eu sou esquisita.

Hollis riu também, e sentiu algo quente fervilhando dentro de si. Deu um passo para mais perto de Aini. Não foi intencional; aquela risada era movimento, e ela simplesmente seguiu junto. Mas era bom ficar mais perto dela.

O segundo passo *foi* intencional.

O terceiro foi como todas as palavras que ela havia arrancado de si pouco antes: sem pensar, mas importante.

— Aini Amin-Shaw, posso te beijar agora?

Aini sorriu e, de tão perto, olhando para os lábios da garota, Hollis pôde ver que havia uma pequena lacuna entre os dentes da frente. Tão perto, o cheiro floral dela era avassalador. Hollis queria respirar. Sentir o gosto. Para nunca esquecer.

— Bom — disse Aini. Ela se inclinou para a frente, e Hollis sentiu a mão dela sobre sua cintura. A mão de Hollis, que ainda segurava a outra de Aini, apertou-a ainda mais. — Só não estou gostando que está roubando minhas cantadas. — Ela sorriu, mas logo o sorriso sumiu entre lábios apertados. Algo bem no fundo de Hollis se acalmou, e logo depois estremeceu. — Mas, mesmo assim, pode me beijar.

— Ok — concordou Hollis, olhando para baixo. Ela se aproximou dessa vez. Sem saber o que fazer com as mãos, ela imitou as de Aini. Sua mão desceu para a cintura magra da outra menina. — Vou te beijar, então.

Chegou ainda mais perto.

Nada de beijo ainda.

— Ok — disse Aini.

E então a beijou, com vontade. Sorriu ao beijá-la. O lábio inferior de Aini parecia mais cheio sob o dela, e ela tinha gosto de chá de rosas e de escolha certa.

Não queria se afastar dela — achava que nem *conseguiria*. Mas com a mão de Aini na sua, Hollis poderia fazer qualquer coisa. Devagar, ela se afastou, mas continuou perto. Seus lábios, onde haviam tocado os de Aini, ainda pareciam eletrizados.

— Você não sabe há quanto tempo eu queria repetir a dose — revelou Aini.

— Eu sei, sim. — Hollis riu.

— Justo. Então... Vamos nos beijar mais?

— Agora? É claro.

— Tipo, eu quis dizer beijar com mais frequência, como namoradas. Mas agora também vale.

Parecia impossível, como uma história que estavam contando, como um desenho que ela estava esboçando. Mas a mão dela ainda estava na cintura de Aini, o toque quente e *muito* real sob seus dedos.

— Quero agora e sempre — declarou Hollis, e beijou Aini outra vez.

CAPÍTULO VINTE E SEIS:
VOCÊ E EU E A VACUIDADE

Quando Hollis Beckwith se sentou novamente à mesa com acabamento em carvalho na sala de jantar dos Castañeda, na sexta-feira seguinte, ela era namorada de Aini Amin-Shaw havia quase uma semana inteira, o que pareceu um período muito longo e muito curto ao mesmo tempo. Longo, porque uma semana era muito tempo para ser algo totalmente novo. Curto, porque parecia que ela sempre tinha namorado Aini e só agora estava se lembrando disso.

Ainda não tinha contado a muitas pessoas. Contou para a mãe e foi mais ou menos assim:

— Tô namorando a Aini Amin-Shaw.

— Que ótimo — respondera Donna Merritt. — Pode trazer as batatinhas?

— Só vai dizer isso?

Hollis esperava algo mais, para melhor ou para pior. Pegara as batatas conforme o pedido.

— Hollis — dissera a mãe —, não importa quem você está namorando. Eu sempre vou te amar. Agora experimente! O tempero teoricamente é tailandês, mas está mais para chinês.

E só.

Contara a Iffy também, porque ela e Aini conversaram sobre para quem deveriam contar da escola, e Iffy era o único nome na pequena lista. Parecia um pouco traição esperar até segunda-feira, quando haveria tantos sentimentos ansiosos e gritos sobre tudo isso, mas não parecia uma conversa que Iffy apreciaria por mensagem. Não havia como abraçar Hollis e apertá-la, que era o que ela esperava que acontecesse.

O que realmente aconteceu foi:

— Tô namorando a Aini Amin-Shaw — cochichou Hollis na saída do refeitório.

Iffy emitira um som que só poderia ser descrito como gargalhada, o que fizera Hollis franzir a testa. Então batera várias vezes os pés no chão limpo do corredor e batera palmas.

— Até que enfim!

E então jogara os braços em volta de Hollis e a apertara. Hollis estava certa sobre isso, pelo menos. Então, no ouvido de Hollis, Iffy dissera:

— E obrigada por me falar e não me obrigar a fingir que eu não sabia. Aini me contou no sábado.

Traição, Hollis pensara, com um sorriso nos lábios. Devia ter sido logo depois de Aini ter se despedido dela com um beijo, o que fizera Hollis pensar em beijar Aini, o que fizera as bochechas de Hollis mudarem de cor. Não conseguia disfarçar enquanto Iffy caminhara com ela até o refeitório em direção à mesa que agora compartilhavam.

Mas esta era a primeira vez que ela se sentava à mesa de jogo como namorada de Aini, e isso foi significativo. No caos de todas chegando para aquela última sessão — provavelmente; até haviam feito uma vaquinha para pedir pizza —, o casal de alguma forma surgiu, de mãos dadas, despercebido. Hollis conversou tranquila com sua namorada — uma palavra estranha e empolgante em sua mente — enquanto ambas desempacotavam suas fichas de personagem e saquinhos de dados.

— Você precisa melhorar sua coleção — comentou Aini, cutucando os dois kits de dados de Hollis, que havia enfim devolvido os emprestados de Chris. Não parecia certo continuar com eles, os quais, afinal, também nunca tinham lhe dado muita sorte.

— Nem todo mundo é viciada em dados igual você, Aini — observou Hollis enquanto a namorada girava uma sacola que continha ao menos sete kits completos e vários d6 extras.

Mas então Iffy notou as duas e gritou da cozinha:

— Olha nossas meninas aí!

De repente, um grito agudo, como o guincho de um balão. E então Fran apareceu do nada e se jogou no pequeno espaço entre as cadeiras de Hollis e Aini.

— Gatinhas — gritou Fran, alto demais e bem na cara das duas, que se esforçavam para suportar o peso repentino.

— Ai, meu Deus — gemeu Hollis.

— Eu falei pra ela ficar de boa — disse Aini.

Elas tinham decidido que seria mais inteligente contar ao grupo com antecedência, para evitar qualquer constrangimento à mesa. Todos os gritos e teclas enlouquecidas no Discord eram uma coisa. Ter a Fran gritando em seu ouvido na vida real era outra.

— Qual é, Fran — arriscou Maggie, tentado desvencilhá-la do casal. — Olha seus cupcakes aqui. Não dá para elas continuarem fofas juntas se não puderem, tipo, respirar.

— O combinado era não fazer um estardalhaço, lembra?

Gloria surgiu da cozinha com uma caixa de pizza equilibrada em uma das mãos e um cupcake na outra. Deslizou a caixa na direção de Hollis e Aini.

— Mas... — começou Fran, mas Gloria lhe lançou um olhar que impediu qualquer outra palavra de sair da sua boca.

Fran, com cara de quem tinha sido colocada de castigo, comeu o cupcake fazendo careta para a irmã mais velha.

— Dito isso... — retomou Gloria. Olhou de Hollis para Aini, de Aini para Hollis, e sorriu orgulhosa, como se fosse a Mãe Dado das meninas. — *Finalmente*.

— Né? — comentou Iffy.

— Hum — murmurou Hollis com as bochechas vermelhas e um sorriso. — Eu vim aqui pra jogar RPG e comer pizza.

— E a pizza acabou — disse Aini. Abriu a caixa que Gloria tinha trazido. — Não, brincadeira, aqui. Dois queijos.

— Minha favorita — comemorou Hollis.

E de repente o caos se acalmou, embora algo elétrico ainda zumbisse entre elas. Era a última batalha, ou pelo menos todas estavam muito certas de que era a última. As coisas estavam no limite.

Mas não era só isso. À medida que prosseguiram na história — houve certa discussão sobre o que fazer primeiro: continuar ou descansar; depois de um debate, ainda mais por parte de Mercy, decidiram pelo último —, havia uma leveza, tanto na mesa quanto no grupo. Então, felizes por ter Umber de volta, machucado, mas ali, junto a todo mundo, o grupo acendeu uma fogueira. Normalmente, Tanwyn teria desencorajado esse comportamento; poderia atrair a atenção da Vacuidade. Mas esse era o objetivo da última etapa da jornada, não? Wick estava morto — pelo que Honoria ainda sentia culpa, seus olhos evitando cautelosamente o cadáver detonado mais adiante na campina —, e atacariam a Vacuidade no dia seguinte.

Então por que não um pouco de leveza naquela noite?

Nereida usou um feitiço para transmutar algumas das gramíneas e frutos que cresciam ao redor da campina em vinho doce e espumante e um pão colorido como o grão do qual havia brotado. Comeram até a barriga ficar cheia e beberam até a cabeça ficar leve. Pela primeira vez, o restante do grupo se revezou cantando músicas para que Umber pudesse dançar. E ele dançou, saltando e cambaleando à luz das chamas como... bem, como se tivesse ressuscitado, que era exatamente o que tinha acontecido.

Quando foram dormir naquela noite, Honoria adormeceu segurando a mão de Umber, e Hollis narrou o gesto utilizando a mão de Aini na vida real.

Mesmo quando o amanhecer surgiu no dia seguinte, mais bonito do que qualquer amanhecer que já havia surgido em qualquer lugar dos Oito Reinos, o clima não mudou. O grupo riu e conversou enquanto se preparava para a batalha para a qual marcharia, até:

— Espera — disse Honoria —, nós precisamos...

Ela parou, esperou que Umber terminasse de apertar a última alça de seu peitoral de cobaltril e foi até o corpo de Wick.

Entre beijar Aini e pensar em beijar Aini, Hollis tinha se preocupado durante toda a semana com aquele momento. Dos cerca de uma dúzia de cenários que imaginou, nenhum parecia certo. Sentada à mesa, ainda não sabia como encerrar aquele capítulo com Wick. Mas talvez estivesse tudo bem. A história não era sobre ele — nunca havia sido. Era sobre o grupo e sobre o lugar dela ali. Tudo começara quando ela falou com a Alta Vereadora havia muito tempo, quando fizera uma promessa. Agora, ela poderia cumprir a promessa.

— Deveríamos... — Ela respirou fundo e voltou ao personagem. — Deveríamos levar algo dele de volta, algo para sua mãe.

— Você tem razão, é claro — falou Umber ao lado dela.

O restante do grupo também havia se reunido ali, observando o corpo do rapaz por quem tinham ido até ali para salvar.

— Ele tem algum tipo de elmo ou algo assim? — perguntou Mercy. — Algum tipo de broche? Vou procurar. — E então, de um lugar muito, muito distante, a voz de uma menina de 12 anos xingou, e Fran falou: — Natural 1. — Na Vacuidade, Mercy abaixou, apalpou o peito do corpo de Wick e então falou: — Nada aqui.

Honoria sabia que isso não era verdade. Ela o conhecia. Com gentileza e muito mais habilidade, ela enfiou a mão no porta-moedas que ele carregava de lado e tirou uma pequena escultura em madeira de uma mulher bem-vestida montada sobre um cavalo.

E talvez não fosse exatamente o certo, mas era o mais certo a se fazer. Para Honoria, era o suficiente.

Ela enfiou a estatueta no bolso. A mão dela caiu sobre o rosto de Wick, os dedos fechando seus olhos. Então ela o deixou na campina mais linda que já tinha visto e seguiu com seu grupo para encontrar e destruir a Vacuidade.

Mas mesmo quando se aproximavam da causa de tudo isto — o que mais poderia fazer com que este belo mundo ruísse, que foi o que aconteceu à época, pedaços inteiros dele se desfazendo em poeira retorcida e soprando para a frente como o vento às suas costas —, ninguém poderia apagar a sensação de que o que vinha pela frente não era a pior coisa que enfrentaram ou enfrentariam. Era como se a verdadeira conclusão da jornada — a parte difícil, a parte pela qual haviam lutado e trabalhado juntos por tanto tempo — tivesse chegado e passado sem que se dessem conta. Agora, com tudo isso para trás, restava a parte divertida de salvar o mundo juntos.

Então foi o que fizeram, e aconteceu mais ou menos assim:

Não foi fácil. A Vacuidade era ao mesmo tempo um homem e um lugar, e por isso foi difícil, mesmo quando o encontraram, identificá-lo e atacá-lo. Foi ainda mais difícil porque esse caminho tortuoso tinha tirado a humanidade **do** Vacuidade. Também não era um animal, mas outra coisa: uma ideia personificada e que ganhou forma. Alterava-se sombriamente, tentando devorar o mundo inteiro.

Não era simples. O Vacuidade era uma coisa inconstante, com autoaversão e amor-próprio, e havia colocado muitos dispositivos de segurança para salvaguardar sua vida. Quando pensavam que estava capturado, ele recuava ainda mais para a floresta requintada que havia construído para si mesmo, consumindo-a para curar apenas o suficiente e continuar. Perseguiam-no sem parar todas as vezes, movendo-se pelo mundo brilhante e em dissolução.

Na terceira retirada, aquilo que era o Vacuidade caiu, e por baixo havia apenas um homem — retorcido e cansado, de aparência cruel, mas ainda assim apenas um homem. Derrotado. Foi apropriado, pensou Honoria, não ter sido uma espada, mas uma canção o ataque mortal. Umber, com os dedos sobre o alaúde, cantou:

— Eu li que Vacuidade significa nada, bem, querido, eu acredito nisso, porque você realmente não presta pra nada.

E então apenas silêncio, que permaneceu entre o grupo pelo que pareceu um tempo muito longo.

O Vacuidade se implodiu, desmoronando em uma bola sombria e compacta de luz. Antes que qualquer um tivesse tempo de registrar o que estava acontecendo, ela explodiu com um brilho ofuscante e o som de cem mil asas voando.

Expandiu-se em câmera lenta. O primeiro impulso de Honoria foi fechar os olhos diante do brilho avassalador. Mas não. Não, alguém precisava testemunhar tudo aquilo: a forma como a floresta se estendia infinitamente adiante, repleta de todas as coisas impossíveis e belas. As cores, levadas pela luz até os limites do espectro, e como se confundiam e dançavam juntas até que árvore se entrelaçasse no rio e se entrelaçasse nos mares ondulantes de grama. O silêncio alto e profundo, ou a quietude abrangente do ruído inconcebível; mesmo então, enquanto aquilo a pressionava por todos os lados, não tinha certeza de qual dos dois estava presenciando: barulho ou silêncio.

Honoria estendeu uma das mãos, iluminando o lugar onde seu coração batia, vibrava e *vivia* desafiadoramente em seu peito. A outra ela estendeu para Umber. Se este era o fim, pelo menos era bom. Conseguiram.

A luz e o som se estenderam para sempre.

— E então — anunciou Gloria Castañeda, sentada a um mundo de distância à mesa de acabamento em carvalho de um apartamento em Cincinnati, Ohio —, o ruído diminui e a luz acompanha. A primeira coisa que qualquer um de vocês percebe é... frio. Um frio congelante, na verdade. Quando começam a abrir os olhos, acham que não enxergam mais. Tudo que veem é branco. Mas à medida que a visão se ajusta, distinguem o cinza da rocha, o marrom suave dos arbustos secos, sem folhas. O vento uiva em seus ouvidos. Ao piscarem, percebem que estão exatamente onde estavam o tempo todo, apenas a beleza que Vacuidade reuniu... desapareceu. Vocês estão no ponto mais alto da Crista do Pico Alto e está anoitecendo... E por hoje é só.

— AH, NÃO, SENHORA, NADA DISSO — falou Fran, mas talvez *falar* seja um verbo muito suave para a forma agressiva com que se pronunciou.

— Fala sério — disse Iffy, concordando com Fran pela primeira vez na vida.

— Mas o que aconteceu com todas as paisagens reunidas pelo Vacuidade? — questionou Maggie.

— E como é que a gente vai sair daqui? — quis saber Aini.

— É — concordou Hollis, o coração ainda acelerado por causa da batalha e pelo jeito como Aini segurava sua mão. — Pra onde vamos agora?

— Essa é a questão, não é? — Do outro lado do escudo de Guardiã do Segredo, Gloria se demorava em arrumar notas e dados, sorrindo com os lábios vermelhos. — Queria colocar isso em votação: não acho que a história deste grupo acabou, embora *esta* história, sim. Então, ok, ok. Vocês querem continuar com este jogo?

— SIM — gritou Fran. — Hoje?
— Francesca, *não* — suspirou Gloria, sem paciência, mas gentil.
— Sexta-feira que vem.
— Sim — concordou Hollis, depressa.
— Vocês sabem que eu topo — disse Aini ao lado dela.
— Eu tô dentro — falou Maggie.
— Se acham que vão se livrar de mim — começou Iffy —, estão muitíssimo enganadas.
— Eu ainda preciso do meu *saque* — gritou Fran, mas Aini jogou uma borda de pizza na cabeça dela —, então eu vou continuar, dã.
— Ah, Franny — disse Aini —, você não sabe que o verdadeiro tesouro são os amigos que fazemos pelo caminho?
Fran comeu a borda da pizza que Aini jogou nela e soprou migalhas ao suspirar de tédio, mas Hollis suspeitou que Aini tinha razão.
— Perfeito — disse Gloria. — Então começo a responder as perguntas na próxima sexta-feira.
— Ou poderia começar agora... — arriscou Aini, dando de ombros.
— Não. — Hollis sabia que teria um lugar à mesa contanto que mantivessem a história viva. Sempre existiriam fora do jogo também, como as amigas que se tornaram. — Quero ficar pensando sobre o que aconteceu antes que ela conte tudo.
— Já tenho algumas teorias — comentou Fran.
A história havia terminado, mas o grupo não, então Hollis teve bastante tempo para ouvi-las enquanto elas se levantavam e ajudavam Gloria a limpar toda a bagunça.

⬢

Embora as meninas tivessem concordado em continuar se encontrando, hesitaram em se separar, e uma hora depois Aini Amin-Shaw parou em frente à casa de Hollis Beckwith, mas não estacionou em linha reta.
— Você acha mesmo que tudo voltou ao normal, cada uma em seu lugar? — perguntou Aini. — Todas as coisas lindas, quero dizer.
— Eu acho que sim. E sexta-feira que vem vamos descobrir.

— Mal posso esperar. Bem, BeckBeck, essa é sua parada.
Hollis tirou o cinto.
— Nossa, fui dispensada.
— Não gosta do meu jeitinho de falar?
— Não.
— Mas eu sou um *bardo*...
— Aini Amin-Shaw.
— Você vai levar uma multa...
— Você que estacionou meio torto ...
— ... por acelerar...
— *Para*...
— ... meu coração.
— Tchau.
Ela abriu a porta.
— Tenho ou...
Hollis se inclinou para a frente e deu um beijo na boca de Aini, só assim conseguiu impedir as cantadas.
— Donuts no parque amanhã?
Aini sorriu, a luz azul do painel iluminando suas maçãs do rosto.
— Você sabe que nada vai me afastar disso. Quer dizer, de você.
— Ou de nós. Tchau, Aini.
Mas Hollis não se mexeu.
Um momento se passou, e as meninas se observaram. Hollis deu um sorriso, um reflexo daquele que surgia nos lábios de Aini. Não havia mais nada a fazer; Hollis se inclinou.
Um perfume floral e intenso invadiu Hollis. O aroma se esforçava para puxá-la de volta aos lábios de Aini. E se a noite tivesse sido diferente, ela poderia ter deixado que fizessem exatamente isso. Mas tudo tinha sido extraordinário, e Aini Amin-Shaw era extraordinária. Além do mais, Hollis Beckwith estava começando a suspeitar que também poderia ser extraordinária. Ela respirou fundo, mantendo o cheiro da noite em seus pulmões, e então exalou com um sorriso.
— Na verdade, quero começar minhas anotações para a próxima sessão, e se a Honoria vai continuar a escrever sua história com Umber, quero continuar a escrever minha história com você.

Aini ficou imóvel. Com o brilho azul do painel nas maçãs do rosto, ela não se parecia mais com Umber. Era apenas Aini, que talvez estivesse a meio segundo de rir dela ou beijá-la, Hollis não sabia dizer qual.

— Ora, ora — falou ela —, quem é o bardo agora, hein?

Hollis bufou uma risadinha, um som que um verdadeiro bardo não faria.

— Quer ir pro meu quarto conversar sobre o RPG ou não, Aini?

Aini desligou o motor. Ela saiu antes de Hollis e as portas se fecharam ao mesmo tempo.

— Então — disse Aini, dando a volta pelo carro —, por onde começamos?

Hollis pegou a mão de Aini, e os dedos se entrelaçaram sob o céu estrelado.

Conheça as regras e diretrizes de Gloria para a mesa de Mistérios e Magias.

Ouça a playlist que Aini Amin-
-Shaw criou para Umber e Honoria: *Anywhere, anywhere | a steadfast playlist*.

DIREÇÃO EDITORIAL
Daniele Cajueiro

EDITORA RESPONSÁVEL
Mariana Rolier

PRODUÇÃO EDITORIAL
Adriana Torres
Júlia Ribeiro
Juliana Borel

REVISÃO DE TRADUÇÃO
Manoela Alves

REVISÃO
Alice Cardoso

DIAGRAMAÇÃO
Alfredo Loureiro

Este livro foi impresso em 2024, pela Vozes, para a Livros da Alice. O papel do miolo é avena 70g/m² e o da capa é cartão 250g/m².